Ursa Koch

Die Heiligenscheinhändler

Roman

Albas Literatur

„Wer mit der Wahrheit geht, geht allein"

(Urheber unbekannt)

Danke allen, die zum Gelingen dieses Buches beigetragen haben.
Der größte Dank gilt meiner Familie für uneingeschränkte
Unterstützung und Liebe.

Ähnlichkeiten mit real existierenden Personen
und Institutionen sind rein zufällig
und von der Autorin nicht beabsichtigt.

Zur Autorin:
Ursa Koch, 1960 in Donaueschingen geboren,
lebt heute als Schriftstellerin mit Mann und Sohn
auf der Schwäbischen Alb.
Nach Volontariat bei der der Badischen Zeitung in Freiburg
und einem mehrjährigen Aufenthalt in Südfrankreich als
Redakteurin für Presse, Rundfunk und Fernsehen im
In- und Ausland tätig.

Debüt als Buchautorin 2002
„Einmal ein König sein"   Edition Isele
Kinderbuch 2009
„Kleine weiße Wolke" Albas Literatur
Roman 2009
„Die Heiligenscheinhändler"   Edition Isele
Neuauflage 2010 Roman
„Die Heiligenscheinhändler" Albas Literatur

Alle Rechte vorbehalten
© Albas Literatur   2010
Gestaltung: Oliver Daigel DRUCK+DESIGN Münsingen
Druck: CPI books Ulm
ISBN 978-3-9813139-1-8
www.albas-literatur.de

1

„Maaama, Telefooon!" hallt es durch den Garten.
Ausgerechnet jetzt, wo ich mitten in Blumenerde, Pflanzkübel und Gartenbuch stecke.

„Wer ist es denn, kann nicht Papa drangehen?" frage ich genervt und drücke die Wurzel eines Pflänzchens fest.

„Nein, der will dich sprechen, hab den Namen nicht ganz verstanden, Hans oder so. Jetzt beeil Dich doch!" ruft mein Sohn Mick.

Also gut, raus aus den klebrigen Handschuhen und Gummistiefeln. Jetzt muss endlich ein schnurloses Telefon her, beschließe ich und renne barfuss ins Haus.

„Hallo?"

„Guten Tag, mein Name ist Johannsen, Richard Johannsen, Sie kennen mich nicht, Frau Maas. Entschuldigung, dass ich Sie an diesem schönen Tag störe, aber es ist wichtig. Ich habe gerade in der Zeitung Ihre Anzeige gelesen und da musste ich Sie einfach anrufen", sagt er mit angenehm sonorer Stimme, die auf einen älteren Herrn schließen lässt.

„Das heißt, Sie haben für mich einen ganz wichtigen journalistischen Auftrag?" frage ich leicht belustigt.

„Nicht direkt. Ich will Ihnen erst mal erklären, weshalb ich auf Sie komme. Es ist purer Zufall oder Schicksal, wie man es nimmt. Ich habe nämlich vor einem halben Jahr Ihre Berichte über den Wiedemann-Betrugsskandal in der Sonntagsausgabe der MAZ verfolgt. Die Art, wie Sie diesen Fall schilderten, gefiel mir gut. Deshalb blieb mir Ihr Name im Gedächtnis. Und nun lese ich, dass Sie ganz in meiner Nähe leben. Da musste ich gleich zum Hörer greifen. Ich denke, dass Sie an einem hochbrisanten Thema interessiert sein könnten. Am Telefon lassen sich natürlich nicht alle Einzelheiten erläutern. Kurz und bündig geht es um skandalöse Machenschaften in einer sozialen Einrichtung, deren Ausmaß sich ein normaler Mensch gar nicht vorstellen kann. Vielleicht kennen Sie die Magdalenenwalder Heime. Um diese Einrichtung handelt es sich. Ich habe Informationen und Material, das unbedingt an die Öffentlichkeit muss. Und da dachte ich an Sie", erklärt er.

„Und weshalb wenden Sie sich damit gerade an mich und nicht an die örtlichen Presseleute?" entgegne ich spontan.

„Die Auswirkungen dieser Geschichte sind viel zu groß und die lokalen Blätter hier auf dem Land berichten doch eher unkritisch. Deshalb hoffe ich auf Sie, auf Ihr Interesse und Ihre Kontakte zu den entscheidenden Medien. Kann ich Sie hierfür gewinnen, das heißt können wir uns zu einem Gespräch unter vier Augen treffen?" fragt er und holt dabei tief Luft.

„Das kommt jetzt zwar etwas überraschend, aber grundsätzlich liegen Sie richtig. An brisanten Themen bin ich immer interessiert. Was schlagen Sie denn als Treffpunkt vor?" will ich wissen.

„Wenn es Ihnen Recht ist, wäre zum Beispiel Eberbach nicht schlecht. Könnten Sie sich das vorstellen?"
Mir gehen blitzschnell die Termine der nächsten Tage durch den Kopf. Nach Eberbach will ich sowieso am Montag zum Sport, das ginge.

„Übermorgen Abend so gegen sechs im Moritz am Marktplatz, das könnte ich einrichten", schlage ich vor.

„Wunderbar, ich freue mich, dann bis Montag", antwortet er rasch.

„Halt, wie erkenne ich Sie denn?" fällt mir noch ein.

„Ganz einfach, ich bin schlank, groß, habe graumelierte, kurze Haare und halte Ausschau nach einer jungen motivierten Journalistin", gibt der merkwürdige Anrufer schlagfertig zurück.

„Dann also bis übermorgen", höre ich mich sagen.

Was ist los? Mein Gemütszustand hat sich völlig verändert. Der Tatendrang von heute früh, die gute Laune und Freude an der Frühlingssonne sind wie weggeblasen. Ich komme ins Grübeln und setze mich mit einem Glas Wasser auf die Terrassenstufen hinters Haus. Auf Gartenarbeit habe ich jetzt überhaupt keine Lust mehr. Weshalb ruft dieser Mensch ausgerechnet hier an? Warum kommt kein ganz gewöhnlicher PR-Auftrag? Wir sind doch aufs Land gezogen, um ein beschaulicheres Leben zu führen. Ich will endlich zur Ruhe kommen, mich unseren beiden quirligen Söhnen, dem baufälligen Haus, dem verwilderten Garten widmen, habe ich noch vor ein paar Wochen behauptet, vielleicht ab und zu ein Konzept entwickeln oder eine Reportage schreiben, aber nur, wenn mir das Thema liegt. Und welche Vorbehalte galt es da zu überwinden.

„Landleben! Das ist doch eine Schnapsidee. Dorfidylle und Kinderkram, total in der Pampa, und Du mittendrin. Das kann ich mir beim besten Willen nicht vorstellen. Gibt es in Eurem Dorf überhaupt eine anständige Kneipe? Mensch Franka, wach auf. Du machst einen Riesenfehler. Du rennst von einem Extrem ins andere. Das geht hundertprozentig schief."

So lauteten sie, die warnenden Worte. Haben sich fest eingenistet, irgendwo hinten im dichten Geäst meines Gehirns. Die gut gemeinten Ratschläge meines Mitstreiters und langjährigen Freundes Knud, das Unverständnis und Misstrauen gegenüber eines konstanten, harmonischen Familienlebens.

„Du bist in die klassischen, alten Klischees verstrickt, Knud. Ich kann genauso gut vom Land aus agieren und recherchieren, wenn ich will. Schon mal was von E-Mail und DSL gehört? Außerdem musst Du nicht ständig Deine gescheiterten Beziehungen auf andere übertragen. Ich krieg ihn schon hin, den Spagat zwischen Familie und Beruf. Nur weil man sich mehr der Familie widmet muss man ja nicht gleich verblöden. Außerdem brauch ich jetzt dringend Abstand, eine Auszeit. Du weißt genau, warum. War mein halbes Leben lang wegen irgendwelcher Storys unterwegs. Es reicht jetzt ganz einfach."

Das jahrelange schlechte Gewissen gegenüber der Familie, und die zermürbenden Diskussionen mit Arne, weil ich berufsbedingt so wenig zu Hause sein konnte und in letzter Zeit ziemlich gestresst war, verschwieg ich Knud. Auch den Wertewandel, der mich aus heiterem Himmel mit der Geburt der Kinder befiel. Die Muttergefühle, dieses seltsame Glücksempfinden. Er würde es nicht verstehen, mich gleichsetzen mit seinen Verflossenen, derer er sich - wegen ausgeprägten Hangs zum freiheitsliebenden Individualisten - stets rasch wieder entledigte. Beziehungsgestört, ja, er ist bindungsunfähig und irgendwann schrecklich frustriert. Kein Maßstab für mich, beruhigte ich die leisen Zweifel an meinem Entschluss, spülte sie hinunter und zog ein letztes Mal mit ihm durch die Freiburger Kneipenwelt.

Nun sitze ich hier im Familienidyll, mit Gartenbuch und Schaufel bewaffnet, und in Gedanken weit weg. Wie schnell doch die Zeit vergeht. Drei Monate sind das gerade mal her, als ich Freiburg den Rücken kehrte. Seitdem haben mich der Umzug und die notdürftige Renovierung des kleinen Häuschens, das Arne geerbt hat, voll beschäftigt. Mir geht es gut, meistens zumindest. Ich brauche die vordergründigen Erfolgserlebnisse nicht mehr, pfeife auf die Karriere und die oberflächlichen Begegnungen mit den ach so geschäftigen Kollegen. Oder nagt da etwas tief in meinem Innern? Kann nicht sein, für den Heimchen-Koller ist es viel zu früh. Der leise aufflackernden Sehnsucht nach dem Trubel der Stadt, den ungezwungenen Treffs mit alten Bekannten und neuen Gesichtern in den Stammkneipen, den journalistischen Aufträgen, lassen sich leicht alle Vorzüge eines selbst bestimmten, stressfreien Lebens entgegensetzen. Bis jetzt kein Grund zu Klagen, aber eben bis jetzt.

Dieser Anruf hat wohl die schlummernde Frage in mir geweckt, wohin die Reise gehen wird. Meine Rolle zu Hause auf dem Land scheint ein kurzer Zwischenstopp zu sein, aber auf keinen Fall die Endstation. Diese Geschichte interessiert mich. Skandalöse Machenschaften in einer sozialen Einrichtung, das könnte ein geeignetes Thema für den Kosmos sein. Meine Gedanken beginnen sich um Medien zu drehen, mit denen ich gut zusammengearbeitet habe. Ich muss mit Arne reden. Wo steckt er denn?

„Mick, hast Du Papa gesehen?" frage ich meinen Sohn.
„Der holt Holz, wir wollen jetzt unser Baumhaus bauen", erklärt er strahlend und fügt auffordernd hinzu:
„Hilfst Du mit?"
„Ja, später, ich muss mich noch um die Pflanzen kümmern", erwidere ich ausweichend.
Auf Holzschleppaktionen hab ich jetzt überhaupt keine Lust.
„Da, kommt Papa", ruft Mick fröhlich und läuft ihm entgegen.
Lautstark steuert Arne auf die Hofeinfahrt zu, den Anhänger bis oben hin beladen mit Brettern. Das sieht nach reichlich Arbeit aus. Lachend steigt er aus, hebt Ole, unseren Steppke, schwungvoll vom Beifahrersitz und meint:
„Na, schon fertig mit den Töpfen?"
„Keine Spur, ich fang erst richtig an", widerspreche ich seiner Anspielung auf meine Gärtnerkünste.
„Du, ich muss kurz mit Dir reden, wolltest Du nicht grad eine kleine Kaffeepause einlegen?" frage ich einschmeichelnd.
Arne grinst, bittet Mick, mit dem Holzabladen zu beginnen, und folgt mir ins Haus.
„Was gibts denn so Wichtiges?"
Ich erzähle ihm von dem Anruf.
„Schon möglich, dass was dran ist, an den Vermutungen dieses Herrn, aber willst Du Dich damit wirklich auseinander-

setzen? Du hattest doch genug von zeitaufwändigen Recherchen und zermürbenden Diskussionen mit Redaktionsleitern", gibt Arne zu Bedenken.

„Das ist es ja, was mich beschäftigt. Weshalb reizen mich mysteriöse Andeutungen? Ich kenne diesen Menschen gar nicht. Hab keine Ahnung, ob er seriös ist. Und ich beiß gleich an und mach ein Treffen mit ihm aus. Ist es pure Neugier oder journalistischer Spürsinn, der mich da packt?" frage ich mich laut.

„Vielleicht hat dieser Johannsen auch eine solch charismatische Wirkung, dass ich aufpassen muss", scherzt Arne, während er Milch aufschäumt.

„Ich finde das jetzt gar nicht lustig. Dein Sarkasmus ist völlig überflüssig", antworte ich patzig.

„Bevor das hier in eine Identitäts- und Ehekrise mündet, schlage ich vor, wir trinken jetzt meinen liebevoll zubereiteten Capuccino und genießen den herrlichen Tag. Du machst ja sowieso, was Du willst und hast sicher schon beschlossen, Dir diesen Herrn am Montag anzuschauen, stimmts?" meint Arne schmunzelnd.

Stimmt, denke ich, schlürfe stumm meinen Kaffee und lasse mich bereitwillig von den konkreten Vorstellungen der hereinstürmenden Jungs über das perfekte Baumhaus gefangen nehmen.

Nach dem Traumwetter am Wochenende zeigt der Montag zunächst kein freundliches Gesicht. Es regnet in Strömen. Doch das stört nicht weiter. Das tägliche Einerlei hält mich auf Trab. Ich durchlebe ein Wechselbad der Gefühle. So, wie es jetzt ist, wollte ich es doch haben… Familiäre Sicherheit oder was man dafür hält, Geborgenheit, ein nützliches Dasein, lange ersehnt und dann doch wieder verhasst, in Frage gestellt, umstrukturiert und zu guter letzt wieder vor dem Rollentausch kapituliert. Waschen, bügeln, kochen, einkaufen, Bürokram, die

Kids herumkutschieren, den Hund ausführen… Wollte ich das wirklich so? Knud lässt grüßen.

Kurz nach halb sechs sause ich ins Bad, packe meine Sporttasche und fahre los.

Feierabendverkehr, Parkplatzsuche, ich komme ganz sicher zu spät. Das muss wohl so sein. Vielleicht ist das mein unbewusstes Verlangen nach Adrenalinschüben, die man zum Leben einfach braucht. Viertel nach sechs schiebe ich die Tür des Lokals auf und blicke mich suchend um. Viele Menschen, hoher Geräuschpegel. Zu dumm, meine Kurzsichtigkeit macht mir zu schaffen, und die Brille liegt aus reiner Eitelkeit im Auto. Einem alten Mann muss ich doch nun wirklich nicht imponieren, denke ich, wende mich nach links und sehe ihn. Smart, markante Gesichtszüge, dichte graue Stoppelhaare, Jeans, legerer Pullover, eine sportliche Erscheinung. Er lacht mich an, steht auf und kommt zwei Schritte auf mich zu.

„Guten Abend, Frau Maas. Schön, Sie zu sehen."

Sein kräftiger Händedruck unterstreicht meinen ersten Eindruck. Ich habe es offenbar mit einem entschlusskräftigen vitalen Menschen zu tun.

„Hallo, Herr Johannsen."

Bevor ich an dem kleinen runden Tischchen Platz nehme, hilft er mir galant aus dem Mantel und bringt ihn zur Garderobe.

„Kaffee, Tee oder lieber ein Glas Wein, was hätten Sie denn gerne?" fragt er.

„Lieber Mineralwasser, bitte."

Während er bestellt, lehne ich mich zurück und mustere ihn. Seine Ausstrahlung ist gut, er hat klare, ehrliche Augen, wirkt sympathisch und offen. Es war sicher kein Fehler, hier her gekommen zu sein.

Er muss wohl Gedanken lesen können, denn er sagt:

„Ich glaube, Sie werden es nicht bereuen, mich kennen zulernen."

Ganz schön vermessen, der strotzt ja nur so vor Selbstbewusstsein.

Ruhig fährt er fort:

„Damit ich Ihre Zeit aber nicht allzu sehr strapaziere und sozusagen als Beweis für meine Glaubwürdigkeit, habe ich Ihnen hier einige Unterlagen – auch zu meiner Person – mitgebracht. Bitte lesen Sie diese in aller Ruhe zu Hause durch."

Er beugt sich zur Seite, öffnet eine schlichte dunkelbraune Leder-Aktentasche, zieht einen DIN A 4 Umschlag heraus und legt ihn vor mich hin, auf den Tisch. Etwas überrascht betrachte ich das graue Kuvert.

„Wollen Sie mir nicht gleich jetzt etwas über sich erzählen, Herr Johannsen. Es kommt wirklich nicht alle Tage vor, dass ich einen solchen Anruf erhalte und mich mit einem – Sie entschuldigen – wildfremden Menschen treffe."
Er lacht schelmisch.

„Ich verstehe Ihre Verwunderung. In diesem Umschlag hier finden Sie, wie gesagt, nur ein paar Angaben zu meinem Werdegang, damit möchte ich Sie jetzt wirklich nicht langweilen. Und was die eigentliche Sache angeht, bin ich gerade dabei, handfeste Beweise zu sammeln, die ich Ihnen dann später übergebe. Wenn alles glatt geht, wird es nicht länger als drei bis vier Wochen dauern."

Johannsen macht eine kleine Pause, schaut mich aus seinen tiefgrauen Augen forschend an und trinkt einen Schluck Tee. Sehr attraktiv, dieser Mensch, gutes Profil, markante Nase, hohe Stirn, denke ich.

„Kennen Sie die Magdalenenwalder Heime?" will er dann wissen.

„Nur dem Namen nach. Wir leben erst seit einem Vierteljahr im Odenwald. Und außerdem hatte ich mit kirchlich-sozialen Einrichtungen bislang nicht viel zu tun. Es ist also Neu-

land für mich", antworte ich ehrlich.
Meine Abneigung gegenüber streng hierarchisch geführten, kirchlichen Organisationen verschweige ich ihm lieber. Auch die negativen Erfahrungen, die eine meiner Freundinnen in einer solchen Einrichtung gemacht hat, tun jetzt nichts zur Sache.

„Dann werde ich Sie erst mal mit den groben Fakten langweilen", meint er lächelnd.

„Magdalenenwald, wie man diese Einrichtung im Volksmund nennt, ist ein eingetragener Verein und hat, wie Sie ja bereits wissen, einen kirchlichen Träger. Es werden dort über tausend Menschen mit den unterschiedlichsten geistigen und körperlichen Behinderungen betreut. Es gibt eine Schule, Ausbildungsstätten, eine Werkstatt für Behinderte, eine Landwirtschaft, ein Krankenhaus, Wohnhäuser und vieles mehr. Sie müssen sich das wie ein Dorf mit eigener Infrastruktur vorstellen. Das Kernstück ist eine historische Klosteranlage, die heute als Verwaltungssitz dient."

„Aha. Und wo liegt dieses Dorf genau?" will ich wissen.

„Die gesamte Einrichtung liegt ziemlich abgeschieden im Grünen, keine dreißig Kilometer von hier entfernt. Wichtig zu wissen ist noch, dass es in den umliegenden Landkreisen viele so genannte dezentrale Einrichtungen Magdalenenwalds gibt, zum Beispiel Außenwohngruppen und Beratungsstellen. Zudem ist der Verein in dieser strukturschwachen Gegend einer der größten Arbeitgeber. Es sind etwa tausend Mitarbeiter dort beschäftigt. Man kann also vergleichsweise von einem mittelständischen Unternehmen sprechen."

„Und wer leitet dieses Unternehmen, ein Geistlicher?" werfe ich ein.

„Nein, an der Spitze agieren zwei Vorstände, ein so genannter fachlicher und ein kaufmännischer. Über weitreichende Entscheidungen werden die Mitglieder des Vereins und der Verwaltungsrat regelmäßig informiert."

Er unterbricht seine Ausführung kurz und nimmt einen kräftigen Schluck.

„Details hierzu können Sie ebenfalls nachlesen. Ich habe Ihnen etwas Material beigelegt", fährt er fort
und deutet auf den Umschlag.

„Warum ich Ihnen dies alles erzähle, hat folgenden Hintergrund. Ich hab mich bislang sehr für diese Einrichtung engagiert, oder besser gesagt, für die Menschen, die dort betreut werden. Das ist eine ungeheuer wichtige Aufgabe. Mehr oder weniger durch Zufall bin ich dabei jedoch auf Missstände und Vorgänge gestoßen, die mich zutiefst geschockt haben."

Dabei lehnt er sich nach vorne und sagt mit gedämpfter Stimme:

„Um es zu präzisieren, es handelt sich zum einen um Transaktionen, bei denen die sozialen Aspekte, wie zum Beispiel die Bedürftigkeit benachteiligter Menschen, den materiellen Interessen bestimmter Herrschaften durchaus dienlich sind. Die Gier nach Geld, Macht und Einfluss macht eben auch vor kirchlich-sozialen Einrichtungen nicht Halt. Zum anderen geht es um ein ganz heikles Thema, nämlich um Missbrauch."

„Oh!" entfährt es mir.

„Das ist ja ein Hammer!"
Nach ein, zwei Sekunden finde ich passendere Worte.

„Was Sie da sagen, ist allerdings brisant. So etwas sollte natürlich sofort abgestellt werden. Da wäre eine Dokumentation in den Printmedien tatsächlich hilfreich. Allerdings muss man dabei ziemlich sensibel vorgehen, zum Schutz der Opfer. Bitte erzählen Sie mir mehr. Wer wird von wem und in welcher Art missbraucht?"

„Ich hoffe, Sie verstehen, Frau Maas, dass ich Ihnen hier nicht in vollem Umfang erzählen möchte, was ich selbst erlebt, beziehungsweise von Insidern erfahren habe. Es hat hier zu viele Menschen mit großen Ohren. Um Spekulationen und Gerüchten nicht Tür und Tor zu öffnen, halte ich mich lieber

an belegbare Fakten. Und Sie können sicher sein, dass ich ganz nah dran bin, den ganzen Schlamassel aufzudecken. Die Beweise dafür hab ich, wie gesagt, schon bald zusammen."
Er neigt sich ganz nah zu mir und meint leise:
„Ich muss dabei aber sehr vorsichtig sein. Es ist nicht ungefährlich. Lassen Sie mir noch etwas Zeit. Ich melde mich dann wieder bei Ihnen."

Dies klingt wie ein abschließender Satz, dem nichts hinzuzufügen ist, was mir entgegen kommt. Ich muss mir erst mal ein genaueres Bild machen. Mit kurzem Blick auf meine Armbanduhr und der Suche nach der Geldbörse in meiner Tasche, signalisiere ich, gehen zu wollen.
Er bemerkt dies und sagt:
„Sie sind selbstverständlich mein Gast. Ich danke Ihnen nochmals sehr für Ihr Kommen."
Entschlossen steht er auf, begleitet mich an die Garderobe und hilft mir in den Mantel.
Alte Schule. Stil hat er jedenfalls, denke ich.

Kräftiges Händeschütteln, freundliches Lächeln, und schon stehe ich wieder auf dem fast menschenleeren Marktplatz. Leichter Nieselregen und frische Windböen tauchen die Stadt in eine unangenehm kühle Atmosphäre. Im Laufschritt, den grauen Umschlag fest unter den Arm geklemmt, düse ich in Richtung Parkplatz. Wo sind nur die Autoschlüssel geblieben? Tief in der Tasche klappert es. Rasch den Wagen aufgeschlossen und raus aus dem feuchten Mantel. In hohem Bogen fliegt er auf den Rücksitz. Der Umschlag hat ein paar Wasserflecken und Knicke abbekommen. Er ist fest zugeklebt. Mit klammen Fingern versuche ich ihn aufzureißen. Mist, das war nichts, der Umschlag reißt tief ein. Ein weißes DIN A 4 Blatt und zwei farbige Broschüren kommen zum Vorschein.

Auf dem Briefbogen, der wie ein tabellarischer Lebenslauf aussieht, steht mit Schreibmaschine in großen kursiven Lettern geschrieben:

Richard Johannsen, 67 Jahre, Ingenieur im Ruhestand.
In Hamburg geboren, dort als Einzelkind behütet aufgewachsen.
Schulbesuche in Hamburg-Altona (Abitur am Goethe-Gymnasium). Studium in Marburg, Köln, Lyon (Schwerpunkte Konstruktionswesen und Romanistik). Auslandsaufenthalte (Frankreich, Spanien, Japan). 1967 Eheschließung mit Anna Katharina Wildenstein. Keine Kinder. Bis zu schwerem Krebsleiden von Anna Katharina Tätigkeit in Führungsposition für Großkonzern (mit Niederlassung in Stuttgart). Vorzeitiger Ruhestand. Nach dem Tod von Anna Katharina Umzug von Stuttgart in den Odenwald. Seit dreieinhalb Jahren ehrenamtlich für die Magdalenenwalder Heime tätig.

Kein Briefkopf, kein Absender. Nüchterne Lettern auf blütenweißem Papier. Fragmente. In Jahrzehnten Erlebtes auf das Wesentlichste reduziert. Das wars also, was Johannsen mir gerade eben persönlich nicht erzählen wollte. Es gab harte Schicksalsschläge in seinem Leben. Offenbar war er erfolgreich, weltoffen und plötzlich mit Krankheit und Tod konfrontiert. Seine Frau, vermutlich jahrelang schwer krank, ist früh gestorben. Sicher vermisst er sie sehr. Vielleicht wollte er möglichst viel Zeit mit ihr verbringen, was auf den vorzeitigen Ruhestand schließen lässt. Darüber wollte er ganz offensichtlich mit mir nicht sprechen. Das kann ich gut verstehen. Die Broschüren interessieren jetzt nicht. In Gedanken bin ich bei diesem geheimnisvollen Unbekannten, bei Richard Johannsen. Seriös ist er vermutlich, ob seine Geheimnistuerei und Vorsicht jedoch angebracht ist oder ob er zu viele Krimis gelesen oder gesehen hat, wird sich zeigen.

Drei Wochen vergehen, kein Lebenszeichen von Johannsen.

„Hast Du die Mailbox schon abgehört?" fragt Arne, als ich gerade mit allerlei Tüten bepackt vom Einkaufen nach Hause komme.

„Nein. Noch nicht, warum?"

„Dein Johannsen ist drauf. Er will dich treffen, hat aber keine Telefonnummer hinterlassen, meldet sich wieder. Schon ein komischer Vogel, findest Du nicht auch?"

Mir wird säuerlich zumute. Hitze steigt in mein Gesicht. Dein Johannsen, wie Arne das sagt. Was hat er gegen diesen Mann? Ist er etwa eifersüchtig? Das kenne ich ja gar nicht an ihm. Betont ruhig und gelassen stelle ich die Taschen ab und drücke auf den Wiedergabeknopf.

Die dritte Ansage ist es:

„Hallo, Frau Maas, hier spricht Richard Johannsen. Können wir uns treffen? Wie wärs mit einem kleinen Spaziergang? Ich muss Ihnen einiges erzählen. Ich rufe Sie morgen früh nochmals an. Schönen Abend noch."

Klar, diese tiefe, charmante Stimme kann schon Emotionen freisetzen. Ich muss unwillkürlich lachen und koste die Situation genüsslich aus.

„Arne, dieser Mensch ist schon im graumelierten Alter und schrecklich einsam. Er braucht dringend mal jemand, der ihm zuhört. Ein älterer Herr eben, der seine Story loswerden will", säusle ich.

„Keine Ahnung, ob da draus ne Geschichte wird, die sich veröffentlichen lässt. Aber ist ja auch so ganz amüsant", gebe ich zum Besten, um Arne ein bisschen zu foppen.

„Das hat sich nach eurem Treffen kürzlich aber noch ganz anders angehört. Du hast von dem Typen ja richtig geschwärmt, schon vergessen? Und dieser soziale Verein hat's Dir doch auch angetan. Hast Dich bestimmt schon im Internet kundig gemacht, oder? Ich kenn Dich doch."

Er holt tief Luft und fügt schmunzelnd hinzu:

"Aber wenn Du auf ältere Herren stehst, kann mir das nur recht sein. Dann hab ich wenigstens gute Aussichten."
„Schon möglich, wenn Du dabei nicht kauzig wirst."

Belustigt beseitige ich das Chaos in der Küche, das die Rasselbande hinterlassen hat und stelle Arne die vollen Einkaufstüten wortlos vor die Füße. Heute ist er dran. Schließlich war vereinbart, dass er sich um das Abendessen kümmert und die Jungs zu Bett bringt, damit ich in aller Ruhe noch ein bisschen arbeiten kann. Möchte endlich an der Doku über Frauenhäuser weiter machen. Dabei fällt es mir schwerer als gewohnt, den roten Faden wieder aufzunehmen. Die Konzentration aufs Thema will einfach nicht gelingen. Nach rund zwei Stunden Kopfarbeit gönne ich mir schließlich den wohlverdienten, sprichwörtlichen Feierabend. Gemütlich mit Arne und einem Glas Wein auf dem alten Sofa am Kamin gebe ich mich einer wohligen Trägheit hin und sinniere darüber nach, weshalb wir die Ruhe, unser kuscheliges Heim und unsere Zweisamkeit eigentlich so selten genießen.

Frühmorgens um sechs rasselt der Wecker und setzt allen Träumen ein jähes Ende. Warum in aller Welt leben wir nicht in Kanada oder irgendwo im Süden, wo die Schule später beginnt? Hier müssen die armen Kids schon vor acht lernbereit in den Klassenzimmern sitzen, das widerspricht jedem Biorhythmus, jedenfalls meinem. Hilft aber alles nichts, verschlafen quäle ich mich aus dem Bett und wecke die Restfamilie. Frühstück! Tee, Müsli, Brötchen, Honig aufgetischt, den Zeitdruck im Nacken.
„Trödel nicht so lang im Bad herum, Mick. Nein, Ole, nicht schon wieder mit der ganzen Hand in den Kakao platschen. Arne, nimmst Du heute den Kleinen zum Kindergarten mit? Mick, schneller, der Bus wartet nicht."

Es ist morgens immer dasselbe. Ein unstrukturiertes Durcheinander. Hektik pur. Dann Abschiedsküsse. Und - Totenstille. Nur ein doppelter Espresso kann jetzt helfen, beim Anblick des Frühstückstischs nicht in eine mittelschwere Depression oder zumindest in tiefe Melancholie zu fallen und wieder zurück in die Federn zu kriechen. Herrlich, wie das klingt und duftet, wenn sich die öligen Bohnen lautstark in feines Pulver verwandeln und sich mit dem zischenden Wasserdampf zu einem köstlichen Gebräu vereinen. Und wie das schmeckt. Ein unvergleichlicher Genuss. In Gedanken an Italien, an die locker leichte Lebensart, die ich so liebe, gebe ich mir einen Ruck, schwinge ich mich aufs Fahrrad und starte mit dem Hund hinaus in den frischen Morgen. Jetzt kann der Tag beginnen. Nichts und niemand wird ihn trüben. Ein dünner Nebelschleier liegt noch über den Wiesen. Die Erde atmet leise. Erste wärmende Sonnenstrahlen tauchen die Landschaft in ein zauberhaftes Licht und verleihen ihr etwas Geheimnisvolles, beinahe Mystisches. Vögel zwitschern. Der Hund rennt fröhlich voraus. Wie schön es doch hier ist um diese Jahreszeit, und wie traumhaft mein Dasein. Um nichts in der Welt wollte ich jetzt in irgendeiner Großstadt leben und im morgendlichen Stau stehen, um anschließend in einem stickigen Großraumbüro schwitzen zu müssen.

Gerade zurück von diesem wunderschönen Kurzausflug, sorgt der durchdringende Klingelton des Telefons für die schonungslose, unsanfte Landung auf dem Boden der Realität.

„Maas. Hallo?" rufe ich nach Luft schnappend in den Telefonhörer.

„Guten Morgen, Frau Maas, hier spricht Johannsen, Richard Johannsen, Sie erinnern sich?"

Logisch erinnere ich mich. Bin doch nicht senil.

„Aber sicher, guten Morgen, Herr Johannsen, wie geht es Ihnen?" höre ich mich flöten.

„Danke, ausgezeichnet bei diesem Traumwetter", sagt er fröhlich und fügt nach einer kurze Pause hinzu:

„Ich möchte Sie ohne große Umschweife fragen, ob Sie Lust und Zeit haben, sich heute mit mir zu treffen? Ich denke, der Tag bietet sich an, um einen kleinen Spaziergang zu machen, was meinen Sie?"

„Find ich prima, allerdings kann ich erst gegen später. So um vier, halb fünf. Wo sollen wir uns denn treffen?" frage ich.

„Als eingefleischter Naturmensch kenne ich fast jeden Winkel hier und auch ein paar gut erreichbare Wanderparkplätze. Ich schlage Ihnen deshalb einen sehr schönen Ort beim Katzenbuckel vor, der sich leicht finden lässt. Er liegt zwischen Randingen und Hohenau. In Höhe des Dorfes Hohenau beim Grünbachtal folgen Sie einfach der Beschilderung Parkplatz Hohenstiegen. Dort warte ich auf Sie."

„In Ordnung, ich werde so gegen halb fünf dort sein", antworte ich und lege auf.

Wanderparkplatz. Naturliebhaber. Herrjeh, auf Wandern hab ich eigentlich keine große Lust. Hohenstiegen klingt irgendwie nach Bergtour. Unser Hund wird sich allerdings freuen. Welche Schuhe zieh ich denn dazu an? Die Wanderstiefel sind für diesen Anlass sicher albern, und meine neuen gelben Leder-Slipper auch. Am besten nehme ich die leichten Mokkasins und pack die Stiefel in den Kofferraum, man kann ja nie wissen.

16.05 Uhr. Mit der Straßenkarte auf dem Beifahrersitz müsste dieser Treff im Grünen eigentlich gut zu finden sein. Diesmal bin ich tatsächlich zu früh dran. Randingen, Hohenau, zwischen kurvenreichen Landsträßchen eine einzige gut ausgebaute Bundesstraße, nicht zu verfehlen.

Ansonsten nichts als Natur. Vorbei an Mischwäldern, Feldern, Streuobstwiesen, ein paar sanften Hügeln, immer geradeaus.

Unweigerlich fällt mir der Satz einer Bekannten ein, die kürzlich hier herauf gezogen ist:
„Da ist man dem Himmel viel näher."
Auf knapp 500 Metern Höhe kann man als Stadtmensch in dieser dünn besiedelten Gegend leicht auf solche Gedanken kommen. Vollbremsung. Hier taucht der Wegweiser zum Wanderparkplatz Hohenstiegen auf. Scharf nach links abbiegen, dem Schotterweg folgen, und da steht er bereits, Richard Johannsen. Groß, sportlich und braungebrannt wie ein Bergführer. Ein Blick auf seine Schuhe lässt mich aufatmen. Eine Mammutwanderung wird das nicht. Ich parke meinen Wagen neben seinem hellgrünen VW-Käfer-Cabrio. Genau dieses Modell aus den 60er Jahren mit den ovalen Lichtern und der spartanischen Ausstattung war lange Zeit mein Traum von Auto. Doch leider war dieser Klassiker für mich bis heute nicht drin. Weder ich noch Arne haben eine Ahnung von Oldtimern, und Geld für Reparaturen beim Fachmann sowieso nicht. Jedenfalls hat Johannsen wieder einen Punkt mehr auf der Sympathieskala.

„Ein ausgesprochen schöner Wagen", gebe ich anerkennend zum Besten und gebe ihm die Hand zur Begrüßung.
„Freut mich, dass er ihnen gefällt. Der dürfte ungefähr so alt sein wie Sie, und ich möchte nicht mehr auf ihn verzichten, obwohl er ein kleiner Umweltsünder ist. Haben Sie ein Faible für alte Autos?" fragt er interessiert.
„Ja, aber weiter als bis zu einem 2CV hab ich es bislang nicht gebracht."
Während ich den Hund aus dem Auto befreie und mir ein Sweatshirt umhänge, erzählt er von dem faszinierenden Lebensgefühl, das Fahrzeuge vermitteln können.
„Das hätte ich nicht gedacht, Herr Johannsen. Nachdem ich Ihre Unterlagen gelesen habe, hätte ich Ihnen diesen Hang zur Romantik und Nostalgie gar nicht zugetraut. Ich hielt Sie für einen Mann, der rational denkt und handelt und Wert auf

Funktionalität und Sicherheit legt."
Geschickt sind wir beim eigentlichen Thema angelangt.

„Das eine schließt das andere nicht aus", gibt Johannsen lächelnd zurück und folgt mit ausladenden Schritten zielbewusst einem unebenen, leicht ansteigenden Pfad. Ich habe Mühe mitzuhalten und dabei auch noch gedanklich zu folgen.

„Vielleicht wirken die Auszüge meiner Lebensgeschichte sehr nüchtern auf Sie. In Wirklichkeit habe ich jedoch die letzten zehn, fünfzehn Jahre meinen Lebensstil komplett geändert. Der Sinn des Lebens, oder das, was ich dafür hielt, hat eine völlig neue Bedeutung bekommen. Sie haben ja gelesen, dass meine Frau sehr krank war und ich sie vor einigen Jahren verloren habe. Das hat alles grundlegend verändert."

Johannsen macht eine Pause, verlangsamt seinen Schritt und schaut mich prüfend von der Seite an.

„Gehe ich zu schnell? Ich hab Sie gar nicht gefragt, ob Ihnen der Spaziergang in diesem wilden Gelände überhaupt gefällt."

„Doch, sehr, die Landschaft ist beeindruckend hier, aber ein kleines bisschen gemütlicher könnten wir schon gehen", gebe ich zurück.

„Tut mir leid. Hab mich wohl zu einem eigenbrötlerischen Egoisten entwickelt. Lassen wir uns ein wenig mehr Zeit. Ich möchte Ihnen gerne ein schönes Plätzchen zeigen, nur rund zwanzig Minuten von hier entfernt, auf einer Anhöhe mit herrlichem Ausblick Richtung Westen, wo bald die Sonne untergeht. Das ist ein echtes Naturschauspiel. Meine Frau und ich sind schon vor zwanzig Jahren oft hierher gekommen, um die Ruhe und diese ursprüngliche großzügige Landschaft mit ihren Wäldern und Streuobstwiesen zu genießen. Deshalb haben wir auch ein Ferienhaus ganz abgeschieden auf dem Land gekauft. Nach dem Tod von Katharina hab ich unsere Stadtwohnung verkauft und bin hier her umgesiedelt. Mit Stuttgart verbindet mich nichts mehr."

Er bleibt kurz stehen, atmet tief durch und meint:

„Und nun sind wir auch schon beim eigentlichen Kern der Geschichte, weshalb ich auf Magdalenenwald stieß. Sie müssen wissen, dass ich während meiner beruflichen Laufbahn nicht viel für Soziales übrig hatte. Meist war ein zehn bis zwölf Stunden Tag zu bewältigen, ein Meeting jagte das andere, in den letzten Jahren war ich auch geschäftlich oft im Ausland. Da blieb einfach keine Zeit für persönlichen Freiraum, bis auf die Wochenenden und Ferien, und die waren oftmals durch gesellschaftliche Verpflichtungen verplant. Aber das kennen Sie ja sicher. Haben Sie auch Familie?" fragt er unvermittelt.

„Ja, drei Männer und ihn da", antworte ich mit Blick auf den Hund.

Ohne darauf weiter einzugehen, erzählt er weiter.

„Meine Frau ging auch ganz in ihrem Beruf auf. Sie war Industriedesignerin. Nachdem wir keine Kinder bekamen, engagierte sie sich sehr für ihre Firma. Die Arbeit, Katharinas Interesse an Kunst und Kultur und unsere Liebe zur Natur, füllte uns ganz aus. Bis zu dem Tag, an dem sich bei Katharina der Verdacht auf eine bösartige Geschwulst bestätigte, hatten wir ein weitgehend sorgenfreies, abwechslungsreiches Leben. Unsere Beziehung war in jeder Hinsicht gut. Wir haben uns ergänzt und versucht, den Partner in seinem Tun und Handeln zu respektieren. Und so etwas ist nicht selbstverständlich, angesichts der Scheidungsraten heutzutage."

Abrupt wechselt er die Richtung, steuert schnurstracks auf eine knorrige Schlehenhecke zu und zupft ein paar schrumpelige Beeren ab.

„Die kann man auch roh essen. Sie schmecken zwar etwas pelzig, sollen aber sehr gesund sein."

Amüsiert schaue ich ihm zu, wie er mit seinen schlanken Fingern vorsichtig den spitzen Nadeln ausweicht, um schadlos an die Beeren zu kommen.

Irgendwie hat er etwas Jungenhaftes an sich.

„Möchten Sie probieren?" fragt er.

„Nein, danke, die genieße ich lieber in anderer Form. Schlehenmarmelade oder Schlehengeist sind mir weitaus lieber", wehre ich vorsichtshalber ab.

Er steckt ein paar Beeren in die Hosentasche und kehrt auf den Pfad zurück. Langsam gehen wir weiter.

Plötzlich wird Bambou, der Hund, nervös. Er scheint einen unwiderstehlichen Duft zu wittern und nimmt eine Fährte auf. Im Nu ist er im Unterholz verschwunden. Ich muss mehrfach laut nach ihm rufen, bis er wieder auftaucht. Johannsen erkundigt sich nach Rasse und Herkunft. Er hat unseren Briard wohl ins Herz geschlossen. Endlich setzt er seine Schilderung fort.

„Zurück zu meinem Umzug in den Odenwald. Nach Katharinas Krankheit, unserem jahrelangen Kampf gegen den Krebs, den wir trotz verschiedener schulmedizinischer und alternativer Therapien, verloren haben, war ich verzweifelt. Ich fühlte mich leer, brauchte Abstand und Ruhe, um wieder zu mir zu finden. Ich wollte keine oberflächlichen Gespräche mehr. Einladungen von Bekannten, die Anteilnahme heuchelten, waren mir zuwider. Konnte weder Mitleid, noch ernst gemeintes Bemühen um meine Person ertragen. Wollte keine Veranstaltungen mehr besuchen. Hatte das Interesse verloren. Musste weg, Stuttgart und meinem früheren Leben den Rücken kehren."

Nach einer kurzen Pause erzählt er weiter.

„Die ersten beiden Jahre auf dem Land hab ich mich ausschließlich mit mir selbst beschäftigt, hab Berge von Büchern verschlungen, bin viel gewandert. Wie es so schön heißt, heilt die Zeit Wunden. Das war tatsächlich so. Irgendwann ging es mir besser, es folgte eine Zeit der Öffnung, der Kontaktsuche. Schließlich wollte ich mein Wissen und meine Erfahrung an jüngere Menschen weitergeben. Secondment, Wissensvermittlung für Firmen, schien mir zunächst das Richtige zu sein.

Durch den Sohn meiner Nachbarn stieß ich schließlich auf Magdalenenwald. Er war dort als Zivi tätig und hat mich auf diese Einrichtung neugierig gemacht. Ich sollte ihn einmal in seine Wohngruppe begleiten und die Menschen, mit denen er täglich zu tun hatte, kennen lernen. Nur ein paar Stunden Zeit opfern, eine Geschichte vorlesen, einen Rollstuhl schieben. Aus diesen wenigen Stunden sind dann rasch ganz viele geworden; aus der anfänglich scheuen, zaghaften Begegnung eine tiefe Verbundenheit, eine ehrliche Herzlichkeit und Zuneigung. So etwas hätte ich mir früher nicht vorstellen können."

Wieder entsteht eine kurze Pause, in der er seinen Gedanken nachzuhängen scheint, bevor er weiter erzählt.

„Ich wusste anfangs nicht, wie ich mich verhalten sollte, wollte nichts falsch machen. Vermutlich geht das vielen Menschen so. Es gibt eine Art Angst vor der Begegnung mit Behinderten, die lähmt und verunsichert. Man möchte kein übertriebenes Interesse zeigen, diese Menschen mit ihren Anliegen aber dennoch ernst nehmen. Immer wieder drängt sich dabei die Frage auf: Soll man hin- oder besser wegschauen? Ich denke, es kommt in unserer leistungs- und erfolgsorientierten Gesellschaft mangels Kontakten und Erfahrungen zu diesen zwischenmenschlichen Anlaufschwierigkeiten. Es ist eben immer noch nicht an der Tagesordnung, dass man mit Behinderten zu tun hat, sondern eher die Ausnahme. Schließlich waren sie jahrzehntelang unter Verschluss, in Anstalten oder ihren Elternhäusern, weggesperrt, von der Außenwelt ferngehalten. Und dann kommt noch hinzu, dass sie unseren Vorstellungen von Schönheit und Ästhetik oft so ganz und gar nicht entsprechen."

Wir sind auf einem weiten Hochplateau angekommen, und mein Begleiter lässt den Blick über die tiefer liegenden Wälder und Auen in die Ferne schweifen. Am Horizont, der in ein tiefgelbes, warmes Abendlicht getaucht ist, zeichnet sich noch schwach ein blutrot bis orange farbiges Wolkenband ab.

„Ist das nicht herrlich? Die Szene wirkt fast ein bisschen kitschig", meint er.

Der Anblick fasziniert zwar, doch bin ich so sehr an seiner Geschichte interessiert, dass mir die volle Konzentration auf die Landschaft und das Naturschauspiel nicht recht gelingen will. Johannsen scheint zu verstehen, setzt sich neben mich auf eine raue, leicht verwitterte Holzbank und fragt:

„Hatten Sie schon einmal näher mit Menschen zu tun, die ein Handikap haben, eine geistige Behinderung?"

„Nein, noch nie, hat sich noch nicht ergeben", antworte ich etwas beschämt, da es tatsächlich weder in unserer Familie, noch in unserem Bekanntenkreis geistig behinderte Menschen gibt. Zumindest kenne ich keine näher.

„Schade, dann ist es schwierig, Ihnen ein Bild von der Wärme und Offenheit zu vermitteln, die diese Menschen einem entgegenbringen können. Ich wünsche Ihnen mal eine solche Begegnung. Mich hat vor allem fasziniert, dass Zeit für mich plötzlich einen anderen Stellenwert bekam. Mir wurde klar, dass nur der Moment zählt, denn der ist kostbar und einmalig. Diese Menschen sind ganz bei sich, gehen Herausforderungen gelassen an, erleben Dinge intensiv, haben ganz eigene Sichtweisen, setzen andere Schwerpunkte, überraschen immer wieder. Zum Beispiel durch den plötzlichen Wechsel ihrer Gemütslage. Tiefe Trauer und überschäumender Tatendrang können fast nahtlos ineinander übergehen. Das kannte ich so noch nicht", sagt Johannsen.

Wieder sieht er mir dabei so tief in die Augen, als wolle er mit seinen Worten meine Seele berühren. Nach einer Weile spricht er weiter.

„Auch über mein eigenes Empfinden war ich erstaunt. Selbst beim Anblick eines schwer mehrfach behinderten Kindes hatte ich plötzlich kein Mitleid mehr. Mitgefühl beschreibt eher das,

was ich dabei empfunden habe. Aber wer gibt uns überhaupt das Recht zu beurteilen, ob diese Menschen unglücklich sind oder leiden? Steht es uns wirklich zu, über wertes oder unwertes Leben zu urteilen? Ist nicht jede Art des Lebens lebenswert? Birgt nicht auch jede Krankheit, jeder Schmerz eine Chance? Reifen wir nicht daran?" fragt er, ohne auf eine Antwort zu warten.
Und ich bin froh, darüber nicht mit ihm diskutieren zu müssen.

„Ich weiß nicht, ob Sie das nachempfinden können, Frau Maas, aber manchmal habe ich einige dieser Frauen und Männer sogar ein bisschen um ihr Leben beneidet. Die Freude über eine scheinbare Kleinigkeit, die Sorglosigkeit und Ehrlichkeit im Umgang mit Gefühlen, die spontane Fröhlichkeit, diese nonverbale Ausdruckskraft. Das sind alles Eigenschaften, die wir so genannten Normalen, also Menschen, die unserer Norm entsprechen und die in der Lage sind, Handlungen und Gefühle genau zu berechnen und zu reflektieren, sonst vielleicht nur noch an Kindern entdecken."
Kinder sind das Stichwort.
„Ja, das kann ich gut nachvollziehen…", pflichte ich ihm bei.
Johannsen scheint mich aber gar nicht zu hören, denn er spricht unverzüglich weiter, gerade so als wolle er seinen Gedankenfluss nicht abbrechen lassen.
„Es ist schwer zu beschreiben, aber all diese Menschen, die ich bislang kennen gelernt habe, sind so unbeschreiblich authentisch. Viele von ihnen haben Talente und Fähigkeiten, von denen wir Intellektuelle nur träumen können. Denken Sie beispielsweise an die bildende Kunst. Der Kunst von Menschen mit Behinderungen, die man im Fachjargon Art brut nennt, wird mittlerweile ein hoher Stellenwert auf dem internationalen Kunstmarkt eingeräumt. Von den Guggingern und den

Werken der Prinzhorn Sammlung spricht man in Kunstkreisen heutzutage mit Achtung und Respekt. Viele bedeutende Künstler haben die Vorlagen von geistig behinderten oder psychisch kranken Kunstschaffenden genutzt, um sich inspirieren lassen; man denke nur an Pablo Picasso, Georg Baselitz oder Paul Klee. Auch mir haben diese Menschen sehr viel gegeben, wenn auch nicht speziell im künstlerischen Bereich, jedenfalls bekam ich viel mehr, als ich ihnen geben konnte. Deshalb bin ich auch so wütend auf diejenigen, die sich ihrer bedienen, ihnen Schaden zufügen, in welcher Form auch immer, sie kalt berechnend für ihre zweifelhaften Zwecke missbrauchen. Missbrauch geschieht in vielfacher Hinsicht, Frau Maas, Missbrauch kann sich sowohl auf den körperlichen, als auch den seelischen Bereich beziehen. Der Missbrauch, den ich meine, bezieht sich auf beides gleichermaßen."
Scharf fügt er hinzu:
„Hier muss etwas geschehen. Und zwar ganz schnell."

Bambou spitzt die Ohren. Der harsche Tonfall gefällt ihm nicht. Geschmeidig läuft er ein paar Meter weit von uns weg, nimmt einen langen Stock auf, trabt geradewegs wieder auf uns zu und wirft die Astgabel Johannsen direkt vor die Füße. Die leicht angespannte Stimmung löst sich. Wir müssen unwillkürlich lachen. Hunde haben eben Instinkt. Johannsen steht auf, nimmt den Stock und wirft ihn gut zwanzig Meter weit weg. Mit großen Sätzen springt Bambou begeistert los und wiederholt das Spiel mehrmals.
„Jetzt kriegen Sie ihn nicht mehr los. Sie haben einen neuen Freund gefunden", bemerke ich.

Schließlich nimmt Johannsen wieder Platz und streichelt unserem großen Rüden zärtlich über den Rücken, der sich zufrieden neben ihm niederlässt.
„Ich glaube, ich sollte mir auch einen treuen Vierbeiner zu-

legen. Das macht wirklich Spaß mit ihm. Er hat mich richtig ins Schwitzen gebracht", sagt er.

„Also, demnächst fahren wir für drei Wochen in Urlaub. Das wäre doch die Gelegenheit. Bambou würde sich bei Ihnen sicher wohl fühlen", scherze ich mit gespielt ernster Miene.

„Keine schlechte Idee. Darüber lässt sich reden", gibt Johannsen prompt zurück.

Bevor er sich jedoch weiter dazu äußern kann, nehme ich den eigentlichen Gesprächsfaden wieder auf.

„Auch wenn Sie mich für ungeduldig halten, mich interessiert brennend, was in dieser Einrichtung passiert, was sie dort konkret erlebt haben."

„Wie gesagt, ärgere ich mich maßlos über eine ganze Reihe von Dingen. Es stößt mir zum Beispiel sauer auf, dass der soziale Auftrag missbraucht wird, das heißt, dass bedürftige Menschen dazu benutzt werden, um an öffentliche Mittel, Zuschüsse, Stiftungs- und Spendengelder zu kommen, die dann zweckentfremdet eingesetzt werden. Gutgläubige Menschen werden dabei wissentlich hinters Licht geführt. Dabei schrecken die Führungskräfte auch nicht davor zurück, regelrecht mafiös zu arbeiten, um an Einfluss und Macht zu gewinnen."

„Mafia, hier auf dem Land?" werfe ich ungläubig ein.

„So kann man den Sozialkrieg unter den Einrichtungen wirklich nennen. Diese Leute tragen übrigens stolz das Zeichen der Kirche auf der Stirn, predigen soziales Handeln und brüsten sich mit hehren Gedanken, ohne sie je verinnerlicht zu haben. Mit derselben Überzeugungskraft könnte diese Spezies jedes x-beliebige Wirtschaftsunternehmen leiten, das heißt genauso gut Waschmittel oder Hundefutter verkaufen. Und die Mitarbeiter an der Basis leisten für karge Mindestlöhne unter immer härter werdenden Bedingungen wertvolle Arbeit. Die jahrelangen Fehlinvestitionen und -planungen haben sie auszubaden. Qualitätsstandards sinken auf den Zustand von »satt und sauber« ab, und gleichzeitig steigen die Gehälter der leitenden Mitarbeiter durch allerlei Aufwandsentschädigungen und Sonderprämien in astronomische Höhen. Das Finanzloch wird übrigens auch deshalb stets größer, weil das Unvermögen dieser Führungskräfte durch teure Berater und externe Dienstleiter kaschiert wird. Das ist nicht nur auf der Managerebene im Bankensektor und bei vielen Großkonzernen der Fall", sagt Johannsen mit Nachdruck.

Er räuspert sich kurz, schaut mir direkt ins Gesicht und sagt:
„Am allermeisten ärgert mich aber, dass Schutzbefohlene, im aktuellen Fall handelt es sich um junge männliche Mitarbeiter auf Zeit, einem pädophilen Vorgesetzen ausgesetzt sind und keine Aufsichtsbehörde diesen Laden unter die Lupe nimmt, sich kein objektives Gremium als handlungsfähig erweist und niemand draußen etwas davon erfährt. So, nun wissen Sie, weshalb ich Ihnen im >Moritz< keine Details schildern wollte."
Johannsen atmet tief durch, und mir hat es für eine Minute die Sprache verschlagen.
„Und ich dachte immer, im sozialen Bereich arbeiten engagierte Menschen in Nächstenliebe für höhere Ziele", sage ich nachdenklich.
„Das ist auch nicht falsch. Es gibt dort viele, die sich bewundernswert um ihre Betreuten kümmern und manchmal fast Übermenschliches leisten, aus sozialen und christlichen Motiven heraus, wie auch immer. Einige Erzieher, wie man diese Betreuer heute noch nennt, habe ich persönlich kennen gelernt. Dabei war ich immer wieder erstaunt, mit welcher Hingabe sie sich um ihre Schützlinge kümmern. Oft sind dabei ganze Familien und Freundeskreise miteinbezogen, und das sogar an Feier- und Festtagen wie Ostern und Weihnachten. Ich spreche auch nicht von der breiten Masse. Es handelt sich hier um einige wenige Menschen, die jedoch durch ihre Position und ihren Einfluss großen menschlichen und wirtschaftlichen Schaden

anrichten, und dagegen müssen wir einfach etwas tun", erklärt er mit Nachdruck in der Stimme.

„Sie sagen wir, Herr Johannsen. Das ehrt mich, und Sie wissen ja, dass mich die Sache interessiert, sonst wäre ich heute nicht hier. Aber ich glaube, Sie unterschätzen die Tragweite etwas. Wenn wir diese Geschichte in den Printmedien unterbringen möchten, brauchen wir mehr Handfestes, das heißt wasserdichte Beweise. Wir müssten uns auf Aussagen von Betroffenen absolut sicher verlassen können. Und da hab ich so meine Zweifel. Schließlich fahren wir harte Geschütze auf und greifen die heilige Kirche an. Wir müssen also mit extremer Gegenwehr rechnen und entsprechend gut vorbereitet sein", gebe ich zu bedenken.

„Seien Sie unbesorgt. Lassen Sie mich nur machen, Frau Maas. Ich bin auf einer ganz heißen Spur. Den Pädophilen hab ich schon bald an der Angel. Eine Zeugenaussage und eindeutige Fotos des Missbrauchs reichen sicher als Beweisgrundlage", erwidert er und meint:

„Gehen wir langsam zurück?"

Der leichte Abstieg im Abendlicht, vorbei an einer Grillstelle mit Abenteuerspielplatz, tut nun richtig gut. Das muss ich unbedingt meinen Männern zeigen. Die Gegend gefällt ihnen sicher. Wir sprechen wenig, lassen die Natur auf uns wirken. Es scheint, als sei alles gesagt. In weniger als zehn Minuten erreichen wir den Parkplatz. Noch ein paar Schritte, und wir sind bei unseren Autos. Gerade als ich Bambou am Halsband fassen will, stürmt er los in Richtung Schotterstraße.

„Bambuu, Bambuuu!" Alles Rufen nützt nichts, er ist verschwunden.

„Überlegen Sie sich die Sache mit dem Hundekauf noch mal gut. Da sehen Sie, was man davon hat. Wahrscheinlich kommt er gleich mit einem Hasen im Maul aus dem Wald. Oder wir hören einen Schuss, und ich bekomm das große Zittern. Ausgerechnet um diese Zeit muss er weglaufen, wenn das Risiko, beim Wildern erwischt zu werden, am größten ist. Dummer Hund!" schimpfe ich.

„Keine Sorge, wir finden ihn sicher gleich", beruhigt mich Johannsen.

Wir machen uns nochmals auf den Weg, stolpern über die Schotterpiste und sehen ihn schließlich in zehn Metern Entfernung aus dem Dickicht kommen. Bevor ich etwas sagen kann, wendet sich Johannsen an das Tier.

„Guter Hund, hast uns rufen gehört. Komm her Bambou."
Brav wie ein Lamm zottelt der Hund zu Johannsen und lässt sich das Fell tätscheln. Ich bin sprachlos. Wie kann man einen Hund dafür loben, dass er weggelaufen ist? Wenn ich jetzt kräftig schimpfe, hält mich Johannsen sicher für eine überdrehte Zicke. Zudem bin ich ja selbst schuld. Hunde sollten im Freien angeleint werden. Also schaue ich tatenlos zu. Außerdem hat mir Bambou mit seiner Weglauf-Aktion ohne es zu wissen einen Gefallen getan. Er brachte Bewegung in die melancholische Stimmung.

Schwungvoll und beinahe versöhnt lasse ich die Wagentür hinter dem Hund ins Schloss fallen und gehe auf Johannsen zu.

„Danke für diesen schönen Spaziergang und unser Gespräch. Gut, dass Sie mich angerufen haben. Es lässt sich bestimmt ein Weg finden, das alles öffentlich zu machen. Und mit den richtigen Medien erreichen wir vielleicht, dass sich etwas grundlegend ändert, zumindest in dieser Einrichtung."
Er lächelt zustimmend.

„Der Dank liegt auf meiner Seite. Ich hab mich nicht in Ihnen getäuscht, Frau Maas. Machen Sie's gut, bis zum nächsten Mal. Ich ruf Sie an, sobald sich was Neues ergeben hat. Und geben Sie Bambou eine extra Streicheleinheit von mir. Er ist ein ausgesprochen netter Kerl. Über das Hundesitting sollten wir noch sprechen."

Über einen Monat lang höre ich nichts von Johannsen. Der Garten, das Haus, die Jungs und die Kolumnen, die ich jetzt regelmäßig einem Heidelberger Verlag liefere, halten mich in Atem. Vielleicht muss ich meinen Anspruch auf Perfektion überdenken. Wenn ich ehrlich bin, möchte ich für Arne, Mick und Ole da sein, auf den beruflichen Erfolg nicht ganz verzichten, dabei attraktiv und ausgeglichen wirken, mal wieder in Ruhe ein Buch lesen, ohne schlechtes Gewissen und, und, und. Irgendwas bleibt dabei immer auf der Strecke. Zu Hause arbeiten funktioniert nicht wie gedacht. Vielleicht mangelt es mir an der richtigen Einstellung, an Disziplin. Zeit für mich und meine Freundinnen gönne ich mir kaum noch. Und das Prickeln im Bauch, wenn Arne zur Tür hereinkommt, hat sich auch verflüchtigt. Die erotische Leidenschaft, die Leiden schafft, wurde von einem Gefühl tiefer Vertrautheit verdrängt. Beides gleichzeitig scheint in einem Menschen nicht Platz zu haben. Die wohlige Trägheit macht sich breit und breiter. Spannung und Abwechslung in den Alltag zu bringen, wird richtig anstrengend.
Außerdem erwarte ich insgeheim von Arne, dass sich sein Einfallsreichtum nicht auf den alltagspraktischen Sektor beschränkt. Er könnte mich auch mal wieder überraschen. Mich so unbeschwert und ungestüm verführen wie zu unserer Anfangszeit. Vielleicht erwarte ich aber auch zu viel, oder sollte selbst aktiv werden, meine Wünsche äußern und noch besser, sie einfach in die Tat umsetzen.

Gedacht, getan. Gleich heute Abend zieh ich mein neues, knallrotes Sommerkleidchen an, tauche die Terrasse mit einem stilvoll gedeckten Tisch und einem wahren Kerzenmeer in ein südlich anmutendes Flair, wie in romantischen Liebesfilmen. Dazu werde ich mein langes, hellrotes Haar ausnahmsweise offen tragen, genau so wie Arne es liebt. Es beflügelt richtig, alles hübsch herzurichten. Nur noch kurz duschen, den staunenden Kindern eine Gute-Nacht-Geschichte vorlesen und die Antipasti auf dem Tisch arrangieren. Fertig.

Mit dem Ergebnis kann ich zufrieden sein. Auch ein letzter Blick in den Spiegel tut meinem Ego gut. Das Kleid spannt nur an den Stellen, wo es soll. Und meine leicht gebräunte Haut kommt gut zur Wirkung. Kurz nach neun kündigt knirschender Kies Arne an, als ich gerade einen argentinischen Bolero auflege. Er kommt zur Tür herein, wirft seine Aktentasche auf den Sessel, sieht mich und den ganzen Zauber auf der Terrasse, fährt mit der Hand durch seine dichte, dunkle Haarpracht, und grinst.

„Gibts was zu feiern? Hab ich unseren Hochzeitstag vergessen?"

„Es gibt was zu feiern. Uns!" lächle ich lasziv und versuche in lässig eleganter Haltung gekonnt die Sektflasche zu öffnen.

Peng! Es knallt heftig. Mit ungeheurer Wucht schießt der Sektkorken heraus. Es schäumt und sprudelt so heftig, dass ich versuche mit dem Daumen die Flaschenöffnung zuzudrücken. Dabei spritzt mir der ganze teure Sekt auch noch mitten ins Gesicht und verwandelt mein wunderhübsches Seidenkleid in einen klatschnassen, schlabberigen Sack, der eklig am Körper zu kleben beginnt. Für den Bruchteil einer Sekunde steigen mir Tränen in die Augen. Dann beginnt Arne so entwaffnend zu lachend, dass mir die ganze Szenerie nur noch komisch vorkommt. Er lässt mir aber keine Zeit über Drama oder Komödie nachzudenken, zieht mich ganz eng an sich, öffnet meinen tiefen Reißverschluss im Rücken und flüstert mir mit tiefer Stimme ins Ohr:

„Da hilft nur ausziehen – sofort!"

Mir wird heiß. Wenn ein Herz vor Freude hüpfen kann, dann mutiert meines gerade zum Känguru.

Die Tage gehen ins Land. Kein Lebenszeichen von Johannsen. Unser letztes Gespräch geht mir durch den Kopf. Wie wütend er plötzlich wurde, als er von den seltsamen Dingen in diesem Verein sprach. Und wie einfühlsam und liebevoll er die Menschen mit ihren Problemen beschrieb. Ich will mehr erfahren. Wann ruft er endlich an?
An einem Donnerstagabend, Mitte Juni, ist er dann am Apparat.

„Es hat ein bisschen gedauert. Sie werden verstehen weshalb, Frau Maas, wenn wir uns treffen. Geht es morgen bei Ihnen?" fragt er hastig.

„Ja, kein Problem, wann und wo?" will ich wissen.

„Wenn Sie möchten, an derselben Stelle wie letztes Mal, so gegen drei."
Johannsens Stimme klingt merkwürdig anders. Er wirkt bedrückt und spricht viel schneller als gewohnt.

„Gibt es Neuigkeiten?" frage ich.

„Ja, Sie werden staunen. Jetzt haben wir endlich handfeste Beweise. Und das reicht sicher, die ganze Bande zu überführen. Also, bis morgen, schönen Abend noch."

Es ist kurz nach sechs und in einer Stunde kommen Stella und Peter, unsere besten Freunde, zum Abendessen. Keine Zeit, weiter über den Anruf nachzudenken. Arne werkelt eifrig in der Küche und braucht jetzt meine Hilfe. Um halb acht klingelt es an der Haustüre. Strahlend begrüßen uns die beiden, mit ominösen Taschen bepackt. Das scheint ein lustiger Abend zu werden. Die Zwei haben gerade eine Afrika-Tour hinter sich und sprühen vor neuen Eindrücken. Wir haben viel Spaß, essen und trinken gut und reichlich. Es wird sehr spät, und morgens um sechs Uhr bereue ich bitter, nicht rechtzeitig auf Mineralwasser umgestiegen zu sein. Mein Kopf brummt heftig, da helfen auch Espresso und Tabletten nicht.

Nach dem Mittagessen gönne ich mir ein Nickerchen. Danach ist mir etwas wohler zumute. Nun noch unter die Dusche, dann kanns losgehen in Richtung Wanderparkplatz. Ich bin so gespannt, was Johannsen erreicht hat. Welche Beweismittelsammlung er wohl mitbringt?

Es ist kaum Verkehr auf der kurvenreichen Landstraße. Im Radio läuft super Musik. Auf Mother's Finest folgt Tom Waits. Dann kommt ein Lied aus den 80ern von Simply Red. Ich liebe diese Stimme, denke an früher, an unbeschwerte Zeiten, in denen die Emotionen noch Achterbahn fuhren und nichts als das Hier und Jetzt zählte, als in heißen Sommernächten lauter Sound aus scheppernden Autoradios und lauwarmer Asti Spumante am Baggersee das non plus ultra waren, wir uns stundenlang über ein und dasselbe Thema die Köpfe heiß redeten, tanzten, lachten, liebten und dachten, die Welt gehöre uns allein. Erstaunlich nur, wie viele dieser „revolutionären Querdenker" heute ihrem einstigen Feindbild ähneln. Wo sind all die Indianer hin, wann verlor das rechte Ziel den Sinn? Durch diesen Song wurde mir sogar die gefällige Popgruppe Pur eine Spur sympathischer.

Jetzt ist es aber Mick Hucknall, einer der besten weißen Soulmusiker überhaupt, der sie zurückholt, jene Zeit, und sie mitten ins Herz hineinpflanzt. Wie im Zeitraffer flattern die Gefühle von damals vorbei, sagen: Grüß Gott, wir sind noch da, Du kannst uns ganz deutlich spüren, und wenn Du nicht aufpasst, sind wir wieder weg, schwupp, aus und vorbei, bis zum nächsten Mal. Ich drehe den Sound auf und singe mit, so laut ich kann. Das tut gut. Dass ein paar Frauen – sicher kaum älter als ich – verständnislos herüberstarren und den Kopf schütteln, als ich an einer Dorfkreuzung kurz anhalten muss, löst in mir ein wahres Glücksgefühl aus. Jawohl, ich bin immer noch anders.

Es hat viel Farbe in mein Leben gebracht, aber kein bisschen abgefärbt, das Landleben, beruhigend, sehr beruhigend.

Fünf nach drei bin ich da und stolz auf mich. Mein Hang zur Unpünktlichkeit ist Vergangenheit, zumindest fast. Bambou reckt den Hals, entweder erkennt er den Ort wieder, oder er freut sich einfach auf den Auslauf. Ich bin wohl zu früh, Johannsens Wagen ist nirgends zu sehen. Menschenleer, der Parkplatz. Es ist manchmal unbeschreiblich gut, einen Hund zu haben, vor allem jetzt in dieser einsamen Gegend. Ich lasse Bambou aus dem Auto springen und schließe den Wagen ab.

Die Zeit vergeht, nichts geschieht. Wie ich es hasse, warten zu müssen. Mit kleinen Schritten gehe ich den Weg langsam zurück, den ich gerade mit dem Auto gekommen bin. Gott sei Dank regnet es nicht. Der Himmel ist bedeckt, aber es scheint trocken zu bleiben. Mich fröstelt leicht, obwohl es dem Kalender nach Sommer sein sollte. Bedächtig mache ich wieder kehrt, dehne und strecke meinen Körper in alle Himmelsrichtungen. Ein kleines Gymnastikprogramm im Freien kann ja nicht schaden. Abwechselnd auf Zehenspitzen und Hacken gehend, erreiche ich das Auto, fische eine Strickjacke heraus und setze mich auf die Motorhaube. Warum kommt er nicht? Ich habe ihn doch richtig verstanden, oder? 15 Uhr, an derselben Stelle wie letztes Mal.

Meine Kopfschmerzen werden wieder stärker. So ein Mist. Ein Gefühl der Leere, der Ratlosigkeit macht sich breit. Jetzt ist es

bereits nach halb vier. Kein Motorengeräusch weit und breit.
„Bambou, komm, wir gehen ein Stück."
Mit flottem Tempo folge ich dem Pfad, den ich kürzlich mit Johannsen gegangen bin. Ich muss etwas tun, Herumsitzen und Warten machen mich krank. Die Landschaft wirkt heute ganz anders, sie kommt mir fremd und abweisend vor. Nach gut zehn Minuten Fußmarsch den Hang hinauf drehen Bambou und ich um und legen den Rückweg schnell laufend zurück. Außer Atem erreichen wir den Parkplatz. Es ist niemand da. Mich packt die Angst. Was ist los mit Richard Johannsen? Er ist doch sonst so zuverlässig und akkurat. Hat er vielleicht eine Panne? Gut möglich bei seinem betagten Vehikel. Ich gehe hin und her und warte und warte.

Der kleine Zeiger meiner Armbanduhr steht nun auf 16 Uhr. Und eine Ahnung macht sich breit, dass er nicht mehr kommt. Irgendwas hat ihn verhindert. Soll ich ihm entgegenfahren? Aber in welche Richtung? Ich weiß ja nicht mal, wo er wohnt. Das gibts doch nicht, dass mir so etwas passiert. Ich hab weder seine Telefonnummer noch seine Adresse. Vielleicht hat sich Johannsen zu Hause gemeldet. Ich muss Arne anrufen, sofort. Das Handy liegt im Handschuhfach. Mit klammen Fingern drücke ich seine Nummer auf der Tastatur. Die Ansage vom Band meldet: Der Teilnehmer ist im Augenblick nicht erreichbar. Das fehlt gerade noch.

Ich beschließe, punkt halb fünf nach Hause zu fahren. Sicher gibt es eine plausible Erklärung für das Platzen unserer Verabredung.
„Bambou, hopp ins Auto, wir fahren!"
Der Hund zögert und schüttelt sein langes Fell ausgiebig. Vielleicht vermisst auch er seinen Freund vom letzten Mal. Mit 30 Stundenkilometern lasse ich den Wagen über den Schotterweg schleichen. Doch es kommt mir kein VW-Käfer entgegen. Es

hat keinen Sinn, länger zu warten. Gas geben, ab nach Hause, so schnell wie möglich. Feierabendverkehr auf dem Lande. Traktoren verursachen kleine Staus. Schlechtgelaunt komme ich zu Hause an. Keiner da. Die Mailbox blinkt.

„Hallo, Sigrun hier, wollt mich mal wieder bei euch melden…"

„Herr Maas, hier spricht Martin Schuster. Könnten Sie mich bitte zurückrufen. Ihr Entwurf ist sehr gut, es geht nur noch um eine Detailzeichnung…"

„Franka, ruf bald zurück, Karin hier. Brauche dringend Deinen Rat…"

Das ist alles. Kein Anruf von Johannsen.

Die Tür fliegt schwungvoll auf. Mick, gefolgt von Ole und Bambou, stürmt mit roten Wangen voller Tatendrang herein.

„Mami, was gibts zu essen? Wir haben einen Bärenhunger!"

„Mick, hat ein Herr Johannsen angerufen?" will ich wissen.

„Nee, glaub nicht. Nachdem Du weg warst, sind wir raus zum Spielen. Ist Papa noch nicht da?"

„Nein, leider nicht."

Die Kinder brauchen jetzt was Anständiges zu essen und sollten nicht zu spät ins Bett, damit sie morgen fit sind.

Kurz nach acht kommt Arne heim. Er hatte einen anstrengenden Tag und bringt wenig Verständnis für mich auf.

„Du wirst sehen, morgen ruft Johannsen an und klärt alles auf. Entspann Dich, Du kannst sowieso nichts tun."

„Ich mach mir aber ernsthaft Sorgen. Hab ihn noch nicht mal nach seiner Telefonnummer oder Adresse gefragt", ärgere ich mich über meine eigene Dummheit.

„Als ich Dir gesagt hab, der Johannsen ist ein komischer Vogel, hast Du Dich fürchterlich aufgeregt. Weißt Du noch?" meint Arne.

„Ja, und das tu ich immer noch. Weshalb, bitte, ist der komisch? Nur weil er mir seine Adresse nicht aufgedrängt hat? Ist

doch nicht ungewöhnlich, oder?" gebe ich zurück.
„Franka, ich will jetzt wirklich keinen Streit. Das ertrag ich heute absolut nicht. Du steigerst Dich da in was hinein. Vielleicht hat er unerwartet Besuch bekommen oder das Auto geschrottet und keine Zeit gehabt, hier anzurufen. Der meldet sich bestimmt wieder."

Es hat keinen Zweck. Arne versteht nicht. In dieser Nacht schlafe ich schlecht, und düster beginnt der nächste Tag.

Kein Anruf von Johannsen, nicht am Freitag, nicht am Samstag und auch an den darauf folgenden Tagen nicht. Es gibt keinen Zweifel mehr, dass etwas Schlimmes passiert sein muss. Entweder hatte er einen Unfall und liegt irgendwo im Krankenhaus, oder ihn hat die Grippe so schwer erwischt, dass er nicht telefonieren kann. Das ist allerdings unwahrscheinlich, denn bei unserem Telefonat klang er gar nicht heiser.

Endlich macht auch Arne konstruktive Vorschläge.
„Versuch doch, über die Magdalenenwalder Heime weiterzukommen. Die müssen doch den Zivi, den Nachbarn von Johannsen, kennen und die Ehrenamtlichen irgendwo erfasst haben. Da sind sicher Name und Adresse hinterlegt."
„Hab ich schon versucht. Aber die Telefonistin war ausgesprochen unfreundlich und wenig motiviert. Ich wurde zigmal verbunden. Derjenige, der es wissen könnte, arbeitet wohl in einer Wohngruppe und hat bis morgen frei", erkläre ich resigniert.
„Vielleicht arbeitete Johannsen unter anderem Namen dort, oder er hatte einen Kurznamen wie Richy oder so. Hast Du daran schon gedacht?"
„Genial, Arne, Du bist echt gut", entfährt es mir.
„Das höre ich gerne, mein Schatz. Endlich lachst Du wieder", freut sich Arne.

„Richy kann ich mir zwar als Rufname für Herrn Johannsen nicht vorstellen, er gehört einer anderen Generation an und hat Klasse, aber die Spur ist gar nicht schlecht."

Punkt neun am nächsten Morgen wähle ich die Durchwahl-Nummer der Wohngruppe.
„Ja. Hallo?" meldet sich eine weibliche Stimme.
„Guten Morgen, hier spricht Franka Maas. Wer ist denn am Apparat?" will ich wissen.
„Monika."
„Äh, Monika, ich suche jemanden und hab gehört, Sie können mir vielleicht helfen. Arbeitet bei Ihnen ein Zivi, oder kennen Sie einen Herrn Johannsen?" versuche ich so nett wie möglich zu fragen.
„Nein, wer soll das sein?" erwidert sie barsch, was mich nicht hindert, weiterzufragen.
„Das ist ein älterer, smarter Herr, der vermutlich Kontakt zur Ihrer Wohngruppe hat. Er hilft ehrenamtlich. Und er kennt Ihre Gruppe durch einen Zivi, der soll heute wieder im Dienst sein. Kennen Sie den?"
„Das ist der Sebastian. Der kommt aber erst zur Mittagsschicht."
„Und einen Herrn mit kurzen grauen Haaren, der ab und zu bei Ihnen aushilft, vorliest und mit Rollstuhlfahrern kleine Ausflüge unternimmt, kennen Sie nicht?" bohre ich weiter.
„Warum haben Sie das nicht gleich gesagt? Wenn Sie den meinen, der sich immer mit unserem Paul und der Angelika beschäftigt, das ist der Richard. Aber der war schon länger nicht mehr da. Die Angelika ist schon ziemlich sauer auf ihn." Mein Herz schlägt bis zum Hals.
„Ja genau, den meine ich. Haben Sie seine Adresse oder Telefonnummer? Es ist sehr wichtig", sage ich eindringlich.
„Nee, keine Ahnung, wissen Sie, wir haben hier alle Hände voll zu tun. Rufen Sie doch heute Mittag noch mal an, wenn

der Sebastian da ist. Der kommt kurz vor zwölf. Vielleicht kann der Ihnen helfen", antwortet sie genervt.

„Bitte nur noch eines. Können Sie mir sagen, wo der Sebastian wohnt, in welchem Dorf?"

„Ich glaub, in Neuhausen. Also dann tschüß", sagt sie und legt auf.

Neuhausen. Das ist doch schon etwas. Dann muss Johannsen ebenfalls in Neuhausen wohnen, wenn er der Nachbar von Sebastian ist. Im Online-Telefonbuch finde ich jedoch keinen Eintrag. Auch die freundliche Dame der telefonischen Auskunft hat keinen Eintrag von Richard Johannsen in Neuhausen. Also muss ich mich wohl oder übel noch ein paar Stunden gedulden. Fünf vor zwölf wähle ich nochmals die Nummer der WG. Das Rufzeichen ertönt sechs Mal. Gerade, als ich den Hörer wieder auflegen will, nimmt jemand ab.
Eine junge männliche Stimme meldet sich.

„Ja. Hallo, Gruppe Siebenstein."

„Hallo, hier Franka Maas, könnte ich bitte mit Sebastian sprechen, oder sind Sie selbst am Apparat?" frage ich.

„Ja, bin ich. Um was geht es denn?" will er wissen, und mir fällt ein Stein vom Herzen.

„Gott sei Dank, ich bin so froh, dass ich Sie endlich erreiche. Sie kennen mich nicht. Aber ich bin eine Bekannte von Richard Johannsen. Seit einer Woche vermisse ich ihn. Und Sie sind doch sein Nachbar. Können Sie mir weiterhelfen?" sprudelt es aus mir heraus.

„Wenn ich das wüsste. Wir vermissen ihn auch schon. Richard kommt sonst zweimal pro Woche zu uns in die Gruppe. Er hat uns noch nie versetzt. Aber letzte Woche kam er nicht. Vielleicht ist er krank", erklärt der junge Mann.

„Ja, können Sie denn nicht einfach mal bei ihm klingeln und nachsehen, was ihm fehlt?" frage ich.

„Nein, kann ich nicht, ich bin nicht sein Nachbar. Wer hat Ihnen denn das erzählt? Sie meinen bestimmt den Christoph. Chris war früher hier Zivi, ist aber schon lange nicht mehr da. Der ist jetzt in Kanada, wollte dort studieren", gibt er zurück.

„Ach, so. Wo hat Christoph früher gewohnt? Bitte, Sebastian, sagen Sie mir das. Ich mache mir ernsthaft Sorgen um Herrn Johannsen. Vielleicht braucht er jetzt unsere Hilfe", versuche ich etwas aus ihm herauszulocken.

„Der Chris hat bei seinen Eltern in Wabenstetten gewohnt. Da können Sie sicher anrufen".

„Und wie heißt der Chris mit Nachnamen?" frage ich ungeduldig.

„Steidle, Christoph Steidle."

„Danke, Sebastian, Sie haben mir sehr geholfen."

Sofort suche ich im Telefonbuch nach Wabenstetten. Fast hätte ich es überblättert. Nur wenige Seiten. Ist wohl ein kleines Dorf. Da, zwei Einträge: Steidle Berta und Karl und Steidle Wilhelm. Johannsen ist nicht verzeichnet.

Ich wähle die Nummer von Berta und Karl Steidle.

„Steidle", meldet sich eine tiefe, warme Frauenstimme, die sicher zu einer älteren Dame gehört.

„Guten Tag, Frau Steidle, mein Name ist Franka Maas. Sind Sie die Mutter von Christoph Steidle?"

„Ja", sagt sie zögernd.
Schnell setze ich nach:

„Ich bin eine Bekannte von Richard Johannsen und habe Ihre Nummer über fünf Ecken bekommen. Sie sind doch die Nachbarn von Herrn Johannsen oder?"

„Ja. Das ist ja ein schreckliches Unglück. Sind Sie verwandt mit ihm?" höre ich sie fragen.
Mir wird übel.

„Was ist passiert, Frau Steidle?" frage ich mit flauem Gefühl zurück.

„Bitte, was haben Sie gesagt?" erwidert sie.

„Ist etwas passiert?" wiederhole ich nochmals lautstark meine Frage.

„Ja, wissen Sie das denn nicht? Der Herr Johannsen ist doch gestürzt. Hat Ihnen das noch niemand gesagt? Ein schlimmes Unglück", erklärt sie traurig.

„Nein, das hat mir noch niemand gesagt. Wissen Sie, ich bin nicht verwandt mit Herrn Johannsen, ich kenne ihn nur gut, bin eine Bekannte und hatte eine Verabredung mit ihm vergangene Woche. Aber er kam nicht. Und deshalb hab ich mir Sorgen gemacht. Ist er im Krankenhaus?" rufe ich laut in die Muschel, da Frau Steidle schlecht zu hören scheint.
Langsam erwidert sie in tieferem Tonfall:

„Das ist ja das Schlimme. Er ist gestorben. Die ganze Nacht lang ist er im Freien gelegen, der arme Mann, unten am Kellereingang. Gestern war die Beerdigung."

2

Richard Johannsen ist tot. Es braucht einige Zeit, bis ich das wirklich fassen kann. Es ist wie ein Schock. Ein böser Traum, aus dem man zu erwachen hofft. Das Schlimmste ist dieses dumpfe Gefühl der Leere, der Ratlosigkeit und die Tatsache, den Tod eines voller Tatendrang sprühenden Menschen einfach so hinnehmen zu müssen. Auf die quälende Frage nach dem Warum und Weshalb habe ich keine Antwort. Dabei kann und will ich nicht glauben, dass Johannsen eines natürlichen Todes gestorben ist.

Gestürzt soll er sein, er, der drahtige Naturmensch, der sich als absolut trittsicher im unwegsamen Gelände erwies. Es kann nicht sein, sage ich mir immer wieder. Ist es weiblicher Instinkt, der mir einflößt, dass hier etwas nicht stimmt? Eine innere Stimme, die sagt: Hör auf Dein Gespür, werde aktiv, recherchiere, finde heraus, was sich ereignet hat, trage die Details zusammen. Jawohl, ich muss etwas tun, mit Menschen sprechen, die Johannsen nahe standen.

Im Telefonbuch steht die Adresse von Berta und Karl Steidle. Mittlerweile brauche ich keine Straßenkarte mehr, um Wabenstetten zu finden. Entschlossen, aber ohne genauen Plan, wie ich vorgehen möchte, steuere ich das Auto zunächst in die Ortsmitte des Dorfes und frage eine ältere Frau nach dem Drosselweg.

„Zu wem wollen Sie denn da?" fragt sie ohne Umschweife und schaut mit einer Spur von Argwohn ins Wageninnere.
„Ich suche das Haus von Steidles, Berta und Karl Steidle, oder besser gesagt das Haus von Herrn Johannsen, wenn Sie den vielleicht kennen", erkläre ich.

Wenn Sie den kannten, müsste ich eigentlich sagen, aber das will mir nicht über die Lippen.
„Steidles wohnen draußen am Ortsrand. Sie meinen sicher das alte Forsthaus. Das liegt auf einer Waldlichtung hinter dem Hof von Steidles, ganz am anderen Ende des Dorfes. Da fahren Sie jetzt einfach geradeaus weiter und biegen die letzte Straße rechts ein, dann immer Richtung Wald, und da sehen Sie's auch schon."
Mit leicht zusammengekniffenen Augen mustert sie mich. Vielleicht sehe ich ja wirklich aus wie ein Wesen von einem anderen Stern. Bevor die Dame ihrer Neugierde weiter Luft machen kann, bedanke ich mich höflich und fahre weiter.

Forsthaus. Richard Johannsen hat ein altes Forsthaus bewohnt. Das passt ins Bild, das ich mir von ihm gemacht habe. Ein Forsthaus im Grünen würde uns auch gefallen. Da taucht das Straßenschild Drosselweg auf. Ein paar kleine ehemalige Bauernhäuser, nicht gerade geschmackvoll restauriert, säumen die Straße. Schlichte Einfamilienhäuser dazwischen. Dieses Dorf hat den Charme vieler Gemeinden, deren Bewohner nicht gerade mit Reichtum gesegnet sind. Ein weiterer Bauernhof mit diversen Nebengebäuden, Silo-Anlage und Flachdachgaragen scheint das letzte Gebäude im Drosselweg zu sein. Da müssen wohl die Steidles wohnen. Die asphaltierte Straße geht abrupt in einen Schotterweg über und führt in einer leichten Kurve um den Hof herum.

Nun verändert sich die Landschaft. Weite, leicht hügelige Wiesenflächen. Rechts und links des Weges Weidezäune, ein paar Kühe zwischen hoch gewachsenen Obstbäumen, dahinter ein Mischwald. Mächtige Tannen mit kräftigen Trieben neben hoch gewachsenen Buchen und Eichen. Ein abwechslungsreiches Form- und Farbspiel. Inmitten dieser Idylle am Waldrand steht das Forsthaus. Es ist wunderschön. Die zurückliegenden Jahre haben ihre Spuren hinterlassen. Der morbide Charakter und die Architektur gefallen mir gut. Das solide rechteckige Gebäude aus Holz mit verspielten Details an Balkon, Fensterleibungen und Dachvorsprung thront auf einem Sockel aus Tuffstein. Es muss wohl an dieser besonderen Situation liegen, dass gleichermaßen ein Gefühl von Wehmut und Freude in mir aufsteigt. Ich parke das Auto ein paar Meter weiter auf der Wiese. Es würde diesen friedlichen Ort nur stören.

Das niedrige Eingangstor des stark vergrauten Lattenzauns ist nicht verschlossen. Vorsichtig schiebe ich die knarrende Holztür auf, betrete das Grundstück und nähere mich langsam dem Haus. Der Kies auf dem schmalen Weg knirscht unter meinen Schuhen. Zu der schweren Eingangstüre auf dem überdachten Vorbau führen breite ausgetretene Holzstufen hinauf. Auf einem ovalen Messingschild steht Johannsen. Ein stark abgenutzter Fußabtreter liegt schräg vor der massiven Holztüre. Zögernd drücke ich auf den Klingelknopf. Nichts rührt sich. Was hatte ich erwartet? Johannsen würde mir jetzt gleich lächelnd die Haustüre öffnen? Vielleicht. Ich klingele nochmals, um dem Klang der Glocke zu lauschen. Ein leises Bim Bam ertönt, kein schriller Ton. Hätte mich auch gewundert.

Etwas beherzter als noch vor zwei Minuten setze ich meine Erkundungstour fort. Auf Zehenspitzen versuche ich ins Hausinnere zu blicken, aber es gelingt mir nicht. Auch alle Versuche, die Tuffsteine zu erklimmen und hineinzuspähen, scheitern kläglich. Es scheint doch in jedem Menschen ein kleiner Voyeur zu stecken, denn eigentlich geht mich Johannsens Privatsphäre nichts an. Oder doch? Bin ich es ihm nicht ein wenig schuldig, nachzuforschen? Hätte er das nicht von mir erwartet?

Das Haus hat einen Hintereingang. Eine steile Steintreppe führt hinab. Die graue Metalltür ist verschlossen. Einige Meter vom Haus entfernt steht ein Holzschuppen, in dem offenbar Gartengeräte aufbewahrt werden. Daneben befindet sich ein kleines rechteckiges Häuschen, vermutlich die Garage. Äußerlich gleicht es dem Stil des Forsthauses und ist komplett aus Holz und Stein. Auch hier ist das Tor verriegelt. Durch einen Türspalt erkenne ich schemenhaft das Heck des Käfers. Daneben steht ein altmodisches Fahrrad. Von der Garage führt ein Zufahrtsweg aus bemoosten, ziemlich rutschigen Steinplatten zu einem großen Flügeltor ins Freie, das mir zuvor gar nicht aufgefallen war.
Insgesamt wirken Gebäude und Außenanlage verlassen. Es könnte ebenso gut schon längere Zeit niemand mehr hier gewesen sein. Johannsen scheint keinen ausgeprägten Hang zum Kleingärtner gehabt zu haben. Dass sich der Rasen hier nicht kurz geschoren und monoton präsentiert, die Sträucher und Bäume nicht in Form geschnitten wurden und sich verschiedene Blumensorten zwischen Kräutern und Kalksteinen im Wildwuchs vermehren konnten, macht jedoch den besonderen Reiz aus.

Unter einer alten Linde lädt eine ziemlich verwitterte Holzbank zum Verweilen ein. Ich setze mich und lasse das Ambiente auf mich wirken. Tiergeräusche aus dem Wald, Vogelgezwitscher, sonst nichts. Absolute Ruhe. Plötzlich laut knatterndes Motorengeräusch eines nahenden Traktors.

„Hey, was machen Sie da?" schreit ein junger Mann zu mir herüber, während er mit einem gewaltigen Satz vom Traktor springt. Bevor ich antworten kann, steht er bereits breitbeinig vor mir. Mitte zwanzig, kräftige Statur, Arbeitshose und kurzärmeliges Hemd, muskulöse Unterarme, wilde Haare, rotes Gesicht. Er gibt mit seiner düsteren Miene zu verstehen, dass ich hier nicht willkommen bin.

„Ähm, ich heiße Franka Maas, Guten Tag. Ich bin eine Bekannte von Richard Johannsen. Sind Sie der Sohn von Steidles?" gebe ich zurück.

„Nein, aber der Karl Steidle ist mein Onkel, und ich helf ihm bei der Arbeit."

Mimik und Tonfall entspannen sich. Meine Chance, mit ihm ins Gespräch über Johannsen zu kommen, wächst. Eine Spur freundlicher sagt er:

„Gestern sind hier zwei Leute aus der Stadt rumgeschlichen. Der Karl hat mich rübergeschickt, um nachzusehen, was da los ist. Und da hat sich rausgestellt, dass die auf das Haus hier scharf sind. Kaum ist der Richard unter dem Boden, kommen schon die Ratten. Möcht nur mal wissen, von wem die das so schnell erfahren haben. Aber denen hab ich Beine gemacht, die kommen bestimmt nie wieder. Das regt mich echt auf. Tut mir leid, dass ich Sie so angefahren hab, aber ich konnt ja nicht wissen, dass Sie eine Freundin vom Richard sind. Hab Sie aber noch nie hier gesehen", sagt er.

„Ich habe den Richard auch nicht hier kennengelernt. Wir haben uns ein paar Mal getroffen und sind miteinander spazieren gegangen. Uns haben ein paar wichtige Dinge verbunden", erkläre ich umständlich.

„Ah so, ich verstehe", grinst er.

„Nein, das verstehen Sie völlig falsch. Wissen Sie, ach, das ist sehr kompliziert."
Verlegen suche ich nach einer passenden Erklärung, doch er kommt mir zuvor.

„Okay, und was machen Sie jetzt hier?"

„Also, ich hatte mit dem Richard vor über einer Woche eine Verabredung. Und er kam nicht. Da er sonst sehr zuverlässig ist, hab ich mir Sorgen gemacht. Auf Umwegen kam ich dann an die Telefonnummer der Steidles. Richard hatte nämlich Christoph Steidle in einem Gespräch erwähnt und ihn als Nachbarn und Freund bezeichnet. Frau Steidle hat mir dann von dem Unglück erzählt, und da bin ich hierher gefahren. Ich kann das alles noch gar nicht fassen", sage ich.

„Das können wir alle nicht, der Richard war ein total netter Mensch. Der hat keiner Fliege was zuleide getan, und jetzt lebt er nicht mehr. Das ist echt Scheiße!"

Wie ein kleines zorniges Kind schiebt er beide Hände in die Hosentaschen und macht ein trotziges Gesicht.
Rasch füge ich hinzu: „Ja, das ist es, und deshalb bin ich auch hier. Um ganz offen zu sein, ich glaube nicht an einen Unfall."

„Mir kommt das alles auch ein bisschen komisch vor. Sind Sie denn von der Polizei?" fragt er prompt.

„Nein, aber trotzdem will ich etwas herausfinden. Und vielleicht können Sie mir dabei helfen. Würden Sie das tun? Für Richard."
Mit großen Augen schaut er mich an.

„Ja, schon. Aber ich weiß gar nicht wie."

„Zum Beispiel können Sie mir ein paar Fragen beantworten. Mich interessiert, wo man Richard Johannsen genau gefunden hat und wer das war? Hatte er Besuch in den Tagen vor seinem Tod? Wer sind seine Angehörigen?" lege ich los.

„Stopp, so schnell bin ich nicht. Ich versuch Ihnen ja zu helfen, aber viel weiß ich auch nicht", meint er.

„Klasse, danke. Wie heißen Sie eigentlich? Sollen wir uns nicht duzen? Ich hab mich ja schon vorgestellt. Ich heiße Franka", sage ich mit meinem allerschönsten Lächeln und strecke ihm freundschaftlich die Hand entgegen.

„Okay, ich bin der Sigi."
Kräftig schütteln wir uns die Hände, so als wollten wir ein Bündnis besiegeln.

Sigi ist umkompliziert. Ohne lange zu zaudern, führt er mich zu der Stelle, wo Richard Johannsen tot aufgefunden wurde. Mit ausladenden Schritten geht er vor mir her, quer über den Rasen hinter das Haus.

„Da ist es", sagt er und deutet auf das untere Ende einer schmalen, sehr steilen Steintreppe an der Rückseite des Hauses. Obwohl weder Blutspuren noch Kreidestriche von Polizeibeamten, wie man es von Verkehrsunfällen oder von Kriminalfilmen her kennt, an den Toten erinnern, starre ich stumm auf die Betonfläche, nicht größer als eineinhalb Quadratmeter. Die Vorstellung, dass Johannsen hier gestorben ist, schnürt mir die Kehle zu. Dort soll er also die ganze Nacht gelegen haben? Ob er vor seinem Tod lange gelitten hat? Die Treppe führt hinab ins Untergeschoß des Hauses. Was er da wohl gewollt hatte?

Wie wenn er meine Gedanken lesen könnte, sagt Sigi unvermittelt:

„Schon komisch, dass der hier runtergestürzt ist. Es hat doch gar nicht geregnet, die Stufen waren total trocken. Meine Tante Berta hat ihn morgens um halb acht gefunden. Er lag dort unten vor der grauen Metalltüre und hat sich nicht gerührt. Meine Tante hat einen Riesenschreck bekommen, ist zurück zum Hof gelaufen und hat von dort aus den Notarzt angerufen. Aber der konnte nichts mehr machen."

„Sag mal Sigi, weißt Du, wohin die Türe führt?" will ich wissen.

„Klar, das ist die Kellertür. Man kann von innen und von außen in die Kellerräume gehen. Da gibt es ein Holzlager, eine kleine Werkstatt und einen ziemlich großen Raum mit Vorräten und so. Ich kenn das alles gut hier, hab dem Richard oft geholfen, wenn es was Schweres zu transportieren gab", erklärt er bereitwillig.

„Aha, und warum kam Deine Tante schon so früh hierher? Hat sie vielleicht irgend was Verdächtiges gehört?" bohre ich weiter.

„Nein, nein, das ist ganz einfach. Weißt Du, auf meine

Tante ist Verlass. Regelmäßig bringt, nein, ich muss ja jetzt sagen brachte, sie dem Richard Freitagmorgens eine Schachtel frische Eier. Weil die Haustüre offen stand, Richard aber nicht im Haus und im Garten gewesen ist, hat sie laut nach ihm gerufen. Als er nicht reagierte, kam ihr die Sache komisch vor. Sie ging dann auf die Suche nach ihm und – den Rest kennst Du ja."

Sigi stopft seine Hände in die Hosentaschen, tritt unsicher auf der Stelle und schaut auf den Rasen. Es wird Zeit, für mich zu gehen. Mehr ist momentan sowieso nicht herauszufinden. Ich danke dem jungen Mann für seine Hilfsbereitschaft und verlasse diesen schaurig-schönen Ort mit der Gewissheit, dass es noch mehr Menschen gibt, die an einer natürlichen Todesursache von Richard Johannsen zweifeln.

In den folgenden Tagen bin ich ausschließlich damit beschäftigt, möglichst viele Puzzleteile zu sammeln, die zu einem aufschlussreichen Bild führen. Sigi erweist sich dabei als ausgesprochen hilfreich. Er lebt seit seiner Geburt in Wabenstetten und kennt jeden hier. Und einem Wabenstettener entgeht nichts. So erfahre ich noch ein paar wichtige Dinge.

Der von Familie Steidle herbeigerufene Notarzt konnte Richard Johannsen nicht mehr helfen. Er bescheinigte sogleich den Tod. Als Todesursache wurde Genickbruch festgestellt, hervorgerufen durch einen heftigen Sturz die Treppe hinab. Richard Johannsen war die ganze Nacht lang im Freien gelegen. Eine Fremdeinwirkung wurde ausgeschlossen. Niemand hatte offiziell Zweifel an dieser Feststellung.

Rätsel geben jedoch Beobachtungen von Berta Steidle auf. Sie ist sicher, dass Johannsen am Abend zuvor noch Besuch bekommen hatte. Von wem, weiß sie nicht, aber sie erinnert sich genau an den Zeitpunkt. Es war kurz nach zehn gewesen. Bevor sie zu Bett ging, hatte sie im Stall noch einmal nach den jungen Hunden gesehen. Wegen der Nachtfrische beschloss sie, über der Wurfkiste eine Rotlichtlampe zu installieren. Die Lampe hing an einer Bretterwand in der Scheune neben dem Stall. Es war schon sehr dunkel draußen. Als sie mit der Lampe aus der Scheune kam, bemerkte sie ein Auto, das im Schritttempo, am Hof vorbei zum Forsthaus fuhr. Darüber hat sie sich gewundert, denn ihr Nachbar bekam so spät abends nie Besuch.

Merkwürdig kam ihr auch vor, dass der Wagen bereits nach etwa zehn Minuten wieder in Richtung Dorf weggefahren ist. Diesmal allerdings mit hohem Tempo. Ob ein oder mehrere Personen in dem Fahrzeug saßen, konnte sie nicht erkennen. Sie vermutet, dass es sich um einen dunklen VW-Variant gehandelt hat. Am Heck des Fahrzeugs habe sich ein Aufsatz aus Chrom befunden.

Von den Angehörigen Johannsens traten lediglich ein Neffe und eine Großnichte in Erscheinung. Sie waren zur Beisetzung gekommen. Die Nichte, eine junge Studentin, reiste unmittelbar danach wieder in die französische Schweiz ab. Der Neffe, ein unsympathischer Schnösel aus Bremen, hatte offensichtlich nur Interesse an der korrekten Abwicklung der Angelegenheit, wie er sie nannte. Zunächst versuchte er, mich am Telefon unwirsch abzuwimmeln, dann sprach er sehr deutlich mit mir. Er habe seinen Onkel so gut wie nicht gekannt und auch kein großes Interesse an dessen Leben gehabt. Meine Zweifel am natürlichen Tod Johannsens, mein Verdacht auf Fremdeinwirkung und meine inständige Bitte, in dieser Richtung Ermittlungen anstellen zu lassen, wies er mit dem höchstmöglichem Maß an Verachtung und Überheblichkeit zurück.

Ich habe seine Worte noch deutlich in den Ohren: „Aber Frau Maas, das ist ja eine wilde Geschichte, die Sie mir da erzählen. Und nehmen Sie es mir nicht übel, aber sie entbehrt jeder Grundlage. Sie haben ja nicht mal plausible Indizien in der Hand. Damit werden Sie nirgendwo ernst genommen. Wissen Sie, meine Zeit ist knapp bemessen..."

In der Tat war die Zeit des Neffen so knapp bemessen, dass er das Domizil seines Onkels bereits wenige Tage nach dessen Beisetzung durch eine professionelle Firma ausräumen ließ, denn das zum Teil wertvolle Inventar, Möbelstücke und Kunstgegenstände, war ihm zugesprochen worden. Familie Steidle erhielt aus dem Nachlass von Richard Johannsen den Käfer und das Forsthaus, die dazu sicher mehr Bezug hatten als die Verwandtschaft.

Zu Berta Steidle fühle ich mich irgendwie hingezogen. Vielleicht, weil sie durch ihre ruhige Ausstrahlung wohltuend gelassen wirkt und ihre warme Stimme an meine geliebte Großmutter erinnert. Es war so beruhigend, wenn meine Oma mich früher mit den tröstenden Worten „Alles wird gut, mein Kind", in die Arme schloss. Aber das ist lange her. Gestern Abend, als ich Frau Steidle nochmals anrief, hatte ich den Eindruck, sie freue sich, von mir zu hören. Dabei habe ich sie nur um die Telefonnummer ihres Sohnes gebeten. Christoph lebt tatsächlich in Kanada und studiert an irgendeiner bekannten Uni in Toronto Tiermedizin. Er ist der einzige, der etwas Licht ins Dunkel bringen kann. Immerhin hat er in diesem Behindertenheim gearbeitet und kannte Richard Johannsen jahrelang. Ich werde ihn am besten sofort anrufen, denke ich und greife kurz entschlossen zum Telefon.

„Hello, Steidle", ertönt eine tiefe, missmutig klingende Stimme nach sechsmaligem Klingeln.
„Hallo, Herr Steidle, hier spricht Franka Maas. Entschuldigung, dass ich Sie störe, aber ich möchte mich gerne mit Ihnen über Richard Johannsen unterhalten. Ich bin eine Bekannte von ihm."

„Ist ja alles ganz schön, aber wissen Sie eigentlich, wie spät es ist?" unterbricht er mich.
Siedend heiß fällt mir ein, dass es eine gewaltige Zeitverschiebung zwischen unseren Kontinenten gibt. Sechs Stunden, glaube ich. Bei uns ist es jetzt elf Uhr vormittags. Dann muss es in Kanada gerade fünf Uhr morgens sein.

„Du lieber Himmel. Sorry. Tut mir schrecklich seid. Hab die Zeitverschiebung total vergessen. Ich ruf später noch mal an", stammle ich und will gerade wieder auflegen, als er sagt:
„Ist schon o. k. Jetzt bin ich ja wach. Wer sind Sie noch mal? Eine Freundin von Richard?"
„Ja, also besser gesagt, eine Bekannte. Er hat mich vor ein paar Wochen aufgesucht und mir brisante Unterlagen angeboten über das Behindertenheim, in dem Sie Zivildienst gemacht haben. Er dachte, als Journalistin könne ich ihm helfen, die Missstände publik zu machen. Wir haben uns zweimal getroffen, weil mich die Sache sehr interessiert hat. Zu unserem letzten Treffen kam er aber nicht. Schließlich hab ich erfahren, dass er verunglückt ist. Ja, und jetzt bin ich einigermaßen ratlos. Mir kommt das alles ziemlich merkwürdig vor. Ich will nicht so recht an diesen Unfall glauben. Vielleicht hat da jemand nachgeholfen, weil Richard zuviel wusste", erzähle ich ihm.
„Mich hat der plötzliche Tod von Richard auch ziemlich geschockt. Kann das alles noch gar nicht so recht fassen. Ich habe einen sehr guten Freund verloren."
Christoph Steidle schluckt am anderen Ende der Leitung. In sanftem Tonfall fügt er hinzu:
„Er war mein bester Freund. Ich kannte ihn schon von klein auf. Von seinem Plan, die Missstände in Magdalenenwald öffentlich zu machen, hat er mir aber nichts erzählt."
Es entsteht wieder eine kleine Pause, dann sagt er: „Ich glaube, Richard sehr gut zu kennen. Aber was nützt Ihnen das? Wie

kann ich Ihnen da weiterhelfen?"

„Ich dachte, Sie wissen vielleicht, wem oder was Richard auf der Spur war und wo er eventuell Beweismaterial versteckt haben könnte", formuliere ich vorsichtig, was mich bewegt.

„Auf Anhieb nicht. Ich meine, ich kann mir denken, was er aufdecken wollte, aber das ist alles vage. Das Ganze macht mich sehr traurig. Ich hatte noch gar nicht richtig Zeit, über das alles nachzudenken, bin zur Beisetzung von Richard nach Deutschland geflogen und zwei Tage danach gleich wieder hierher zurück, weil ich mitten in Klausuren stecke. Aber in etwa zwei Monaten komme ich wieder nach Wabenstetten, dann können wir uns ja mal treffen. Geben Sie mir Ihre Telefonnummer, ich meld mich dann bei Ihnen", verspricht Christoph.
Ich danke ihm und hoffe, dass er Wort hält.

Depression, Pessimismus, Resignation – damit haben andere Menschen zu tun, ich nicht. Ich zähle zum Typus der unverbesserlichen Optimisten, psychisch und physisch unerschütterlich, davon war ich bis dato fest überzeugt. Und nun muss ich feststellen, dass dies ein Trugschluss ist. Ich bin desillusioniert und schlafe schlecht. Das Erlebte muss verarbeitet werden. Und bislang stellen alle meine Nachforschungen eine einzige Kette von Enttäuschungen dar. Die Puzzleteile ergeben kein schlüssiges Bild.

Als Bekannte ohne Verwandtschaftsgrad zu Richard Johannsen komme ich keinen Schritt weiter. Ich bin nicht handlungsfähig, habe keine rechtliche Grundlage. Unterlagen, die er vermutlich in seinem Haus aufbewahrt hat, sind mir nicht zugänglich oder gar nicht mehr vorhanden. Ich falle mehr und mehr aus der aktiven Phase in eine passive Traurigkeit zurück. Gut, dass es meine Familie gibt und ein paar kleinere journalistische Aufträge, auf die ich mich konzentrieren muss. Die Jungs brauchen häusliche Stabilität, und Arne steckt mitten in einem

Projekt, das ihn voll in Anspruch nimmt. Organisatorisch ist da einiges zu leisten.

Drei Wochen vergehen unspektakulär. Doch am heutigen Samstag, an dem auch endlich wieder die Sonne kräftig scheint, sind meine Männer bester Laune und beraten beim Frühstück im Freien, was an diesem Wochenende ansteht. Die Meinungen gehen ziemlich auseinander, aber in einem Punkt sind wir uns einig: Wir müssen mal wieder raus, etwas unternehmen.

Micks und Oles Vorschläge, in ein Spieleland oder Freibad zu fahren, stoßen bei uns auf wenig Gegenliebe.
„Die sind doch am Wochenende so voll, dass man überall ewig lang anstehen muss. Ich schau mal, was im Veranstaltungskalender steht", meint Arne und blättert in der Tageszeitung.
„Oh nee, nicht schon wieder Kultur, lasst uns doch lieber auf eine Burg gehen", kontert Mick.
„Wisst ihr was. Wir machen eine kleine Fahrradtour von hier aus und grillen was Leckeres, wie wärs?" werfe ich ein, als Arne plötzlich sagt:
„Franka, die Magdalenenwalder Heime haben eine riesengroße Anzeige geschaltet, die suchen jemanden, der ihr Jubiläum betreut. Schau mal."

Blitzschnell entreiße ich ihm die Seite und lese die Annonce.
„Das passt ja genau zu meinem Profil. PR-Erfahrung habe ich genügend, und organisatorisch hab ich auch einiges drauf. Mensch, Arne, das ist ein Wink des Schicksals. Da bewerb ich mich gleich am Montag", jule ich begeistert.
„Wie bitte, was sagst Du da? Du willst allen Ernstes eine feste Anstellung annehmen? In einem kirchlichen Verein arbei-

ten? Mit starren Arbeitszeiten und sturen Verwaltungsleuten? Ausgerechnet Du? Ich glaub es nicht", erwidert Arne mit einem Gesichtsausdruck, in dem sich Ironie und Fassungslosigkeit spiegeln.

„Hier steht, es handelt sich um eine Tätigkeit, befristet auf zwei Jahre. Außerdem komm ich mit den paar Aufträgen und dem Heimchen-am-Herd-Dasein hier eh nicht klar. Du weißt doch, dass mir die Decke auf den Kopf fällt. Ich hab hier kein Feedback, keine Erfolgserlebnisse. Und außerdem kann ich da gut getarnt in aller Ruhe dem Schlamassel auf den Grund gehen, den Johannsen beschrieben hat. Das ist die Chance schlechthin. Versteht Du denn nicht?" frage ich eifrig.

„Hätte ich mir gleich denken können, dass es Dir darum geht. Die Sache hat Dich noch immer nicht losgelassen. Franka, Du verrennst dich da total in was. Du hast nichts in der Hand, nur vage Vermutungen. Und wie stellst Du Dir diese Idee denn in der Praxis, im Alltag vor? Wer soll die Hausarbeit übernehmen und Mick bei den Hausaufgaben helfen, ihn zum Sport und sonst wohin kutschieren und Ole nach der Kita betreuen? Wir haben vereinbart, dass ich mich jetzt stärker Projektarbeiten widme, also öfter unterwegs bin, und Du mehr zu Hause arbeitest. Als Mick noch klein war und Du den ganzen Tag in der Redaktion warst, hab ich das Meiste im Haus übernommen. Ich find das jetzt nicht ganz fair von Dir."

Arne hat Recht, mal wieder. Es stimmt, was er sagt, und es hat keinen Zweck, aufzubrausen und auf mein momentanes Bedürfnis zu pochen. Ich verhalte mich der Familie gegenüber nicht korrekt. Wir hatten eine klare Vereinbarung, aber mein Drang auszubrechen, die Höhle des Löwen kennenzulernen und eventuell einen Skandal aufzudecken, ist stärker als die auf Vernunftsbasis geschlossene Abmachung. Ich muss meinen inneren Wandel erklären, vor allem rücksichtsvoll mit Arne umgehen und ihn sanft für die Sache gewinnen. Ganz nah rücke ich an seine Seite. Ruhig versuche ich ihm meinen Standpunkt klarzumachen und werbe dabei mit allen Mitteln um Verständnis.

„Arne, Du kennst meinen Dickschädel und meine Spontaneität doch zur Genüge und hast mich trotzdem geheiratet. Oder vielleicht auch gerade deshalb. Wir finden eine Lösung, wenn Du hinter mir stehst. Außerdem ist es eher unwahrscheinlich, dass ich die Stelle bekomme, wenn die hören, dass ich aus der Kirche ausgetreten bin und jahrelang bei einer großen, kritischen Zeitung gearbeitet habe. Und falls es doch zu einer Einstellung kommen sollte, lässt sich sicher über die Arbeitszeiten reden, die kann man auch flexibel gestalten. Wir leben ja nicht mehr im Mittelalter. Der Arbeitsbeginn soll am 1. August sein, da wäre also noch Zeit genug, um jemanden für das Haus zu finden. Und ich könnte endlich wieder etwas mehr dazu verdienen, kann doch auch nicht schaden, oder? Wir müssen eh jeden Cent dreimal umdrehen", gebe ich mich argumentativ großspurig.
„Hast Du eine Vorstellung davon, was die bezahlen? Da darfst Du für ein Vergelts Gott schuften. Und wenn wir jemanden für die Kinder und das Haus brauchen, bleibt von Deinem Lohn nicht mehr viel übrig."
Arne ist zwar noch sauer, aber sein Tonfall wird schon etwas milder. Nach einer weiteren halben Stunde Debatte, Abwägen aller Vor- und Nachteile steht fest: Ich werde es versuchen.
Ich werde mich am Montag bei den Magdalenenwalder Heimen bewerben.

3

Hoch oben über einem idyllischen Flusstal liegen sie, die Magdalenenwalder Heime. Als erstes fällt das prächtige Klostergebäude nebst Kirche und Klostermauer auf. Mächtige historische Gemäuer thronen auf schroffen Felsen neben Gebäuden neueren Datums. Beinahe Furcht einflößend erscheint diese Anlage weitab der Zivilisation mitten im Grünen. Am Fuße der Anlage erinnern mehrere stattliche, gut erhaltene Fachwerkgebäude an eine ansehnliche landwirtschaftliche Infrastruktur.

Steil geht es hinauf, ins Herz der Einrichtung. »Ins Herz der Finsternis«, wie der englische Schriftsteller Joseph Conrad sagen würde, dessen gleichnamigen Roman ich vor Jahren mal gelesen hatte. Am Eingangsportal des prächtig renovierten Klostergebäudes, der heutigen Hauptverwaltung, heißt es dann, weiter hochsteigen, unzählige Treppen hinauf. Die Audienz auf höchster Ebene will schließlich erarbeitet werden. Mein schlichtes, dunkelblaues Kleid, das bis an die Waden reicht, stört dabei erheblich. Doch dieses Opfer muss sein. Sittsam und zurückhaltend werde ich mich von meiner allerbesten Seite zeigen.

In fünf Minuten findet das Vorstellungsgespräch beim obersten Chef statt. Leichte Nervosität beschleunigt meinen Gang. Endlich oben. Glastüren, lange Flure, dahinter wohl die Bürozellen. Der Vorstandstrakt liegt im Westflügel. Nochmals durch eine schwere Glastüre, dann kräftiges Klopfen am Vorzimmer des Fachlichen Vorstands.

„Ja, herein", tönt es aus dem Sekretariat.
    Beim Betreten des Raumes die erste Überraschung. Dieses Büro umfasst mindestens vierzig Quadratmeter Fläche. Die Vorzimmerdame entpuppt sich als leicht spröde wirkende Frau

mittleren Alters namens Gertrud Bloch. Sie erhebt sich kurz hinter ihrem mächtigen U-förmigen Schreibtisch, deutet mit einer leichten Handbewegung in Richtung eines Holzstuhls und meint:

„Guten Tag. Sie sind Frau Maas? Nehmen Sie bitte kurz Platz. Der Herr Melchinger kommt gleich." Dankend setze ich mich und warte.

Frau Bloch, früher hätte man vermutlich Fräulein Bloch gesagt, ist bestimmt mit dem Büro verheiratet, denke ich, während sie ohne weiter aufzublicken in die Tasten ihres PCs hackt und dann telefoniert. Mit ausgeprägtem Dialekt ordert sie, vermutlich beim Küchenpersonal, irgendwelche Häppchen. An ihrer Art zu sprechen wird unmissverständlich klar, dass sie eine wichtige Person hier ist. Die Tür zum Vorzimmer des Kaufmännischen Vorstands steht offen, es dringen keine Geräusche heraus. Frau Bloch hat das Fenster weit geöffnet, es gibt leichten Durchzug, und mir wird ziemlich kühl zumute. Gedanklich bereite ich mich nochmals auf das bevorstehende Gespräch vor und gehe die Eckdaten der Info-Broschüren durch, die ich inzwischen fast auswendig kenne.
Nach etwa zwanzig Minuten des stillen Wartens geht die Tür des Chefzimmers schwungvoll auf, und heraus kommt Karl-Wilhelm Melchinger. Ein drahtiger, schlanker, grauhaariger Herr mit Brille von kleiner Statur.

„Guten Tag, Frau Maas".

Ein kräftiger Händedruck und eine knappe Entschuldigung seinerseits, dass es etwas länger gedauert hat, versöhnen mich mit der merkwürdigen Empfangssituation. Er bittet mich, an einem langen Besprechungstisch Platz zu nehmen. Der große Raum mit beigem Teppichboden, Sideboard und Schwarz-Weiß-Porträts von wichtigen Persönlichkeiten an den Wänden, verfügt über eine große Fensterfläche. Er macht einen hellen, freundlichen Eindruck. Von diesem Raum aus führt eine Tür, die weit offen steht, in ein relativ bescheidenes Büro des Chefs.

Melchinger wirkt energisch, aber nicht unsympathisch. Mit einer dynamischen Drehung gleitet er auf seinen Sessel und macht es sich mir gegenüber bequem. Aus ernsthaften, schwarz-braunen Agen schaut er mich forschend an und fragt gleich nach meiner christlichen Grundauffassung. Das hatte ich erwartet.

„Bislang ist eine kirchliche Einrichtung Neuland für mich. Ihr Angebot reizt mich vor allem deshalb, weil ich mich als sozial denkenden und handelnden Menschen verstehe und mein Können und meine Erfahrung gerne in den Dienst eines sozialen Trägers einbringen möchte. Mit behinderten Menschen hatte ich auch noch nicht näher zu tun, was ich sehr schade finde. Das Profil, das ich mitbringe, passt - denke ich - zu dem Anforderungskatalog, der mit der Tätigkeit verbunden ist. Zumindest, was ich der Annonce entnehmen konnte."

Vielleicht war das etwas zu gestelzt und selbstbewusst, denn er schaut mich über den Brillenrand kurz wortlos an, blättert in meinen Bewebungsunterlagen und sagt:
„Sie haben hier einige Arbeitsproben beigelegt. Haben Sie denn auch Erfahrung mit der Organisation von Veranstaltungen?"
Gute Wende denke ich und antworte prompt:
„Ja, nach Abschluss eines Event-Marketing-Seminars bekam ich Aufträge von der Stadt Freiburg, plante Veranstaltungen für verschiedene Zielgruppen, vor allem für Familien und Kulturinteressierte. Das hat mir sehr viel Spaß gemacht. Ich habe ihnen einige Beispiele mitgebracht."

Ohne auf das Gesagte weiter einzugehen, legt er mein Material in eine Mappe, in der sich meine weiteren Unterlagen befinden. Freundlich fragt er dann nach meiner familiären Situation, meiner Flexibilität, meiner Gehaltsvorstellung. Aber auch hier kommt keine fließende Unterhaltung in Gang. Es ist ein trockenes Frage-Antwort-Spiel. Meine Konfession spielt keine Rolle. Schließlich erklärt er in kurzen Zügen, dass es sich bei der Tätigkeit um die Organisation und Betreuung von Veranstaltungen zum 175jährigen Bestehen der Einrichtung handele. Das ganze nächste Jahr solle ein Festjahr werden mit zahlreichen Angeboten für Menschen aus Nah und Fern. Ich sei ihm direkt unterstellt, der Arbeitsumfang betrage hundert Prozent, was der im öffentlichen Dienst üblichen Arbeitszeit von 38 Wochenstunden entspricht.

„Haben Sie noch Fragen? Nein? Dann danke für Ihr Kommen. Sie hören wieder von uns."
Mit diesen Worten begleitet er mich zur Tür hinaus, vorbei an Frau Bloch, die mit Kopfhörer auf den Ohren kräftig auf die Tastatur hämmert.

Puuuhhh, das ist eine andere Welt hier. Die schwere Eingangstür fällt ins Schloss, und ich atme erst einmal tief durch. Das Gespräch war anstrengender und die Atmosphäre schwieriger als gedacht. Ich kann überhaupt nicht einschätzen, welchen Eindruck Melchinger von mir gewonnen hat und was für ein Mensch er ist. Einer Absage werde ich jedoch keine Sekunde lang nachtrauern. Egal, wie die Entscheidung ausfällt, ich werde es positiv sehen.

Ein alter Mann mit einem Spielzeuglastwagen im Schlepptau schlurft über den Klosterhof auf mich zu und sagt breit lachend:

„Feierobed?"

„Nein, noch nicht ganz", gebe ich ebenfalls fröhlich zurück und denke an Johannsens Worte.

Die Menschen hier scheinen wirklich unverblümt offen und freundlich zu sein.

Eine Gruppe Jugendlicher steht auf dem Hof und scherzt lautstark mit Bewohnern. Das gefällt mir. Ich möchte noch etwas mehr sehen von dieser Anlage und den Menschen, die hier leben und arbeiten, steige in meinen alten Golf, fahre langsam verschiedene Straßen ab und gehe dann zu Fuß weiter. Die Ausdehnung hier oben entpuppt sich als ziemlich weitläufig. Sportplatz, Landwirtschaft mit großen Weideflächen, Krankenhaus, Schulen, Werkstattgebäude, Gruppenhäuser.

Vierzehn Tage vergehen. Ich schaue jeden Tag in den Briefkasten, ob vielleicht ein großer DIN A 4 Umschlag mit meinen Bewerbungsunterlagen darin liegt. Nichts. Am fünfzehnten Tag ruft mich Arne ans Telefon:

„Die Magdalenenwalder Heime. Eine Frau Bloch, will Dich sprechen."

Rasch nehme ich ihm den Hörer ab.

„Hallo, Frau Bloch?"

„Guten Tag, Frau Maas. Im Auftrag von Herrn Melchinger soll ich Ihnen eine Zusage erteilen. Sie möchten sich bitte am kommenden Montag um acht Uhr hier einfinden", erklärt sie trocken.

„Gerne, geht es da noch um Details? Die offizielle Anstellung, also mein Arbeitsbeginn, ist doch erst am 1. August, oder?" frage ich verwundert.

„Sie können gleich beginnen. Herr Melchinger will sich zuvor noch einmal kurz mit Ihnen unterhalten", meint sie.

„Ja, gut, danke."

Mehr fällt mir dazu nicht ein, ich bin völlig perplex. Eine Zusage dieser Art mündlich zu erteilen, das hab ich noch nie zuvor erlebt. Die Gehaltsverhandlungen sind noch nicht abgeschlossen, und der 1. August, der als eigentlicher Arbeitsbeginn ausgeschrieben war, ist erst in zwei Wochen. Heute ist Dientag, wie soll ich das nur alles hinkriegen? Vielleicht ist das ein Test hinsichtlich meiner Flexibilität. Das fängt ja gut an.

Der nächste Freitag beginnt turbulent. Unentwegt klingelt das Telefon. Die erste ist Sabine Soundso, die anruft. In den Gemeindeblättern der Umgebung hatte ich eine Anzeige mit folgendem Wortlaut geschaltet:

Wir suchen: Gute Seele mit Freude an zwei aufgeschlossenen Jungen, Kenntnissen in Hausaufgabenbetreuung und Hang zum/r Küchenchef/in.

Wir bieten: Garantiert Abwechslung, geregelte Arbeitszeiten (Mo. – Do. je ca. 5 Std.), angemessene Honorierung.

Sabine mit Kleinkind aus dem Nachbardorf sucht für einige Stunden pro Woche ein neues Betätigungsfeld. Sie hat kein Auto und scheidet daher gleich aus.

Ayse mit unaussprechlichem türkischem Nachnamen versucht in gebrochenem Deutsch zu erklären, dass sie eine Putzstelle sucht. Sie wird jedoch von ihrem Mann am Telefon barsch unterbrochen:

„Ich kommen und mir Arbeit anschauen, sonst nix putzen meine Frau."

Die dritte Anruferin ist Brigitte Müller. Mit lauter, derber Stimme meint sie in astreinem Hochdeutsch auf meine Frage, ob sie denn Erfahrung mit derlei Aufgaben habe:

„Klar doch, ich putze nicht das erste Mal woanders. Aber ich brauche schon ein bestimmtes Reinigungssortiment, das

müssten wir dann miteinander besprechen, ich hab da so meine Erfahrungen, also ohne Bodenwischer-Set läuft da nichts. Was haben sie denn für Böden?"
Ich schlucke kurz, stelle dann eine Gegenfrage:
„Haben Sie Erfahrung mit Kindern? Wissen Sie, es handelt sich in erster Linie um unsere beiden viereinhalb- und zehnjährigen Jungen, die nachmittags betreut werden sollten."
„Kein Problem, ich hab selbst drei Racker", gibt sie zurück.
„Danke, Frau Müller, wir haben schon einige Bewerberinnen. Ich rufe Sie wieder an, bei Bedarf", beende ich rasch das Gespräch.

Zwei weitere Anrufe gehen ins Leere. Nachdem ich mich gemeldet habe, wird auf der anderen Seite der Leitung der Hörer aufgelegt. Das müssen neugierige oder sehr schüchterne Menschen gewesen sein. Es ist zum Verzweifeln.
Die sechste ist dann Lisa Blum. Schon der Name und der Klang ihrer Stimme gefallen mir. Wir vereinbaren ein Treffen für heute Nachmittag.

Lisa ist eine zierlich gebaute Frau Anfang Fünfzig. Ihr gepflegtes Äußeres hat sie durch einen pfiffigen Kurzhaarschnitt aufgepeppt.
Eine positive Erscheinung. Mick und Ole scheinen nicht abgeneigt:
„Hast Du auch Kinder?" fragt Mick kurz nach der Begrüßung.
„Ja, zwei, aber die sind schon erwachsen und studieren beide. Jetzt leben nur noch Tiere bei mir. Ich habe zum Beispiel einen Hund, so wie ihr auch. Er heißt Stormy und ist ein ganz lustiger Mischling."
Mick signalisiert mir, dass sie ihm gefällt, obwohl er auf einen jungen Mann oder eine junge Frau gehofft hatte. Wir unterhalten uns angeregt bei Tee und Kuchen.

Ihre Lebensgeschichte ist nicht uninteressant. Lisa hat mit ihrem Mann zusammen zuletzt in England gelebt. Sie war dort bei einer Bank tätig. Von ihrem Mann hat sie sich vor drei Jahren getrennt, nachdem die Kinder aus dem Haus waren. Seitdem lebt sie am Rande eines Dorfes, etwa zehn Kilometer von uns entfernt. Ein kleines Fachwerkhäuschen mit Stall und Scheune hat sie dort gekauft und renoviert. Sie kocht gerne und sieht auch kein Problem darin, Mick bei den Hausaufgaben zu helfen. Auch über die Arbeitszeiten und ihre Verdienstvorstellung werden wir uns schnell einig. Sie möchte dringend wieder eine sinnvolle Aufgabe und erweist sich insgesamt als flexibel.

Kaum hat sie sich verabschiedet, macht Mick seiner aufgestauten Freude Luft.

„Mama, die mag Hunde und Kinder und kann perfekt englisch. Das ist doch klasse. Hast Du gehört, Sie hat uns am Sonntag zu sich eingeladen und will uns ihr Haus, ihr Pferd und Stormy zeigen. Ich find die echt okay."

Mir fällt ein Stein vom Herzen. Ich habe ein sehr gutes Gefühl. Die Kinder bekommen eine weitere Bezugsperson, was sie sicherlich bereichert. Mit gutem Gewissen kann ich mich auf meine neue Aufgabe stürzen. Auch Arne ist mittlerweile davon überzeugt, dass meine Entscheidung für mich die richtige ist und sie letztlich der ganzen Familie zu Gute kommt. Eine unzufriedene Frau als Partnerin und Mutter seiner Söhne könne er auf die Dauer nicht ertragen, bilanzierte er trocken die Alternativen.

Sonntag, 15 Uhr. Die komplette Familie Maas steht vor Lisa Blums Haus. Sie hat uns zum Kaffee eingeladen. Eine prima Idee. Lisa Blum hat maßlos untertrieben. Das kleine Häuschen entpuppt sich als stilvoll renoviertes Gebäude.

Den malerischen Eindruck verstärken zwei hübsche kleine Pferde, die friedlich auf der Weide grasen.
Eine Bilderbuchidylle.

„Hier lässt sichs gut leben", sage ich gerade zu Arne, als sich die Haustüre öffnet und die Jungs strahlend Blümchen für Frau Blum überreichen.

„Herzlich Willkommen. Ich heiße Lisa", bietet sie uns beim Eintreten unkompliziert das Du an.

4

Heute beginnt ein neuer Lebensabschnitt, denn ab jetzt bin ich Angestellte der Magdalenenwalder Heime.
Zwei Minuten vor acht klopfe ich sacht an die Bürotür der Chefsekretärin Gertrud Bloch. Keine Reaktion. Dann muss ich wohl etwas heftiger gegen die Tür hämmern.
„Ja, kommen Sie doch herein!"
Die wird vermutlich nicht meine engste Freundin, denke ich und sage betont fröhlich:
„Guten Morgen, Frau Bloch."
Die Tür des Chefbüros steht weit offen.
„Der Herr Melchinger ist schon da."
Wieder dieser leicht vorwurfsvolle Unterton, als wäre ich zu spät oder nicht erwünscht. Instinktiv bleibe ich stehen. War das nun eine Aufforderung hineinzugehen oder zu warten?

Karl-Wilhelm Melchinger hat mein Kommen bemerkt. Er betritt das Vorzimmer. Graumelierte Hose, weißes Hemd unter hellem Baumwollpullover. Freundliches Lächeln, kräftiger Händedruck, braune Hautfarbe. Offenbar war er übers Wochenende im Freien.
„Guten Morgen, Frau Maas. Kommen Sie bitte herein, nehmen Sie Platz."

Er schließt die Tür kraftvoll und setzt sich an seinen Stammplatz mir gegenüber.
„Danke, ich freue mich, dass Sie sich für mich entschieden haben", beginne ich die Unterhaltung.
„Ja, die Wahl fiel nicht leicht. Es war noch eine Bewerberin aus Heidelberg im Rennen, aber da Sie nur wenige Kilometer von hier entfernt wohnen und gleich beginnen können, fiel die Wahl auf Sie. Was wir noch besprechen sollten, sind Ihre Gehaltsvorstellungen. Da müssen Sie uns entgegenkommen. Die

Gehälter, die im sozialen Bereich bezahlt werden, sind nicht mit denen in der freien Wirtschaft zu vergleichen. Die Menschen arbeiten hier mit großem Engagement, das hat eine ganz andere Qualität, außerdem gleicht die Kirche diese Diskrepanz durch andere Vergünstigungen wieder etwas aus", sagt er mit Nachdruck.

Arne hatte wohl Recht mit seiner Prophezeiung, hier müsse man für Gotteslohn schuften.
Melchinger nennt gerade mal die Hälfte des von mir gewünschten Monatsgehaltes. Dabei entspricht meine Gehaltsvorstellung dem Tariflohn, der sich auf Grund meiner Berufsjahre leicht errechnen lässt und keineswegs überzogen hoch ist. Da es seinerseits keiner weiteren Diskussion hierüber bedarf und ich entweder einwillige oder wieder zu gehen habe, stimme ich dem widerwillig zu.
Mit flinken Handbewegungen schiebt er ein paar Broschüren über den Tisch und meint:
"Hier haben Sie zunächst ein bisschen Material, das Ihnen helfen wird, unsere Einrichtung näher kennenzulernen. Sie sollten gut über die Geschichte des Hauses Bescheid wissen. Herr Huber, das ist der Sekretär des Kaufmännischen Vorstands, wird Ihnen gleich Ihr Büro und das Gelände zeigen. Bitte melden Sie sich nachher im Personalbüro, um die Formalitäten abzuwickeln. Wir brauchen zum Beispiel noch ein polizeiliches Führungszeugnis von Ihnen. Ach ja, Mittagessen können Sie in der Kantine, die Essensmarken dazu bekommen Sie ebenfalls hier im Hause. Ich werde Sie nun mit Herrn Huber bekannt machen."

Ruckartig steht er auf, wartet wortlos, bis ich das Info-Material zusammengepackt habe und begleitet mich hinaus ins Vorzimmer.

Mit einer galanten Armbewegung meint er:
„Frau Bloch, meine rechte Hand. Sie haben sich ja schon kennen gelernt."
„Ja, allerdings", wäre mir beinahe rausgerutscht.

Während Gertrud Bloch ihren Chef milde anlächelt und Melchinger ihr wohlwollend zunickt, schreitet er ausladend am Schreibtisch seiner rechten Hand vorbei ins nächste Büro von kleinerem Ausmaß.
Dieses Zimmer wird dominiert von einer mächtigen Schrank- und Regalwand, bis oben hin voll mit Aktenordnern. Künstliches Licht aus einer schäbigen Deckenlampe beleuchtet einen Tisch, auf dem sich unzählige Papierrollen, Skizzen und Baupläne stapeln. Der Anblick dieser unglaublichen Masse von Papierkram wirkt auf mich bedrückend. Eine weitere Tür führt hinaus auf den Gang und eine dritte wohl in das Büro des Kaufmännischen Vorstands. Von einem schmalen Schreibtisch, ebenfalls mit Papierstapeln, Ablagefächern, einem PC und mehreren Ordnern schwer beladen, erhebt sich gelassen ein Mann Ende Fünfzig.
„Friedrich Huber, Grüß Gott."
Ein Mensch, auf den ersten Blick sympathisch. Nicht sehr groß, etwas untersetzt, Jeans, weinrotes Polo-Shirt, dunkle, lichte Haare, auffallend klare hellgrüne Augen, offenes Gesicht. Melchinger bittet ihn, das mir zugewiesene Büro zu zeigen und verabschiedet sich rasch von uns. Die Tür zu seiner Vorzimmerdame lässt er offen stehen. Mit einem schalkhaften Blick in diese Richtung, der offenbar Stillschweigen signalisieren soll, weist mir Huber den Weg hinaus auf den Gang. Dort wird er gesprächig.
„Sie brauchen sicher eine Weile, bis Sie sich hier im Verwaltungsgebäude und in der gesamten Anlage zurecht finden. Sie sind ganz hinten oben in einem Notzimmerchen untergebracht."

Notzimmerchen, klingt ja viel versprechend, denke ich als wir lange Flure entlanggehen, von denen aus zahlreiche Fenster den Blick in den Klosterinnenhof ermöglichen. Dieser wirkt ebenso beklemmend auf mich wie die vielen Bürozellen, deren Türen allesamt geschlossen sind. Namensschilder weisen auf Funktion und Person hin, die sich hinter der jeweiligen Bürotür verbirgt.
Eine Frau Anfang Fünfzig kommt uns mit gesenktem Kopf entgegen, grüßt knapp und geht stumm ihres Weges weiter. Verwaltungsmenschen, wie ich sie mir immer vorgestellt habe.

„Hier ist die Personalverwaltung. Da sollten Sie sich nachher melden", sagt Huber und deutet auf mehrere Bürotüren.

„Im Untergeschoß finden Sie die Materialausgabe, ich begleite Sie gerne dorthin", meint er und wendet sich nach rechts.

Wir steigen nochmals über breite Holzstufen eine Etage höher und befinden uns nun im dritten Obergeschoß. Eine Brandschutztür aus Stahl trennt das Treppenhaus von einem Gang und zwei kleinen Kammern.

„Im Anschluss daran befindet sich der Dachboden", erklärt Huber.

Er schließt die zweite Kammer auf, und ich betrete mein Büro.

Schätzungsweise zwölf Quadratmeter mit Dachschräge, zwei Regale, ein Schränkchen, ein altmodischer Schreibtisch mit PC und ein altersschwacher Schreibtischstuhl in hässlichem Braun. Ein winzig kleiner Raum, abgeschieden, aber nicht ungemütlich, mit einem schönen Blick ins Flusstal, wenn man sich auf die Zehenspitzen stellt.

„Sobald Sie sich hier eingelebt haben und im Personalbüro waren, können Sie bei mir vorbeikommen. Ich fahre dann mit Ihnen einmal quer durch die Anlage", sagt Huber, händigt mir die Büroschlüssel aus und zieht sich zurück.

Komisches Gefühl. Hier bin ich nun. Zunächst muss ich mich einrichten. Die schrecklichen Poster von den Wänden nehmen, alles Störende entfernen. Mit ein, zwei guten Bildern und einem anderen Stuhl sieht es sicher gleich viel besser aus, mache ich mir Mut. Auf dem Schreibtisch liegen ein Namensregister der Mitarbeiter und eine Gebrauchsanweisung fürs Telefon. Ich blättere darin und studiere die Funktionen des betagten Modells, das weder über ein Display noch über anderen telekommunikativen, technischen Fortschritt verfügt.

Melchinger hat mir keine Einführung in die Strukturen gegeben, weder klare Arbeitsvorgaben noch Ziele, Art und Umfang der Jubiläumsfeierlichkeiten genannt. Ich weiß weder etwas über die Zielgruppen, die angesprochen werden sollen, noch welches Budget dafür bereitsteht. Vielleicht bin ich aber einfach zu ungeduldig, alles der Reihe nach. Außerdem bin ich ja aus ganz anderen Motiven hier, beruhige ich mich selbst.

Fünf Büros umfasst die Personalverwaltung. Mein erster Versuch, bei der Sekretärin vorstellig zu werden, scheitert. Keiner da. Auf dem Türschild nebenan steht: Personalverwaltung, Katharina Kühne, stellvertretende Leiterin. Dort hab ich mehr Glück. Die junge Frau mit kurzem Haarschnitt und Brille bittet mich freundlich herein und händigt mir einige Formulare aus. Sie scheint kompetent zu sein. Routiniert erklärt sie das Wesentliche.

Die Tür zum Nachbarzimmer, in dem laut Türschild ein Gerhard Lossmann sitzt, geht auf. Herein poltert ein untersetzter, schwitzender, cholerisch wirkender Mann Anfang vierzig. Das muss Lossmann sein. Er baut sich vor Frau Kühne auf, streift mich mit stechendem Blick kurz und fragt nach den neuen Prospekten für Zivis. Hektisch öffnet er eine Schranktür und sucht nach dem Material.

Frau Kühne erklärt währenddessen ruhig und sachlich, dass diese erst heute Abend angeliefert werden. Sie steht auf und drückt ihm ein paar Foulder in die Hand.

„Hier, nehmen Sie doch diese so lange, Herr Lossmann". Im Büro nebenan räuspert sich jemand. Lossmann packt die Faltblätter und verschwindet in sein Büro. Die Tür knallt ins Schloss.

„Wir haben heute und morgen Info-Tag für Zivis, da hat der Chef alle Hände voll zu tun", gibt Frau Kühne zu verstehen.

Wieder auf dem Flur, begegne ich Friedrich Huber, der gerade ins Raucherzimmer marschiert. Ich leiste ihm Gesellschaft, obwohl mir der dichte Qualm in dem kleinen Raum die Luft abstellt. Die Insider-Gespräche unter den rauchenden Mitarbeiterinnen sind aber nicht uninteressant.

„Hast Du schon gehört? Die Gudrun wird ins Krankenhaus versetzt."

„Nein, ist das wahr?"

„Ja, wenn ich es sage, ich habs aus sicherer Quelle. Die bekommt schon in vier Wochen hier eine Nachfolgerin…"
Ich kenne zwar die Beteiligten nicht, aber der Tratsch und die Gerüchteküche brodeln hier gewaltig. Als Raucherin würde ich sicher in kurzer Zeit viel erfahren, aber dieser Preis ist mir dann doch zu hoch.

Nach einer anschließenden Führung von Huber im Schnellverfahren durch die gesamte Einrichtung gehen wir in die Kantine. Huber lädt mich ein. Eine lange Schlange von Menschen steht an der Theke. Ich bin mittendrin und staune am meisten darüber, dass mir die Unterscheidung zwischen Mitarbeitern und Betreuten ausgesprochen schwer fällt und oft gar nicht gelingt. Die Geräuschkulisse ist enorm hoch. Wie ein Lamm folge ich Huber auf Schritt und Tritt.

Wir setzen uns an einen leeren Tisch mit vier Stühlen.

„Gibt es hier eine feste Sitzordnung?" will ich wissen.

„Offiziell nicht, aber es hat sich eben so eingebürgert. Dort oben sitzen die Psychologen, die können Sie daran erkennen, dass sie immer einen Nachschlag holen. Daneben sind die Sozial-Pädagogen und ein paar Bereichsleiter. Dort sehen Sie die vom Krankenhaus, hier die Jugendlichen Auszubildenden, da drüben überwiegend die Männer und Frauen aus der Werkstatt für Behinderte und dazwischen ein paar Lehrer. Manchmal essen auch Schüler hier, dann geht es ziemlich laut zu. An unserem Tisch hier sitzen meist noch der Kaufmännische Vorstand und der EDV-Mann", erklärt er.

„Deshalb werde ich so beäugt, weil ich am Privilegierten-Tisch sitze", werfe ich schmunzelnd ein.

Wir lachen. Huber hat Humor.

„Isst denn der Chef auch hier zu Mittag?" interessiert mich.

„Wenn Sie den Herrn Melchinger meinen, ja, aber der kommt immer sehr spät, erst so gegen halb zwei, wenn die meisten Mitarbeiter schon wieder weg sind."

„Und Frau Bloch?" frage ich weiter.

„Die bleibt im Büro und isst dort ihr Vesper. Wenn Sie ihr Zimmer verlässt, um eine Runde um den Block zu drehen, ist das übrigens nicht zu überhören. Sie trägt mit Vorliebe genagelte Schuhe und hat einen recht forschen Gang", bemerkt er schelmisch.

Nach der Mittagspause steht ein Besuch im Keller an. Dort ist die Büro-Materialausgabe. Huber verabschiedet sich und geht seiner Wege. Sachte öffne ich die Tür und betrete einen nach Klebstoff und Druckerschwärze riechenden Raum. Ein Mensch, der alle Ruhe der Welt in sich vereint, bewegt sich gemächlich in einem schmalen Flur zwischen hunderten von Aktenordnern, Papierstapeln und Ablagekästen, gefüllt mit allerlei Utensilien, die der Büromensch im Laufe seines Berufslebens so benötigt. Kein leichter Akt für den betagten Herrn mit gewaltigem Leibesumfang.

Abwechslung beim Zählen und Sortieren der Bleistifte, Filzstifte, Kugelschreiber, Klebestifte, Spitzer, Lineale und Aktenordner verschafft ihm Volksmusik aus dem Kofferradio. Das dröhnende Gerät aus den sechziger Jahren übertönt den lautstarken Arbeitstakt der Druckmaschinen, die gleich nebenan ihren Dienst tun, so dass man seine Bestellung laut schreiend aufgeben muss. Das Vermerken der fünf Aktenordner, drei Bleistifte, zwei Filzstifte, der Schreibpapierbögen, des Radiergummis und des Karteikastens bedarf eines enormen Verwaltungsaufwandes. Ein Erlebnis für sich.

Gut bepackt gehts wieder hinauf ins Dachkämmerchen. Mist! Auf den letzten frisch polierten Treppenstufen des ersten Stocks stolpere ich über meine eigenen Füße. Das ganze schöne Büromaterial fliegt davon und landet unsanft auf dem Boden. Ein graubärtiger Herr mit Brille kommt hinzu und hilft beim Einsammeln.

„Sind Sie neu hier?" fragt er.

„Ja, kann man sagen. Ich bin oben unter dem Dach und versuche mich gerade ein bisschen einzurichten", gebe ich zurück.

„Wo, ganz oben, im dritten Stock?" will er wissen.

„Genau, im zweiten Büro."

Er runzelt die Stirn und sagt:

„Sie wissen aber schon, dass der Aufenthalt dort aus Brandschutzgründen gar nicht zulässig ist? Im Brandfall sitzen Sie in der Falle. Der gesamte Dachstuhl ist aus Holz. Da hat es schon einmal gebrannt. Das Feuer wurde aber gleich entdeckt und sofort wieder gelöscht, so dass kein allzu großer Schaden entstand. Laut Denkmalamt darf diese Etage gar nicht benutzt werden."

„Oh, das wusste ich nicht. Herr Melchinger hat mir das

Büro zugewiesen. Ich hab es mir nicht selbst ausgesucht", versuche ich zu erklären.

„Ach, dann sind Sie wohl diejenige, die das Jubiläum betreut?" meint er süffisant.

„Richtig, ich werde mich bemühen, Magdalenenwald in der Öffentlichkeit gut zu präsentieren", gebe ich lächelnd zurück.

„Na, dann, viel Erfolg", sagt er ironisch.

„Und was tun Sie hier?" will ich noch wissen, während er mir meine Ordner in die Arme drückt und davon geht.

„Ich bin hier als Psychologe tätig", ruft er über die Schulter. Er hat es plötzlich eilig. Zumindest weiß ich jetzt, dass ich dort oben illegal untergebracht bin. Vielleicht wäre es sinnvoll, ein langes Seil zu besorgen oder eine Strickleiter zu basteln, für den Ernstfall, man kann ja nie wissen.

Ordner beschriften, ohne über den künftigen Inhalt Bescheid zu wissen, ist ein schwieriges Unterfangen. VERWALTUNG pinsele ich mit einem dicken grünen Filzstift auf einen Deckel. Grün ist die Farbe der Hoffnung, und die brauche ich bei meiner Skepsis gegenüber all zu viel Bürokratie. In diesen Ordner kommen die Tagesprotokolle, die ich von Frau Kühne bekommen habe. Täglich wird hier in Stichworten das Geleistete dokumentiert und die Arbeitszeit aufgeschrieben. Alles muss seine Ordnung haben. Was wäre eine Behörde ohne Nachweise, und in solch einem formalen Apparat bin ich hier gelandet… Büro ausgestattet, trage ich mit dem heutigen Datum ein.

Das Telefon klingelt. Ich schrecke hoch.

„Magdalenenwalder Heime, Franka Maas. Hallo?"

„Das klingt ja schon ganz professionell. Wollte mal hören, wie's Dir an Deinem ersten Tag so geht. Na, da staunst Du, dass ich Deine Nummer herausgefunden hab. War auch ein ganz schöner Kraftakt."

„Arne! Das ist aber lieb von Dir. Außer dass ich hier in einem illegalen Zimmer sitze, mich im Brandfall rund fünfzig Meter in die Tiefe stürzen muss und eine neue Dimension von Verwaltung kennen gelernt habe, ist alles super", erzähle ich.

„Hört sich aber nicht gerade glücklich an", meint er.

„Ich bin total abgeschieden. Es scheint keine Teamarbeit zu geben, und ich weiß noch nichts über meine künftigen Aufgaben. Alles läuft merkwürdig sachlich und distanziert ab. Die Details erzähl ich Dir heute Abend. Ich mach um fünf Schluss. Wie geht es euch?" will ich wissen.

„Lisa ist ein Glücksgriff. Sie hat sich schon ganz gut eingelebt. Hab mich wunderbar bekochen lassen. Ich räum jetzt die Küche auf, Ole macht Mittagsschlaf, und Mick zeigt ihr gerade sein Englischheft", sagt er gut gelaunt.

„Prima, grüß alle von mir. Bis später dann. Ich werd mich jetzt in die Geschichte des Hauses vertiefen", beende ich das Gespräch und sinniere noch ein Weilchen darüber nach, weshalb Arne wohl freiwillig Hausarbeit macht.

Lesen, lesen, lesen. Das füllt auch die folgenden beiden Tage aus. Von den Mahlzeiten in der Kantine abgesehen, bin ich von den übrigen Mitarbeitern der Einrichtung isoliert.

Mitten in diese unglaubliche Stille hinein schrillt das Telefon. Eine Verbindung zur Außenwelt. Endlich tut sich was. Aber es ist die Innenwelt. Ein Anruf von Frau Bloch.

„Sie möchten bitte um 14 Uhr zu Herrn Melchinger kommen."

Mit Block und Stift bewaffnet marschiere in Richtung Vorstandsetage. Entweder gehe ich viel zu schnell, oder in Klosterfluren gebietet es sich, bedächtig zu wandeln. Auch das muss ich erst noch lernen. Jedenfalls hebt sich mein Tempo von dem der übrigen Korridor-Begeher deutlich ab.

Melchinger fragt kurz nach meinem Befinden und reicht

mir einen Packen Info-Material über eine Berufsausbildungsstätte der Heime, mit der Bitte um Überarbeitung. Es solle eine kleine Chronik mit dreißigseitigem Umfang daraus entstehen. Was das mit dem Einrichtungsjubiläum zu tun hat, ist mir zwar schleierhaft, aber ich möchte nicht gleich widersprechen und gehe an die Arbeit. Nach zehn Tagen steht die Chronik. Melchinger ist vermutlich zufrieden damit. Er kommentiert mein Werk nicht, gibt mir gleich den nächsten Auftrag. Der Friedhof der Einrichtung verfüge über zum Teil sehr alte Gräber mit stark verwitterten Grabsteinen. Ich solle ein Verzeichnis der Verstorbenen, wichtigen Persönlichkeiten wie Heimleiter und dergleichen, anlegen und eine aktuelle Skizze fertigen. Viele der Inschriften seien kaum noch lesbar, dazu gebe es aber Unterlagen im Archiv. Den Schlüssel hierzu besitze Frau Bloch.

Nun wird es noch skurriler. Archivarbeit. Unwillkürlich fallen mir Unmengen verstaubter Bücher ein, für die sich kein Mensch mehr interessiert, und blassgraue verschrobene Archivverwalter. Das ist das Letzte, was mich beflügelt. Die Strafkammer sozusagen. Aber irgend etwas Wichtiges muss sich in diesem Raum verbergen. Sonst hätte nicht die rechte Hand vom Chef die alleinige Schlüsselgewalt. Widerwillig händigt mir Gertrud Bloch den Schlüssel mit den Worten aus: „Den müssen Sie mir aber gleich wieder bringen."

Die hinterste Kammer im Untergeschoß ist es. Eine schwere graue Stahltür sichert den Inhalt. Kein Tageslicht dringt in diesen Raum. Es ist stockdunkel. Die Augen müssen sich erst daran gewöhnen. Der Lichtschalter ist nicht gerade leicht zu tasten. Grelles Neonlicht flackert auf. Es dauert zwei, drei Sekunden, bis sich die Augen wieder auf die Helligkeit eingestellt haben und nichts als Regale erblicken, die bis zur Decke reichen, voll mit Aktenordnern, Büchern, Heften und Broschüren. Mehrere in Leder gebundene, kunstvoll verzierte riesengroße

Bücher, vermutlich seltene Ausgaben von Bibelwerken lassen mich erahnen, weshalb die Chefsekretärin diesen Raum hütet wie ihren Augapfel.

Das Archiv entpuppt sich als wahre Schatzkammer. Sich hier zurechtzufinden, wird durch zwei verschieden angelegte Archivverzeichnisse erschwert. Friedhofsverzeichnisse fallen mir nicht auf, dafür freue ich mich an uralten Zeichnungen und Schulheften von Heiminsassen, wie man die Betreuten früher nannte, und vergesse die Zeit. Genagelte Schuhabsätze donnern über den Steinfußboden im Korridor. Unheil naht. Schnell klappe ich die Hefte zu und wende mich scheinbar suchend den grauen Regalwänden zu.

Gertrud Bloch betritt den Raum.
„Finden Sie die Pläne nicht? Sie sind jetzt schon fast eine Stunde lang hier unten. Es ist gleich Mittagspause. Da sind sie doch", sagt sie entrüstet und zieht ein paar Rollen Pergamentpapier aus einem Regal.

Wieder im Büro, kritzle ich mit dem Bleistift Männchen aufs Papier. Trübe Gedanken gehen mir durch den Kopf. Nun bin ich schon eine Zeitlang hier. In Isolationshaft sozusagen. Eine Handvoll Menschen sind mir seitdem näher gekommen, mehr nicht. Ich habe erfahren, dass ich das Denkmal für Karl-Wilhelm Melchinger errichten muss, denn dieser geht mit dem Ende der Feierlichkeiten nächstes Jahr in den Ruhestand, nach fünfunddreißig Jahren als Heimleiter. Eine lange Zeit.

Da dies nicht nur eine Zeit der Erfolge war und viele unliebsame Neuerungen eingeführt wurden, ist Melchinger umstritten. Er soll zunehmend in patriarchalen und hierarchischen Sphären schweben und den Bezug zur Realität längst verloren haben. Vielleicht schlägt mir deshalb ein eisiger Wind entgenen, weil die meisten Mitarbeiter gar nichts von der Schaffung meiner

Stelle wussten. Der Informationsfluss von oben nach unten sickert hier nur spärlich. Logisch, dass sich die meisten irgendwelche Infos aus der Gerüchteküche zusammenreimen und sich ihr eigenes Bild machen.

Immer wieder muss ich hören, dass viel zu viel Geld für diese Stelle ausgegeben werde, und wozu das Ganze? Lediglich, um Melchinger einen bombastischen Abgang zu schaffen. So ähnlich denken die Mitarbeiter. Argwohn und Distanz sind das Ergebnis. Und mit dieser Haltung begegnen sie mir. Kein schöner Zustand. Atmosphärisch und menschlich schwierig sind auch die knappen telefonischen Einbestellungen zum Chef durch dessen rechte Hand zu den ungewöhnlichsten Uhrzeiten. Unmittelbar nach Arbeitsbeginn oder kurz vor Feierabend. Kontrollinstrumente, leicht zu durchschauen, aber dadurch nicht besser. Das Allerschlimmste: Ich bin meinem Ziel, mehr über Richard Johannsen und seine Vermutungen herauszufinden, noch keinen Schritt näher gekommen.

Aus heiterem Himmel ein erfreulicher Anruf. Christoph Steidle ist im Land. Wir verabreden uns auf Sonntagnachmittag bei ihm zu Hause. Entgegen meiner Vorstellung steht ein sportlich aussehender junger Mann vor mir. Er ist groß, sehr schlank, trägt Jeans und ein lässiges Shirt. Seine Hautfarbe ist ungewöhnlich hell, was in strengem Kontrast zu seiner dunklen Lockenhaarpracht und seinen tief liegenden, bernsteinfarbenen Augen steht. Er hat feine, aristokratische Gesichtszüge und wenig äußerliche Gemeinsamkeiten mit den Landwirtsöhnen dieser Gegend. Wir beschließen zum Forsthaus zu gehen.

Der Himmel ist bewölkt. Selten schickt die Sonne ihre kräftigen Strahlen durch eine Wolkenlücke. Mächtige tiefdunkle Gewitterwolken brauen sich am Horizont zusammen. Die idyllische Wildnis ist in ein seltsames Licht getaucht, das eher typisch für den hohen Norden ist. Alles erscheint dadurch noch entrückter. Ich liebe diese Stimmung. Unter den ausladenden Ästen der Linde wartet das Bänkchen auf Besucher. Klumpiger Blütenstaub, Blätter und kleine Äste haben sich hier bereits niedergelassen. Wir sprechen wenig, denken an Richard Johannsen.

Christoph wischt den Schmutz mit der Hand von der Bank. Wir setzen uns. Dann sagt er mit ruhiger, tiefer Stimme:
„Ich werde das Forsthaus und den Garten genauso lassen, wie es jetzt ist. Meine Eltern sind einverstanden, dass ich hier lebe, wenn ich ab und zu nach Hause komme. Ich bin ihr einziges Kind, und ich glaube, sie hoffen, dass ich einmal für immer zurückkomme und mich hier niederlasse. Es ist schon eine herbe Enttäuschung für Sie, dass ich nicht Landwirt geworden bin. Gott sei Dank ist mein Cousin hier so gut wie zu Hause. Er wird einmal den Hof übernehmen."
Er macht eine kurze Pause und zeichnet mit einem Stöckchen Muster in den Sand.

„Dirk Hansen, der Neffe von Richard, hat hier sofort alles ausräumen und das Meiste gleich entsorgen lassen. Nur die Kunstwerke und wertvollen Antiquitäten konnte er gebrauchen. Ist das nicht pietätlos?" fragt Christoph mit gesenkter Stimme, ohne aufzublicken und auf eine Antwort zu warten.
Er spricht mir aus der Seele.
„Doch, ist es. Dieser Mann hat kein Gefühl, keinen Anstand, keinen Stil. Er denkt ausschließlich egoistisch und materiell. Ein Snob, ein Showman, der es beruflich sicher weit bringt. Ich hab mit ihm telefoniert. Dabei hat es mich regelrecht geekelt", erzähle ich.
„Nehmen Sie es mir nicht krumm, aber ich verstehe Ihre Motivation nicht so richtig. Als Sie mich in Kanada anriefen, war ich wirklich überfahren. Lag ja auch an der Uhrzeit. Viel-

leicht können Sie mir einfach mal erklären, weshalb Sie so großes Interesse an Richard haben. Sie kannten ihn doch kaum. Ich möchte nicht indiskret sein, aber ich bin Richard sehr nahe gestanden. Er war wie ein Vater zu mir", sagt Christoph leise und schaut mich dabei durchdringend an.

Bereitwillig erzähle ich ihm die ganze Geschichte von Anfang an und schließe mit den Worten:
„Wie schon gesagt, war Richard ganz nah dran, einiges aufzudecken in dieser Einrichtung. Er hatte Beweise gesammelt. Vielleicht kam er einigen Personen zu nahe. Ich weiß es nicht. Jedenfalls glaube ich nicht an diesen Tod durch einen Unfall. Es könnte leicht jemand nachgeholfen haben. Ihre Mutter hat erzählt, dass Richard am Abend, also unmittelbar vor dem Unglück, noch Besuch hatte. Vielleicht wusste der oder die große Unbekannte von den Beweismitteln. Und gerade, weil es für mich nicht schlüssig ist, will ich weitermachen, der Sache auf den Grund gehen. Bessere Möglichkeiten als jetzt, wo ich Mitarbeiterin Magdalenenwalds bin, gibts nicht. Können Sie mir weiterhelfen? Richard hat so viele Andeutungen gemacht. Sie wissen doch als ehemaliger Zivi einiges."

„Also ich kann mir kaum vorstellen, dass sich aus dem Verein jemand an Richard herangewagt hat. So weit gehen die bestimmt nicht. Merkwürdig ist das alles aber schon, da bin ich ganz Ihrer Meinung. Ich hab mir bereits Vorwürfe gemacht, dass ich den Richard da hineingezogen habe. Sie müssen wissen, früher, als ich noch ein Kind war, kamen Richard und seine Frau jedes Wochenende hier her. Ich war die meiste Zeit bei ihnen, wenn ich nicht auf dem Hof helfen musste. Deswegen hatte ich oft Ärger mit meinem Vater. Daher kommt wahrscheinlich auch meine Abneigung gegen den Betrieb, der einen nie in Ruhe lässt. Jedenfalls war ich oft im Forsthaus. Die beiden haben mir dann fantasievolle Geschichten erzählt, wir haben selbst erfundene Spiele gespielt, zusammen ein Vogelhäuschen gebastelt oder gemalt, das waren Dinge, die man nie vergisst und die ich zu Hause so nie erlebt habe. Dort drüben am Waldrand, die Schaukel an der Eiche, die hat Richard für mich gemacht. Katharina hat die Sitzbank mit lustigen Motiven bunt bemalt. Sie war künstlerisch begabt und war eine ausgesprochen schöne und warmherzige Frau. Sie konnte unheimlich gut zuhören. Mit meinen ganzen Sorgen und Freuden bin ich hier her gekommen."

Nach einer kurzen Pause spricht er weiter:
„Später hat mich Richard bei meinem Berufswunsch unterstützt und mir stapelweise Bücher geliehen. Nach dem Tod von Katharina ist er in ein tiefes Loch gefallen. Wir saßen oft hier draußen zusammen und haben geredet. Ich hab ihm Gesellschaft geleistet, weil ich in ihm einen Freund hatte, den ich im Dorf so nie gefunden habe. Richard war ein toller Mensch, er war so kultiviert und belesen. Manchmal haben wir die halbe Nacht lang bei Kerzenschein über die großen Philosophen geredet. Als ich dann begann, in Magdalenenwald zu arbeiten, hab ich ihn einfach eines Tages überredet, mich zu begleiten. Ich dachte, es hilft ihm, sich wieder zu öffnen, unter Menschen zu kommen. Richard hatte nach anfänglicher Scheu, die übrigens jeder mitbringt, der noch nie mit geistig behinderten Menschen zu tun hatte, einen super Zugang zu unseren Betreuten. Sie haben ihn gleich ins Herz geschlossen. Das ging so bis zu dem blöden Vorfall, der einiges veränderte. Aber das erzähl ich Ihnen besser bei einer Tasse Kaffee. Haben Sie Lust?" fragt er.
  „Ja, immer", antworte ich erfreut.

Christoph steht auf und geht aufs Haus zu. Ich folge ihm. Das Innere des Forsthauses strahlt viel Wärme und Behaglichkeit aus. Ein Ort der Ruhe und Geborgenheit. Hier hätte ich mich als Kind auch wohlgefühlt. Die Holzdielen knarren bei jedem Schritt. Die Räume sind fast leer. Durch einen Flur gelangt man in die Küche auf der Westseite des Hauses. Blickt man durch die Sprossenfenster nach draußen, sieht man auf einen Teil des Gartens, die Garage und den Wald mit der Schaukel, von der Christoph gesprochen hatte. Er hat sich spärlich hier eingerichtet. Mit ein paar geschickten Handgriffen entfacht er das Feuer, stellt den Wasserkessel auf den Gasherd und brüht das Kaffeepulver auf. Es duftet herrlich. Er findet eine Packung Kekse im Küchenschrank und stellt diese, die Kanne und zwei große Tassen aufs Tablett. Auf Milch und Zucker verzichten wir.

Ich setze mich auf die Treppenstufen und beobachte, wie er, mit Schwamm und Lappen bewaffnet, Tisch und Stühle schrubbt. Die Terrasse ist durch die hohen Bäume leicht beschattet. Wind frischt auf. Es ist schön hier. Ich fühle mich wohl. Das Unheimliche vom letzten Mal scheint wie weggeblasen.

Christoph erzählt weiter.
„Bei meiner Arbeit in Magdalenenwald befreundete ich mich mit einem anderen Zivi. Dieser erzählte mir, dass er sexuell belästigt worden sei. Er war ziemlich schockiert und brauchte jemanden zum Reden. Ich wiederum hab Richard davon erzählt. Er war außer sich vor Wut. So habe ich ihn noch nie zuvor gesehen. Ich musste ihn bremsen. Nur mir zuliebe, das heißt, weil mein Freund das so wollte, hat Richard von einer Anzeige abgesehen. Von da an war Richard in Magdalenenwald sehr aufmerksam und nicht mehr so unbelastet wie früher."

„Darf ich fragen, wer Ihren Freund belästigt hat und wie?" werfe ich ein.

„In allen Einzelheiten hat er mir das nicht erzählt. Offensichtlich hat derjenige ausgeprägte pädophile Anlagen. Er versprach meinem Freund eine Stelle und setzte ihn moralisch unter Druck. Wenn Sie es diskret behandeln, sage ich Ihnen, um wen es sich handelt", fügt er leise hinzu.

„Selbstverständlich werde ich schweigen", antworte ich prompt.

„Es ist der Personalchef", sagt Christoph.

„Was? Ausgerechnet in der Funktion! Ja, tut denn da keiner was? Das ist doch sicher kein Einzelfall. So etwas spricht sich doch auch rum", entrüste ich mich.

„Bislang ist nichts geschehen, soviel ich weiß. Mein Freund studiert jetzt jedenfalls Psychologie. Ich denke, nicht ohne Grund", resümiert Christoph.

Nun wird mir auch klar, weshalb ich eine Ablehnung gespürt habe, als Lossmann den Raum betrat. Der hat eine ganz schlechte Aura. Den werde ich im Auge behalten.

Mit einem großen Schluck leere ich meine Tasse. Ein tiefes Donnergrollen und plötzlich einsetzender heftiger Wind kündigt das nahende Gewitter an. Die Blätter der Bäume rascheln laut, die Äste biegen sich kräftig im Wind. Es wird richtig dunkel. Rasch räumen wir das Geschirr ab und bringen die Gartenmöbel in Sicherheit.

Erste dicke Regentropfen platschen vom Himmel. Es blitzt. Wir rennen ins Haus. Im Wohnzimmer steht ein großer Kachelofen, der vom Flur aus beheizt wird. Auf der kalten Ofenbank machen wir es uns mit den restlichen Keksen gemütlich und schauen wortlos dem Naturschauspiel zu. Draußen blitzt und donnert es heftig. Ein Platzregen lässt die Erde dampfen.

5

Mein Büroalltag muss sich verändern. Schließlich bin ich ein Arbeitstier. Bis ich hier ungehindert recherchieren kann, muss etwas passieren. Ich werde das Heim sinnvoll unterstützen und Melchinger ein Konzept liefern, das ihn begeistern wird. Das bedeutet tagelanges Tüfteln an Ideen, um einer möglichst breiten Öffentlichkeit das Thema Behinderung sanft und geschickt näherzubringen. Und das möglichst effektiv und kostengünstig. Kunst fällt mir hierzu ein.

Erst kürzlich habe ich durch Zufall entdeckt, dass in Magdalenenwald ein behinderter, künstlerisch begabter Mann lebt, der gigantische Bauwerke schafft. Tingely hätte seine Freude an ihm. Robert Kahnel heißt er. Mit diesen faszinierenden Werken ließe sich eine Ausstellungsreihe in ganz Deutschland organisieren. So etwas ist einmalig. Zudem könnte man eine Veranstaltungsreihe für Kinder ins Leben rufen. Puppenspieler, Clowntheater, Mitmachzirkus, Märchenstunde und vieles mehr in einem festen Rhythmus anbieten. Damit würden auch Kinder, Mütter, Väter, Omas, Opas, Onkel, Tanten in die Einrichtung kommen, die noch nie hier waren. Und für unsere Betreuten wäre dies ein willkommenes Zusatzangebot. In dieser strukturschwachen Gegend wird kulturell ohnehin wenig geboten.

Vielleicht gibt es ja neben Robert Kahnel noch weitere künstlerisch Begabte hier. Vermutlich liegt da viel kreatives Potential brach. Wie Johannsen erzählt hat, boomt die Kunst von behinderten Menschen. Dies sollte man nutzen. Ich bin ganz in meinem Element und spreche mit Arne darüber. Er wird Heiner, unseren langjährigen Freund, um Unterstützung bitten. Heiner Kaden ist freischaffender Künstler und kann mir vielleicht mit ein paar Kontakten helfen, Tipps geben und über einen Workshop nachdenken. Doch zunächst muss ich Melchinger davon überzeugen. Und der Weg dahin ist steinig.

„Frau Bloch, ich brauche schnellstmöglich einen Termin bei Herrn Melchinger", wage ich einen Vorstoß.
„Das ist aber ganz schlecht diese Woche. Worum geht es denn?" will die Sekretärin wissen.
„Ich habe etwas Dringendes wegen des Jubiläums mit ihm zu besprechen. Eine Stunde reicht mir schon", sage ich so freundlich es geht.
Doch sie bleibt eisern.
„Nächste Woche, Montag 13.30 Uhr, eine halbe Stunde. Dann geht es erst wieder am Donnerstag. Der Herr Melchinger ist diese und die nächste Woche sehr beschäftigt", bemerkt sie.
„In Ordnung, ich nehme den Montag."

Gut vorbereitet gehe ich in dieses Gespräch. Habe meine Vorschläge gleich schriftlich fixiert, zum Nachlesen für ihn. Dabei wurden alle Kosten berechnet und verschiedene Angebote eingeholt. Aus Gründen der Wirtschaftlichkeit sind die internen personellen Ressourcen dabei bereits berücksichtigt. Ich setze auf Zivis und Praktikanten. Die könnten bei verschiedenen Projekten hilfreich sein. Und außerdem könnte ich dabei ganz unauffällig mit den jungen Männern Kontakt aufnehmen und etwas herausfinden.

Melchinger schaut grimmig drein, legt eine Mappe aus grauem Karton auf den Tisch, postiert den Bleistift akkurat daneben und trommelt mit den Fingern leise auf die Tischkante. Unaufgefordert nehme ich Platz und lege meine Unterlagen auf den polierten Besprechungstisch.
Ohne Höflichkeitsfloskeln kommt er gleich zur Sache:
„Legen Sie los, Frau Maas, wir haben nur eine halbe Stunde Zeit."

Munter präsentiere ich ihm die Ideen und warte auf eine Reaktion. Sein Gesichtsausdruck erstarrt. Nach ein, zwei Minuten des eisigen Schweigens stellt er die Nachhaltigkeit in Frage.

„Wir könnten zum Beispiel ein kleines Leporello drucken, das über die Ausstellungsreihe hinaus wirkt", schlage ich vor.

„Das wird zu kostspielig", kontert er.

Beim nächsten Punkt passt ihm etwas anderes nicht.

Während er spricht, schaut er mir nicht ins Gesicht, sondern zum Fenster hinaus. Vielleicht duldet Melchinger keine Eigeninitiative. Schließlich fingert er einen Brief aus seiner Mappe, den ich für ihn entworfen habe.

„Zur Korrektur zurück".

Mit Rotstift sind Anmerkungen an den Rand gepinselt, so klein, dass man sie mit der Lupe entziffern muss. Schulmeisterhaft.

„Bitte noch einmal, Frau Maas", erklärt er trocken.

„Selbstverständlich", entgegne ich betont gelassen und packe meine Sachen zusammen. Aber so schnell gebe ich mich nicht geschlagen. Beim Hinausgehen bitte ich die Chefsekretärin gleich um den nächsten Termin in einer Woche. Da werde ich die Ideen leicht modifiziert nochmals vorstellen.

Donnerstag, 15 Uhr. Auch kein guter Termin. Mit durchdringendem Blick sitzt Melchinger da. Wie ein Raubvogel, der den richtigen Moment abwartet, um sein Opfer zu krallen, denke ich und versuche mich auf meine Vorlagen zu konzentrieren.

„Die Kosten für das Begleitheft könnten wir durch Sponsorengelder decken. Wenn die Ausstellung durch namhafte Museen in ganz Deutschland wandert, erreichen wir eine breite Streuung und, unterstützt durch eine gute Öffentlichkeitsarbeit, eine hohe Besucherfrequenz. Dadurch hätten auch die Sponsoren einen entsprechenden Werbeeffekt. Geld dafür zu bekommen wäre also ein Kinderspiel."

Damit hab ich ihn. Die Finanzierung dürfte nun kein Thema mehr sein.
Er gibt es tatsächlich auf, mich zu fixieren, schaut in Richtung Fenster und sagt monoton:
„Gut, beginnen Sie mit der Planung der Ausstellungsreihe und der Angebote für Kinder".
Weitere Vorschläge werden vertagt.

Je mehr Initiative ich ergreife, desto unnahbarer und abweisender verhält er sich. Offenbar hat Melchinger klare Vorstellungen davon, wie dieses Festjahr ablaufen soll. Häppchenweise werde ich mit Aufträgen gefüttert. Die Gesamtplanung ist Chefsache.

Es beginnt eine Zeit der Zermürbungstaktik. Weitere Überwachungsmethoden kommen zum Einsatz. Neben den sporadischen Anrufen zur Anwesenheitskontrolle werden jetzt zwei Betreute, die kleine Bürotätigkeiten erledigen, an einem Tischchen im Flur unmittelbar vor meinem Büro postiert. Sie werden offenbar als Zuträger von Melchinger genutzt. Sie erzählen mir, wenn der Chef ihnen Audienz gewährt. Da sie in stark hierarchischen Strukturen denken, sind sie sehr stolz auf ihre Bedeutung beim Vorstand. Über die Auswirkungen sind sie sich nicht bewusst. Ich habe die beiden gerne. Und in kurzer Zeit verbindet uns ein geradezu kumpelhaftes Verhältnis. Dennoch dosiere ich die gemeinsamen Kaffeerunden so, dass sie mir nicht zum Verhängnis werden können. Zu viel Plaudern kann leicht ungesund werden.

Meinem eigentlichen Ziel bin ich immer noch nicht nähergekommen. Von den Zivis ist bislang nichts zu erfahren, denn bei den Besprechungen ist immer ein Erzieher dabei, oder die Zeit ist zu knapp. Doch in den dunkelsten Phasen tut sich manchmal auch ein Lichtlein auf.

Beim Gang durch die Einrichtung hab ich ihn schon gesehen. Heute werde ich ihn kennenlernen, den neuen Kaufmännischen Vorstand, der am selben Tag wie ich seinen Dienst hier angetreten hat. Melchinger hat mich gebeten, die Sponsoring-Idee seinem Kollegen vorzustellen. Der Sekretär Friedrich Huber weiß offenbar nicht über die Terminplanungen seines Vorgesetzten Bescheid.
„Die macht er immer selbst. Klopfen Sie einfach an."
So unkompliziert? Nach meinen bisherigen Erfahrungen kann ich es kaum glauben.
Kräftig hämmere ich an die massive Holztür.
„Herein."

Thomas Mittelstädt sitzt in lässiger Pose an seinem Schreibtisch und telefoniert. Ich weiche instinktiv zurück und will draußen warten, bis er mit dem Telefonat fertig ist. Doch er gibt mir mit deutlichen Handzeichen zu verstehen, dass ich mich an den Besprechungstisch setzen soll. Ich bin überrascht. Mittelstädt ist souverän und braucht keine Chefallüren, um Autorität zu demonstrieren. Die Tür zu Hubers Büro steht offen, es stört ihn nicht, dass er sein Gespräch mit anhört. Das Vorstandszimmer ist nicht einmal halb so groß wie das seines fachlichen Kollegen. Er spricht freundlich und dialektfrei mit seinem Telefonpartner.
Dann steht er auf, kommt mit zwei großen Schritten auf mich zu, schüttelt mir herzlich die Hand und fragt: „Möchten Sie einen Kaffee, Frau Maas?"
„Ja, gerne", antworte ich erfreut über den netten Empfang. Er holt aus Hubers Büro zwei Tassen, Milch und Zucker, stellt alles auf den Tisch und gießt Kaffee aus der Thermoskanne ein. Selbst ist der Mann.

Mittelstädt ist jung für solch eine Position. Sicher nicht älter als vierzig. Er ist groß, schlank, schaut einem aus ehrlichen

wasserblauen Augen direkt ins Gesicht. Seine mittelblonden feinen Haare trägt er altmodisch gescheitelt. Jeans und Polohemd wirken dem Eindruck des braven Internatschülers etwas entgegen. Er sieht aus wie ein großer Junge. Vielleicht wegen seiner Vertrauen erweckenden Art oder ganz einfach, weil ich glücklich bin, endlich einer leitenden legeren Person mit sympathischen Zügen gegenüberzusitzen, jedenfalls erzähle ich ungehemmt von meinen Ideen und Vorstellungen. Er gibt sich sehr interessiert, was mich ermuntert, auch meinem Unverständnis gegenüber hier Erlebtem Luft zu machen.
Er versteht und sagt:

„Rom wurde auch nicht an einem Tag erbaut. Sie werden sehen, mit ein bisschen Geduld erreichen wir einiges von dem, was Sie vorhaben."

Er hat *wir* gesagt. Ich scheine jemanden gefunden zu haben, der meine Ansichten teilt. Von der Sponsoring-Idee ist er sichtlich angetan und wird mich bei Melchinger unterstützen. Regelmäßig wollen wir uns künftig austauschen.

Karl-Wilhelm Melchinger gefällt dies nicht. Meine Nähe zu Mittelstädt und unsere inhaltliche Übereinstimmung irritieren ihn. Deshalb muss er wohl gedacht haben: Ab in den Keller mit ihr. Die soll verstauben zwischen alten Dokumenten, denn er sagt:

„Frau Maas, jetzt sollten Sie vorrangig andere Aufgaben übernehmen. Wir planen eine historische Ausstellung, und dazu wird es unter anderem ein Begleitbuch geben. Sie sollten sich ausgiebig mit der Gründungszeit der Einrichtung, den Motiven und Zielen des Gründers beschäftigen und Texte darüber verfassen. Als Quelle dient Ihnen das Archiv."

Das kommt mir gelegen. Geschichten über den damaligen Betreuungsansatz zu schreiben, fordert mich heraus. Zudem kann ich nun völlig ungestört in der Schatzkammer stöbern. Und diese entpuppt sich als wahre Fundgrube.

Es dauert einige Zeit, bis ich mit dem System der Archivverwaltung vertraut bin, dann aber werde ich fündig. Dutzende Bücher und haufenweise Aufzeichnungen schleppe ich quer durch das Kloster hinauf in mein Dachkämmerchen. Meine beiden „Kollegen" wundern sich schon über die Menge an Papieren, Zeichnungen und Fotos, die sich auf dem Schreibtisch stapeln. Ich hätte nie zuvor gedacht, dass das Schmökern in diesen uralten Dokumenten Spaß machen könnte. Doch es lässt mich nicht mehr los. Bei absoluter Ruhe, von dem Treiben in der Einrichtung weit abgeschieden, tauche ich in eine längst vergessene Zeit und völlig andere Welt ein.

Zeitzeugen berichten hier anschaulich von Tagesabläufen, strengen Aufsehern, Angst, Freude und Leid. Über Sonderbehandlungen der „Erste-Klasse-Insassen" gibt es detaillierte Aufzeichnungen. Ebenso eindrücklich sind die kargen Mahlzeiten im gemeinsamen Speisesaal beschrieben. Demnach wurde auch hier zwischen den „gewöhnlichen" Betreuten, den privat zahlenden „Heiminsassen" und den Mitarbeitern unterschieden. Pech hatten dabei die „Gewöhnlichen". Sie bekamen viel seltener Fleisch und nahrhafte Beilagen als andere. Verständlich, dass den Mahlzeiten eine zentrale Bedeutung zukam.

Gut erhaltene Zeichnungen vermitteln auch einen Eindruck religiöser Festtage und lassen erahnen, wie intensiv diese erlebt wurden. Geschlafen wurde in Mehrbettzimmern, die Aufseher hatten ihr Bett in einem Kämmerchen nebenan. Persönliches Hab und Gut beschränkte sich auf einen Umfang, der in ein kleines Nachtkästchen passte. Erzieher, Lehrer und auch Geistliche wandten bei Widerstand gegen die geltenden Regeln solch harte Erziehungsmaßnahmen an, dass einem beim Lesen übel wird.

Es war eine Zeit, als Zucht und Ordnung an der Tagesordnung waren und Kretine, wie diese Menschen damals genannt wurden, meistens aus Scham, Furcht und Unwissenheit zu Hause verborgen und oftmals wie Tiere behandelt wurden. Besser hatten es da diejenigen, die in einer solchen Einrichtung ein menschenwürdigeres Dasein fristen konnten.

Auch Erlebnisse aus der Zeit der Euthanasie finden sich in den Unterlagen. Schreckliche Eindrücke, Furcht vor dem Ungewissen und unbeschreibliche Freude über den mutigen, heldenhaften Einsatz von Betreuten, Mitarbeitern und Heimleitung, denen die Rettung von zahlreichen Menschen aus Magdalenenwald zu verdanken ist.

Es gibt sogar Photos der grauen Busse, die im Dritten Reich zur Abholung der behinderten Frauen und Männer in die nahe gelegenen grauenvollen Vernichtungsstätten eingesetzt wurden. Viele stiegen fröhlich in diese Gefährte ein, weil sie an einen Ausflug glaubten. Sie konnten ja nicht ahnen, dass sie nie wieder zurückkehren würden.

In der Gründungszeit der Einrichtung glaubte man noch an Heilung der Kretine. Ärzte suchten fieberhaft nach Ursachen und Möglichkeiten der Genesung. In Höhenlagen wurden die ersten Anstalten eingerichtet, da man glaubte, dass ideale Bedingungen wie saubere Luft, Bewegung und entsprechende Ernährung den Heilungsprozess förderten. Die Wissenschaft auf diesem Gebiet steckte noch in den Kinderschuhen. Deshalb wurde der große Forscherdrang eines Mediziners, des Gründers der Einrichtung, weit über die Grenzen hinaus bekannt. Er muss hier Tagungen abgehalten und sogar einen Sezierraum eingerichtet haben. In anderen Unterlagen stoße ich auf die Beschreibung unterirdischer Gänge, leider ohne Skizze.

Diese Räume und Flure in den Tiefen des Klostergebäudes müsste es auch heute noch geben. Womöglich haben Eingeweihte Zugang zu Ihnen. Vielleicht werden sie von einer bestimmten Person, die ich im Visier habe, für Sado-Maso-Spielchen von Montag bis Freitag genutzt. Eventuell war Richard Johannsen auf derselben Spur. Oder die Phantasie geht ganz einfach mit mir durch.

Um das herauszufinden, muss ich mich unbemerkt auf die Suche machen. Am besten nach Dienstschluss. Um fünf Uhr abends verlassen die meisten Mitarbeiter der Verwaltung ihre Büros. Also bleibe ich noch länger und warte bis kurz vor acht. Draußen ist es noch hell und warm. Gut für meine Erkundungstour im Freien.

Systematisch suche ich den Hang unterhalb des Klostergebäudes nach einem Eingang oder einer Höhle ab. Kein Kinderspiel an dieser schroffen Felswand im unwegsamen Gelände. Gott sei Dank habe ich flache Sneaker an. Steil geht es zwischen Gestrüpp und dichtem Bewuchs talwärts. Es ist ziemlich rutschig und uneben hier. Brennesseln, Dornen und Zweige hinterlassen ihre Spuren. Immer wieder schlagen mir Blätter und dürre Äste ins Gesicht. Kein Eingang zu sehen. Ich müsste bei den Fachwerkgebäuden am Fuße des Felsmassivs beginnen, doch dahinter ist der Bewuchs zu dicht. Es dämmert. Zwecklos, hier weiterzusuchen. Also wieder zurück durch die Wildnis. Außer Atem und ziemlich zerkratzt komme ich oben an. Ab ins Kloster.

Es ist schon ziemlich dunkel in den langen Fluren. Mit mulmigem Gefühl in der Magengegend mache ich mich auf die Suche im Untergeschoß. Es ist mucksmäuschenstill hier. Vorsichtig und geräuschlos schließe ich das Archiv auf und schaue diesen Raum genau an. Es führt keine Tür von hier aus in einen anderen Trakt. Als Alibi für das Vorhaben kann ein alter Aktenordner nicht schaden. Ich klemme ihn fest unter den Arm und schließe wieder ab. Es ist kühl hier unten. So leise wie möglich bewege ich mich durch den Kreuzgang, setze meine Schuhe mit den knirschenden Gummisohlen vorsichtig auf den Steinplatten auf. Alle Räume, bis auf zwei, sind verschlossen.

Plötzlich geht das Licht aus. Ich bekomme einen Riesenschreck. Die Anspannung verwandelt sich instinktiv in ein Fluchtgefühl. Nichts wie weg hier, senden meine Hirnströme an den Bewegungsapparat. Hastig taste ich an der Wand nach dem Lichtschalter und drücke ihn erneut. Es ist ganz normal, dass das Licht nach ein, zwei Minuten von selbst ausgeht, beruhige ich mich. Ich kenne doch den Rhythmus der Zeitschaltuhr, dennoch sitzt mir das Unbehagen in den Knochen. Für heute ist es wohl besser, die Aktion abzubrechen.

Arne ist nicht gerade begeistert von meiner Erzählung.
„Ich hab Dir schon mal gesagt, dass Du Dich viel zu sehr in die Sache hineinsteigerst", kommentiert er die Suchaktion. Um zu vermeiden, dass ich gleich lautstark protestiere, lenkt er ein und schlägt konstruktiv vor:
„Sprich doch mal mit den alten behinderten Leuten. Vielleicht erinnern sie sich noch an damals. Die kennen doch auch sicher die historischen Gebäude viel besser als andere."

Gleich am nächsten Tag forsche ich nach und werde fündig. Es gibt sie tatsächlich. Menschen, die noch in Magdalenenwald wohnen und die Zeit vor 1930 hier erlebt haben. Für eine heiße Spur bringen die Gespräche mit ihnen aber leider nichts. Dennoch sind sie wertvoll, denn diese Frauen und Männer haben viele authentische Geschichten zu erzählen, die durch ihre Intensität sehr ergreifend sind. Man kann sie nirgendwo nachlesen. Aber das soll sich ändern. Um an diesen spannenden Lebensstoff zu gelangen, muss ich jedoch viel Zeit aufwenden. Zunächst gilt es, eine Vertrauensbasis zu schaffen. Ohne diese Grundlage und ohne festes Ritual ist keiner meiner Gesprächspartner bereit, über die alten Zeiten zu sprechen.

Berthold Sieber zum Beispiel, den ich mehrmals besuche, möchte immer zu erst Kaffee trinken und ein „süßes Stückle" essen, dann erst schaut er die mitgebrachten Fotos an. Meistens fällt ihm dazu nicht viel ein. Doch bei meinem letzten Besuch hat er plötzlich auf eines der Bilder gedeutet und wie aus der Pistole geschossen gesagt:
„Hier haben wir gegessen. Das war der große Speisesaal. Und das da war unser Aufseher. Der war sooo streng. Wenn wir auf dem Feld nicht gut waren, gabs kein Vesper. Heute ist es besser. Heute gibts genug zu essen. Und schau, das dort ist der Pferdeknecht. Der hat die Pferde weggebracht, als der graue Bus kam. Das war ein Glück. Der graue Bus ist im Schnee steckengeblieben, und weil die Pferde nicht da waren, musste der wieder umdrehen. Er hat keinen hier abholen können. Die kamen aber später wieder und haben welche von uns mitgenommen. Und die kamen nie mehr zurück."
Dann schwieg Berthold Sieber wieder. Wie meistens.

Oder Magda Reiser, die meine Hand nimmt und sie ganz fest drückt, wenn sie bekannte Gesichter auf den vergilbten Fotos entdeckt. Mir schnürt es die Kehle zu, wenn ihr Tränen über die Wangen laufen, während sie von früher spricht.
„Das war meine beste Freundin, die Anna. Die ist schon lange tot. Sie hat mir die Puppe geschenkt. Wir haben im selben Zimmer geschlafen. Sechs waren wir im Zimmer…"

Hilfreich sind dabei auch die Gespräche mit den Erziehern. Johannsen hatte Recht, sie leisten eine unbezahlbare Arbeit. Ein anderes Klima herrscht im Verwaltungstrakt. Vor allem auf der Vorstandsetage. Und es gibt keinen Hoffnungsschimmer. Melchinger wird nicht müde, meinen Optimismus und Arbeitseifer zu zügeln. Bevor ich sein Chefbüro betreten darf, habe ich grundsätzlich fünfzehn bis zwanzig Minuten zu warten.

So harre ich auch heute wieder auf dem harten Holzstuhl im Vorzimmer aus. Die Gegenwart seiner rechten Hand macht diese Zeit nicht angenehmer. Ernst und düster blickt Melchinger drein, als er mich schließlich mit den Worten zu sich hinein bittet:
„Frau Maas, wie kommen Sie voran? Sie sind ja jetzt seit ein paar Wochen mit der Geschichte des Hauses beschäftigt. Ich habe gehört, Sie machen Interviews? Darf ich fragen, zu welchem Zweck?"
Woher weiß er das schon wieder? Meine beiden „Kollegen" können dies nicht weitergegeben haben, weil sie gar nichts davon wussten. Forsch fällt meine Antwort aus:
„Ich habe Zeitzeugen ausfindig gemacht, die in der Lage sind, über ihr Dasein, ihre Eindrücke und Erlebnisse in der Zeit des Dritten Reiches zu sprechen. Das ist hochinteressant und sicher eine Bereicherung für das Buch."
„Wie weit sind Sie denn mit den Texten?" will er wissen.
„Einige sind schon fertig. Ich denke, noch ein, zwei Wochen, dann müsste das Meiste stehen", gebe ich zurück.
„Gut. Sie bekommen übrigens Unterstützung. Nächste Woche, Dienstag, 15 Uhr, stelle ich Ihnen den Ausstellungsberater vor. Bernd Schwalbach, der Sohn eines Bekannten, hat Geschichte studiert und ist als Historiker prädestiniert für diese Aufgabe. Er wird die Gesamtleitung und Koordination des Projekts übernehmen."

Langsam aber sicher vergeht mir der Spaß an der Sache. Für das Begleitheft der Kunstausstellungen gibt es kein Geld. Hier müssen wir um Sponsorengelder betteln. Aber für einen Berater sind die Mittel nicht zu knapp.
Ich bin wütend. Grimmig marschiere ich aus dem Büro und

stoße beinahe mit Thomas Mittelstädt zusammen, der im Vorzimmer mit Frau Bloch plaudert. Mit einem heftigen Knall fliegt die Tür des Vorzimmers ins Schloss. Ich erschrecke selbst über die Wucht.

Fünf Minuten später klopft es leise an meiner Tür. Mittelstädt streckt vorsichtig den Kopf herein. „Schlechte Laune?" meint er zaghaft.
„Kann man wohl sagen."
Ich bitte ihn herein. Wir setzen uns an den kleinen Besprechungstisch, und ich beginne zu erzählen. „Melchinger hat mich noch nie in seine Überlegungen miteinbezogen und mir erklärt, was er eigentlich von mir erwartet. Hier ein Häppchen, da ein Stückchen. Zuarbeit für ein Gesamtvorhaben, von dem ich die Konzeption nicht kenne. Will er die Einrichtung über die Landesgrenzen hinaus bekanntmachen, sie öffnen, mit anderen sozialen Trägern vernetzen? Keine Ahnung. Wenn die Ziele nicht bekannt sind, wie soll da eine Zielgruppenansprache gelingen? Weshalb hat er mich überhaupt eingestellt? Weshalb kommt keine konstruktive Kritik? So kann man wirklich nicht kreativ arbeiten."
Ich überlege laut, ob ich das wirklich nötig habe, mich derart gängeln zu lassen.
„Wenn das so weitergeht, kündige ich."
Mittelstädt hört sich alles ruhig an. Es entsteht eine längere Pause.
Dann sagt er:
„Nein, Frau Maas, tun Sie das nicht. Ich habe noch viel mit Ihnen vor."

6

„Arne, stell Dir vor, was heute passiert ist. Der neue Kaufmännische Chef hat mir eine Stabsstelle angeboten. Nach dem Weggang von Melchinger wird er diese schaffen und braucht jemanden Geeigneten dafür. Ich würde Personal bekommen und mich schwerpunktmäßig um das Marketing und die Beschaffung von Mitteln und sonstigen Ressourcen kümmern", sprudelt es abends im Hausflur aus mir heraus.

Stolz verkünde ich:

„Er schätzt meine Arbeit und würde mir viel kreative Freiheit und großen Handlungsspielraum lassen. Außerdem könnte ich flexibler arbeiten als bisher. Was sagst Du dazu?"

„Wenn es Dir dabei besser geht als jetzt, hört sich das gut an. Was hast Du geantwortet?" fragt Arne.

„Dass ich es grundsätzlich reizvoll finde, aber den Melchinger-Nachfolger abwarten will. Wenn das ein ähnlicher Mensch ist, mach ich nicht weiter. Interessant ist auch, dass ich direkt Mittelstädt unterstellt wäre und alles mit ihm abstimmen würde. Weißt Du, das Tolle daran ist, dass ich dann endlich in aller Ruhe untersuchen könnte, was in Magdalenenwald so alles schiefläuft. Außerdem könnte ich mit Mittelstädt zusammen einiges bewegen. Der macht einen ganz offenen Eindruck und hat gute Ideen", freue ich mich und versuche Arnes Gesichtsausdruck zu deuten.

„Du hast ja noch Zeit. Uns schadet es jedenfalls nicht, wenn Du Karriere machst. Ich muss nur wieder mehr Sport treiben. Lisa kocht wirklich gut. Apropos, willst Du noch was Leckeres essen? Wir haben Dir ein super feines Dessert aufgehoben."

Meinem Göttergatten scheint die neue Situation besser als gedacht zu bekommen, und die Kinder haben es auch ganz gut verdaut, dass die Mama nicht ständig hinter ihnen herläuft. Na ja.

Mittwoch, 15 Uhr. Diesmal werde ich pünktlich empfangen. Bernd Schwalbach ist schon da. Er springt von seinem Stuhl auf und begrüßt mich. Melchinger bleibt wie immer distanziert. Die beiden beenden in aller Ruhe ihr Gespräch, bei dem es ums Wandern in den Bergen geht. Offenbar hat Melchinger dort eine Wohnung, die er Schwalbach und dessen Schwester anbietet. Es scheint, die beiden sind sehr vertraut. Schwalbach, Mitte vierzig, ist körperlich trainiert. Er trägt ein figurbetontes schwarzes T-Shirt zu einer knallengen weißen Jeans-Hose. Kurze dunkle lichte Haare, Geheimratsecken, Brille, breiter Mund, makellose Zähne. Er ist agil, spricht laut und achtet dabei auf Betonung und Körpersprache. Ein Mensch, der auf Wirkung bedacht ist. Die gegenseitige Vorstellung dauert nicht länger als fünf Minuten.

Während ich die Post aus meinem Fach hole, meint die Chefsekretärin streng:
„Frau Maas, den Archivschlüssel sollten wir nun aber wieder haben. Wir brauchen ihn ja jetzt häufiger. Und der Herr Melchinger möchte nicht, dass da mehrere im Umlauf sind."
„Kein Problem, Frau Bloch. Sie bekommen ihn", sage ich und beschließe just in diesem Moment, meine Texte rasch zu beenden und das gesamte Archivmaterial abzugeben, gemäß dem Motto: Viele Köche verderben den Brei. Das Interesse an Schwalbachs Konzept, das einen weiteren Ausstellungsgestalter aus Österreich und eine extrem teure Ausstattung beinhaltet, habe ich verloren.

Ich widme mich künftig ganz der Organisation von Events für Kinder und beginne mit der Planung der Kunst-Ausstellungsreihe. Das bedeutet viel Telefonieren mit Vertretern von Städten und Gemeinden, ein reger Schriftverkehr und zum Teil mühsame Verhandlungen mit Museums- und Kulturamtsleitern. Die Resonanz auf das Vorhaben ist zum Glück sehr groß.

In zahlreichen deutschen Städten, wie Heidelberg, Stuttgart, Mannheim, München, Berlin, können die Werke Kahnels publikumswirksam gezeigt werden. Die Termine stehen. Nun gilt es, logistische Fragen zu klären und geeignete Vernissageredner zu finden. Letzteres ist schwierig, und vor allem teuer. Also werde ich die Einführungsreden eben selbst halten.

Melchinger will mich sehen. Ein neuer Auftrag wartet. Für die bevorstehenden Feierlichkeiten wird ein Jubiläums-Logo benötigt, und es eilt. Alle Druckerzeugnisse sollen damit versehen werden, vor allem muss es deutlich auf einem Veranstaltungskalender für das gesamte Festjahr prangen.

„Nehmen Sie rasch Kontakt mit Fachhochschulen, Schwerpunkt Kunst und Gestaltung, im gesamten Land auf, Frau Maas. Wir schreiben einen Wettbewerb aus."

Diese neue Baustelle nimmt viel Zeit in Anspruch. Den meisten Professoren ist die vorgegebene Zeit zu knapp. Dazwischen liegen Semesterferien, das erschwert das Ganze. Einige beteiligen sich dennoch. Zum Teil beachtliche Entwürfe werden geliefert. Melchinger persönlich beruft ein Auswahlgremium, das sich aus acht weiblichen und männlichen Persönlichkeiten zusammensetzt. Die meisten sind der Einrichtung seit Jahren verbunden. Ich steuere noch einen Professor für Kunst bei. Auch eine Politikerin aus dem Sozialministerium, die Melchinger gut kennt, ist mit von der Partie. Noch ein Tag, dann soll der Preis ausgelobt werden.

Kurz vor Feierabend betritt eine junge blond gelockte Frau mein Büro, ein Blatt Papier in der Hand. Ich denke zunächst, sie sucht vielleicht den Kopierer und hat sich in der Tür geirrt. Hinter ihr steht ein smarter Mann, Mitte zwanzig.
„Hallo, ich möchte einen Entwurf für den Wettbewerb abge-

ben", trällert sie.
Seltsam, denn die Abgabefrist ist bereits seit einiger Zeit abgelaufen, und die Entwürfe kamen alle per Post.

„Wer sind Sie denn?" will ich wissen.

„Ich heiße Verena Roth und studiere an einer FH Gestaltung. Herr Melchinger hat mir von dem Wettbewerb erzählt. Ja, und da hab ich eine Skizze gemacht", meint sie locker.

„Sie kennen den Herrn Melchinger persönlich?" frage ich interessiert.

„Ja, ich bin die Freundin seines Sohnes", sagt sie, während sie sich nach dem jungen Mann hinter ihr umschaut. Melchinger Junior nähert sich zögernd, schüttelt mir verlegen die Hand und stellt sich umständlich vor. Die Skizze von Verena Roth entspricht in keiner Weise den inhaltlichen Vorgaben des Wettbewerbs. Dennoch muss ich den Entwurf annehmen, schließlich kommt er ja von ganz oben.

Die Damen und Herren der „unabhängigen" hochkarätigen Jury, einschließlich Karl-Wilhelm Melchinger, beraten lange. Zunächst orientieren sie sich an den Wettbewerbsunterlagen, den Vorgaben von Magdalenenwald. Immer wieder schreiten sie die „anonym" präsentierten Werke ab und diskutieren Vor- und Nachteile der jeweiligen Entwürfe. Und immer wieder stehen sie lange vor der Skizze, die Verena Roth geliefert hat.

Schließlich wird abgestimmt. Die Mehrheit ist dafür, den ersten Preis dem Entwurf von Verena Roth zuzusprechen. Es gibt nur eine Enthaltung und eine Gegenstimme. Gegenargumente kommen ausschließlich von dem Kunst-Professor, den ich für die Jury gewinnen konnte, was mir nun sehr leid tut. Die inhaltlichen Vorgaben, die dem Wettbewerb zugrunde lagen, interessieren nicht mehr. Durch dieses Abstimmungsergebnis kann Frau Roth ihre Zeichnung gegen Honorar gestalterisch umsetzen. Und dieses Logo wird künftig alle Publikationen,

Plakate und dergleichen zieren. So bleibt schließlich alles in der Familie.

Das Jahr neigt sich dem Ende zu. Bevor die vielen Veranstaltungen in Magdalenenwald über die Bühne gehen und für Dauerstress bei allen Beteiligten sorgen, nehme ich mir ein paar Tage frei. Gleich nach den Weihnachtsfeiertagen packen wir die Koffer und fahren in die Alpen zum Skifahren los. Dort wartet eine gemütliche kleine Ferienwohnung auf uns.

Ich habe schon beinahe vergessen, was Urlaub heißt. Nicht mehr an Termine denken müssen, ausschlafen, gemütlich essen, Spiele spielen, nur das tun, wozu man Lust hat. Das Wetter macht mit und zaubert Pulverschnee auf die Pisten. Stahlblauer Himmel, Sonne satt und ein wunderschönes Panorama lassen mich jubeln. Erholung pur. Mick und Ole absolvieren morgens einen Skikurs, nachmittags laufen wir vier gemeinsam. Klein-Ole ist mittlerweile so gut, dass wir auch steilere Tiefschneeabfahrten und Buckelpisten mit ihm um die Wette fahren können. Mit Einkehrschwung gehts dann meist noch zum gemütlichen Vesper in eine zünftige Hütte.
Abends fallen alle müde, aber glücklich in die Betten. Es ist herrlich. Ich tanke viel Energie, die ich ganz sicher brauchen werde.

Wieder zurück im Büro, gibt es gleich etwas zu feiern. Thomas Mittelstädt, Friedrich Huber und ich stoßen kräftig auf ein erfolgreiches Neues Jahr an. Ich habe Butterbrezeln besorgt, die Männer steuern den Spumante bei. Es ist das erste Mal, dass wir zusammensitzen, nicht nur über Projekte sprechen, sondern über Gott und die Welt plaudern. Gut gelaunt gehe ich ans Werk, sortiere Post, erledige Liegengebliebenes. Ich lerne ständig neue Leute kennen. Eine Mitarbeiterin ist mir schon häufiger im Flur begegnet.

Ines Ringelnatz ist klein. Auffallend ihr frecher kurzer Igelhaarschnitt und die moderne Designerbrille auf der zierlichen Nase. Melancholischer Blick, dezente Kleidung, Mitte fünfzig. Ines Ringelnatz leidet. Sie ist auf das Wohl ihres Schützlings Robert Kahnel bedacht. Ob er wohl dem Stress der vielen Vernissagen, die da kommen, gewachsen ist, beschäftigt sie. Ines Ringelnatz ist schon lange in der Einrichtung. Als Diplom-Psychologin kennt sie fast alle Betreuten und Mitarbeiter.

Auch ihr Mann Ansgar weiß hier über alle Interna Bescheid. Er arbeitete jahrelang in Magdalenenwald als zweite rechte Hand vom Chef. Heute bringt er sich in Berlin an führender Stelle der Kirche ein. Dadurch ist er mit wichtigen Vorgängen auf Verbandsebene vertraut und trifft von Zeit zu Zeit mit den Leitern aller Einrichtungen im gesamten Bundesgebiet zusammen. Ines Ringelnatz freut sich über meine Anregung, künstlerisch begabte Betreute zu fördern. Auch die Ausstellungsreihe mit Werken von Kahnel sagt ihr zu. Sie wird Robert Kahnel bei öffentlichen Anlässen begleiten.

Kahnel überrascht mich. Dieser stattlich aussehende Mann mit den forschenden dunklen Augen, dem dichten Haar und der drahtigen Statur weiß genau, was er will. Es wird erzählt, er lege autistisches Verhalten an den Tag, sei ein Eigenbrötler, ein starrköpfiger Einzelgänger. Ich habe einen anderen Eindruck von ihm. Für seine Offenheit spricht, dass er seit Jahren einmal wöchentlich selbständig am Kunstunterricht einer staatlichen Schule teilnimmt, sechs Kilometer entfernt in einer Kleinstadt. Dorthin fährt er mit dem öffentlichen Bus. Auch sonntags sieht man ihn in dieser Stadt umherspazieren. Er besucht Bekannte, verschenkt oder verkauft für ein paar Münzen selbst gemalte Bilder, Zeichnungen, Hinterglasmalereien, sitzt in Cafés, ist kontaktfreudig.

Ich besuche ihn oft, will mehr erfahren über sein Leben, seine Gefühlswelt, seine Freizeitgestaltung, die er ganz der Kunst widmet. Er erfährt Sonderbehandlung. Die Heimleitung hat ihm neben einem geräumigen Einzelzimmer einen großen Raum im Dachgeschoß zur Verfügung gestellt. Das ist sein Reich. Dementsprechend voll sind seine Räume. Er ist ein Baumeister. Alleiniger Herrscher über seine Welt. Es ist skurril. Spannend, sich darauf einzulassen.

Voller Elan mache ich mich an den Text für das Ausstellungsbegleitheft. Die Sponsoringpartner sind gefunden, die Finanzierung gesichert. Der Termin für die erste Ausstellung rückt näher. Nun fehlt noch der Beitrag für die Einführungsrede. Diesen zu schreiben, macht großen Spaß, doch bereue ich bereits, ihn auch selbst vorzutragen.

Lampenfieber.
Arne beruhigt mich.
　„Das schaffst Du schon, und falls Du den roten Faden verlierst, ich hab vorsorglich einen in der Tasche."
Der Vorsitzende des Magdalenenwalder Vereins, ein geistlicher Würdenträger namens Gotthilf Wegmeier, wird ein paar Worte zur Begrüßung sprechen.
Um Duplizitäten zu vermeiden, informiere ich Wegmeier zuvor ausführlich telefonisch und faxe ihm meinen Redetext zu.
Bald ist der Tag gekommen. Und er beginnt mit einem physischen und psychischen Desaster. Meine Nackenmuskeln sind verspannt. Der Magen kneift. Nervosität beschleicht mich. Es ist viel schlimmer als gedacht.

　„Arne, ich habe nichts anzuziehen", bemerke ich beim Frühstück.
　„Ich brauche auch unbedingt neue Schuhe. Soll ich das grau-blaue Kostüm anziehen oder lieber das knallrote oder eher

einen Hosenanzug?"

Er kennt das schon. Immer dasselbe Spiel vor dem Kleiderschrank und die immer gleiche Feststellung, dass die Schuhe nicht zum übrigen Outfit passen. Wie viele Frauen habe auch ich einen ausgeprägten Schuh-Tick. Zumindest wird mich der Stadtbummel etwas ablenken. Die Suche in den Boutiquen und Schuhläden verläuft wie erwartet ergebnislos. Das Personal ist ratlos.

„Möchten Sie denn nun Pumps oder Stiefeletten, klassisch oder modern?"
Wenn ich das wüsste.

Wieder zu Hause, lese ich den Text nochmals durch, trage ihn laut vor. Mein Publikum, bestehend aus Lisa, Mick, Ole und dem Hund, zollt belustigt Beifall. Die Zeit vergeht unendlich langsam. Dann ist es endlich soweit. Wir starten. Eine halbe Stunde vor der Vernissage sind wir da.

Rund einhundert Menschen tummeln sich bereits im Museum auf den Gängen und bestaunen die Werke von allen Seiten. Robert Kahnel freut sich. Er erklärt, gestikuliert, lacht. Immer dicht neben ihm Ines Ringelnatz. Im Saal nehmen die Gäste Platz. Ich sitze in der ersten Reihe neben Arne. Ich wünsche ein Erdbeben herbei oder sonst irgendeine Katastrophe, damit ich flüchten kann. Der Kulturbürgermeister spricht zuerst, freut sich über die außerordentlich gute Resonanz und wünscht dem Ausstellungsverlauf weiterhin viel Erfolg.

Dann steht Wegmeier auf. Klein und untersetzt, Anfang fünfzig, mit Brille und kurz gehaltenem, weißgrauem Vollbart schreitet er aufs Rednerpult zu. Pause. Er sammelt sich. Er ist gewohnt, vor Publikum zu sprechen. Dann beginnt er, und ich werde abwechselnd blass und rot. Arne und ich schauen uns an. Wegmeier benutzt exakt denselben Einstieg, den ich geplant habe. Weite Teile meines Redetextes hat er einfach übernommen. Er kopiert meinen Text wörtlich. Innerlich beginne ich zu kochen. Dann ist Wegmeier fertig. Er wird kräftig beklatscht, sonnt sich im Applaus und geht mit triumphierendem Blick aufrecht an mir vorbei. Ich könnte ihn….

Nun bin ich an der Reihe. So ruhig wie möglich gehe ich zum Rednerpult und konzentriere ich mich mit aller Kraft auf meinen Text. Ich beginne zu sprechen… Schließlich Applaus. Blumen vom Kulturbürgermeister. Es ist vorbei. Ich kann nicht sagen, wie die Ansprache gewirkt hat. War ich zu schnell? Ist es gelungen, das Publikum zu begeistern?

„Super, große Klasse, mein Schatz", sagt Arne, während er mich umarmt.
„Heute machen wir einen Schampus auf. Hab gestern extra noch eine Flasche besorgt. Du hast das toll hingekriegt. Ich bin stolz auf Dich."
Arne ist trotz seiner Nähe zu mir stets objektiv. Wenn er etwas zu kritisieren hat, tut er es. So glaube ich ihm, dass die Rede trotz der Stolpersteine ganz gut gelaufen ist. Die folgenden Auftritte können eigentlich nur noch besser werden.

Vier Wochen später folgt die Probe aufs Exempel. Die nächste Eröffnung steht an. Arne, Thomas Mittelstädt, dessen Frau Pia und ich fahren gemeinsam zum Museum nach Frankfurt. Ich habe die Rede komplett neu geschrieben und diese Wegmeier nicht mehr vorab überlassen.

Fröhlich schwatzend schlendern wir Richtung Ausstellungsort. Vor dem Gebäude treffen wir auf Herrn und Frau Wegmeier. Mit ärgerlichem Gesichtsausdruck und leicht schwitzend fährt er mich an:
„Frau Maas, ich habe keine Einladung bekommen. Das finde ich ungeheuerlich."

„Den Versand der Einladungen tätigt Frau Bloch, nicht ich, Herr Wegmeier. Ich werde dies aber selbstverständlich weitergeben. Es ist wirklich merkwürdig, denn Sie stehen mit Sicherheit auf dem Verteiler", gebe ich prompt zurück.

Weshalb attackiert mich dieser Mensch? Gut, dass Mittelstädt ebenso erstaunt ist und weiß, dass Wegmeier stets sämtliche Einladungen zuallererst bekommt. Mich bringt dieser Zusammenprall nicht aus dem Konzept. Der Abend wird gut. Robert Kahnel strahlt. Er schüttelt viele Hände, unterhält sich angeregt, steht im Mittelpunkt und genießt es, die Menschen mit seiner Kunst zu faszinieren. Auch die Bilanz der Ausstellung kann sich schließlich sehen lassen. Siebzehntausend Besucher wurden gezählt. Bei den weiteren Stationen erscheint Wegmeier nicht mehr.

Das nächste Mal begegne ich ihm bei der Eröffnung der historischen Ausstellung in Magdalenenwald. Er würdigt mich keines Blickes.
Dieser Tag gehört ganz Karl-Wilhelm Melchinger, Gotthilf Wegmeier und Bernd Schwalbach. In endlos scheinenden Reden werden die Verdienste der jeweiligen Personen herausgehoben, alle werden kräftig beklatscht. Die Gestaltung der historischen Ausstellung, die extrem teuer war, ist gelungen und findet allgemein großen Anklang. Schade ist nur, dass versäumt wurde, die Ausstellung rechtzeitig in den Medien, bei Schulen und Gemeinden anzukündigen, so dass die Besucherzahl letztlich in keinem Verhältnis zum Aufwand steht.

Die Ansprachen finden in der Klosterkirche statt. In der ersten Reihe zwischen Schwalbach und Karl-Melchinger sitzt Schwalbachs Schwester, Regine Schwalbach-Saletzki. Von Ines Ringelnatz erfahre ich mehr über diese Frau, die in einer Berliner sozialen Einrichtung arbeitet.

Sie wird als Nachfolgerin Melchingers gehandelt.
Ich schaue genau hin, denn von dieser Person will ich mein
Bleiben in Magdalenenwald abhängig machen.

Sie ist auffallend schlank, vermutlich sehr sportlich und Ende
vierzig, hat ein kantiges Gesicht, große blaue Augen und eine
ausgeprägte Mimik. Freundlich lächelnd unterhält sie sich mit
den Ausstellungsbesuchern und bewegt sich dabei locker und
selbstsicher in der Menge. Sie macht einen guten Eindruck,
scheint offen zu sein und neuen Schwung in verkrustete Strukturen zu bringen. Sie gefällt mir. Zusammen mit Mittelstädt
könnte dies eine gute Führungskonstellation geben, vorausgesetzt, der Verwaltungsrat stimmt dem zu. Als gute Bekannte
Melchingers dürfte dies allerdings kein großes Problem sein.

Ein Ereignis jagt das nächste. Fachvorträge, Symposien, Konzerte, Veranstaltungen für Kinder und vieles mehr geht über
die Bühne. Ich habe alle Hände voll zu tun. Vor dem eigentlichen Höhepunkt des Jubiläums liegen die Sommerferien. Das
Rätsel um das große Geheimnis, das bislang von einigen wenigen Vertrauten des Chefs gehütet wurde, lüftet sich. Der Bundespräsident wird eigens zu diesem Festakt einfliegen. Dementsprechend angespannt sind Melchinger, dessen rechte Hand
und der Assistent des Vorstands. Dieser smarte Mann namens
Gundolf Rommel ist hauptsächlich mit der Organisation betraut, erfahre ich zufällig in der Raucherecke.

Zur Freude meiner Familie stelle ich einen Urlaubsantrag
auf vier Wochen am Stück. Das passt Melchinger gar nicht. Die
vielen Überstunden und der gesetzlich festgelegte Urlaubsanspruch lassen ihm jedoch keine andere Wahl, als zuzustimmen.
Letzte Notizen und Anweisungen an die fleißige, motivierte
Praktikantin, die mich seit drei Wochen unterstützt, dann kehre ich Magdalenenwald für einen Monat den Rücken.

Es dauert ein paar Tage, bis mich das Gefühl verlässt, irgendetwas unerledigt zurückgelassen zu haben. Schweren Herzens widerstehe ich dem Drang, meine Praktikantin anzurufen. Magdalenenwald beherrscht auch meine Träume.

Arne meint:
„Du zeigst Symptome einer Managerin, die sich für unentbehrlich hält. Pass auf, jeder ist ersetzbar. Entspann Dich, Du hast frei."
Doch erst, als wir den San Bernardino-Paß überquert haben und Lugano, Chiasso und Milano nicht mehr weit sind, fühle ich mich richtig wohl. Italien heilt kranke Seelen. Zumindest tut der Tapetenwechsel gut. Bella Italia. Wir kommen, wenn auch nur für ein paar Tage.

Vier Wochen klingen nach einer sehr langen Zeit. Doch je schöner die Ferien, desto schneller gehen sie auch zu Ende. Der Alltag rückt näher. Magdalenenwald hat mich wieder. Die Vorbereitung für den eigentlichen Festakt betrifft mich nicht. Dennoch bin ich gespannt auf den großen Tag, an dem Melchingers berufliche Laufbahn zu Ende geht. Er hat hierfür ein besonderes Datum gewählt, den 9. September. Wie Mittelstädt erzählt hat, kam Melchinger am 9.9.1942 zur Welt.
Heute ist der 9.9.

Kein Wölkchen am Himmel, Sonne satt. Im Festzelt, in dem die Feier mit einem Gottesdienst beginnt, hat es jetzt in der Frühe schon etwa fünfzehn Grad plus. Es ist zehn Uhr. Die Zufahrtswege zur Einrichtung werden für Privatfahrzeuge gesperrt. Ein Bustransfer befördert die Gäste im Fünf-Minuten-Takt von den Parkplätzen unten im Tal auf den Berg hinauf.

Plötzlich bricht ungewöhnte Hektik unter den Mitarbeitern aus. Ich stehe am Seiteneingang des Festzeltes und beobachte die Szene gespannt. Friedrich Huber, der einen der Kleinbusse fährt, stoppt diesen, steigt aus und läuft aufgeregt zu Gundolf Rommel, dem Assistenten des Vorstands. Huber ist hochrot im Gesicht. So schnell hab ich ihn noch nie zuvor laufen sehen. Er drückt Rommel ein paar Zettel in die Hand. Dieser gestikuliert wild und gibt irgendwelche Anweisungen. Dann tippt er heftig auf sein Handy ein. Tiefe Falten graben sich in sein hageres Gesicht.

Es muss irgendetwas Schlimmes passiert sein. Ich gehe hinüber zu Rommel und frage nach dem Grund der Aufregung. Missmutig grummelt er:
„Es gibt Flugblätter. Zivis haben Zettel verteilt, auf denen steht was von einem pädophilen Vorgesetzten. Wir müssen alle einsammeln, sofort. Das ist eine Katastrophe!"
„Wo wurden die Flugblätter denn überall gestreut?" will ich wissen.
„Huber hat sie im Bus entdeckt, ich muss los", ruft er und rennt davon.
In mir steigt eine unbeschreibliche Freude auf. Hoffentlich finden sie nicht alle. Hoffentlich lesen dies viele Leute, und hoffentlich werden die mutigen Urheber nicht ermittelt, denke ich. Endlich geschieht etwas. Leider erwische ich keinen der Zettel. Rommel sagte wörtlich: „Die Zivis haben Flugblätter verteilt". Sicher haben Sie es nicht so dumm angestellt, sich dabei sehen zu lassen. Folglich muss Rommel über die Vorgänge Bescheid gewusst haben, ansonsten hätte er nicht auf die Zivis als Urheber getippt. Und er hat die ganze Zeit geschwiegen und nichts gegen das Tun des Personalchefs unternommen. Auch von Huber bin ich enttäuscht. Weshalb ist er so bemüht, den Skandal zu vermeiden?
Dieser Lossmann gehört in Therapie, schon längst.

Mit Glanz und Gloria, zig Festreden, Worten der Anerkennung für menschliche Verdienste und großartige Leistungen, dem Besuch des Bundespräsidenten, zahlreichen Gästen, darunter viele Betreute und Angehörige, geht dieser Tag zu Ende. Karl-Wilhelm Melchinger kann zufrieden sein. Sein Denkmal hat keine Risse abbekommen. Das Großereignis wurde von der Flugblattaktion nicht überschattet. Keiner der zahlreichen Journalisten hat etwas bemerkt.

Wenig später wird Gerhard Lossmann versetzt, nach oben gelobt. Er bekommt eine Leitungsfunktion in einem benachbarten sozialen Verein. Dort übt er weiterhin uneingeschränkt Macht aus, als wäre nichts geschehen. Die körperlichen und seelischen Wunden, die er anderen zugefügt hat, sind kein Thema mehr. Den Opfern steht niemand bei. Mir wird richtig übel, als ich in der Zeitung von den „Verdiensten" Lossmanns lese und in dieses Gesicht schaue.

Ich denke an Richard Johannsen. Wie gut verstehe ich seine Entrüstung. Ich werde ihm einen bunten Wiesenstrauß pflücken und an seine letzte Ruhestätte stellen.

7

Die Tage von Karl-Wilhelm Melchinger in Magdalenenwald sind gezählt. Zahlreiche Bewerbungen für dessen Nachfolge gehen ein. Alles streng geheim. Doch immer wieder sickern Neuigkeiten durch. Auch dass die Vorstellung der drei Kandidaten, die in der engeren Wahl sind, im Privathaus von Gotthilf Wegmeier stattfindet, ist ein offenes Geheimnis. Erika Wegmeier nimmt die Bewerber, eine Frau und zwei Männer, nacheinander in Empfang und serviert in einem Nebenzimmer selbstgemachtes Gebäck und Tee.

Die Gespräche mit den Kandidaten füllen einen ganzen Nachmittag aus. Wie zu erwarten, entscheidet sich das Gremium einmütig für die einzige weibliche Bewerberin: Regine Schwalbach-Saletzki wird neuer Fachlicher Vorstand. Eine korrekte Bezeichnung in der weiblichen Form für diese Position gibt es nicht. Vorständin würde geradezu albern klingen.

Für mich ein Grund zur Freude, dass nun eine Frau an der Spitze einer großen sozialen Einrichtung mit kirchlichem Hintergrund agiert. Das wird Bewegung in diese Männerdomäne bringen. Meine Entscheidung steht fest. Ich nehme Mittelstädts Angebot an und werde mich neuen Herausforderungen stellen.

I´m singing in the rain leise vor mich hin pfeifend, hüpfe ich die Treppenstufen hinab und springe dabei fast Ines Ringelnatz in die Arme. Seit der Ausstellungsreihe mit Kahnels Werken sind wir per Du. Sie macht ein trauriges Gesicht. Spontan lade ich sie auf eine Tasse Kaffee und ein paar Schokokekse ein. Schokolade macht glücklich, setzt Serotonin frei, hilft zumindest für eine Weile. Sie freut sich über mein Angebot. Gemeinsam machen wir kehrt und steigen die Treppen hinauf in mein Kämmerchen.

Ich mache Kaffee und erzähle von meinen Erwartungen angesichts des neuen jungen Vorstands-Duos. Sie schaut noch betrübter und schweigt, deshalb frage ich:

„Freust Du Dich denn nicht, dass jetzt hier eine Frau die Leitung übernimmt?"

„Weißt Du, ich höre da eine Menge Dinge, die mir gar nicht gefallen", antwortet sie mit gesenkter Stimme.

Das interessiert mich natürlich brennend.

„Was denn genau?" will ich wissen.

„Der Frau Schwalbach-Saletzki eilt kein besonders guter Ruf voraus. In Berlin spricht man nicht im besten Ton von ihr. In ihrer Funktion sollte sie eigentlich an zahlreichen Sitzungen der Einrichtung, in der sie gerade arbeitet, teilnehmen. Dort kommt sie jedoch entweder grundsätzlich zu spät oder gar nicht. Man munkelt, sie nutzt ihre berufliche Position für private Zwecke gnadenlos aus. Was sie interessiert, sind nicht soziale Aspekte, sondern das Geld, das sie dadurch verdient. Angeblich verkehrt sie nur in den teuersten Restaurants und Fitness-Clubs. Die in Berlin sind jedenfalls nicht traurig, dass sie geht", sagt Ines leise und schaut mich dabei erwartungsvoll an.

„Ach, so ist das. Aber man sollte nicht alles glauben, was die Leute so erzählen. Oft stecken auch nur Neid und Missgunst dahinter. Warten wir's ab", entgegne ich.

Mit einer feierlichen Amtseinsetzung im kleinen Kreis beginnt Regine Schwalbach-Saletzki in Magdalenenwald. Helles Kostüm, Schuhe mit hohen Absätzen, brauner Teint, kurzes mittelblondes Haar, in alle Richtungen strahlend, so steht sie auf dem Podium. Bekommt Glückwünsche und Blumen, schüttelt Hände und ist sichtlich zufrieden. Charmant und voller Vitalität beginnt sie zu sprechen. Sie will Gutes erhalten und fortschrittliche Maßnahmen, wo sie notwendig sind, einführen …

Die Ansprache beschränkt sich auf wenige Minuten. Ein gelungener Einstieg, verbal überzeugend.

Mit Spannung und Erstaunen beobachte ich die Wandlung der engsten Vertrauten von Karl-Wilhelm Melchinger. Wie verkraftet sie einen Chefwechsel, der krasser kaum sein könnte? Ohne merkliche Probleme stellt sich Gertrud Bloch auf die neuen Gegebenheiten ein. Das zeichnet sie als gute Chefsekretärin aus. Loyal, hilfsbereit und immer bemüht, den unterschiedlichen Anforderungen und Bedürfnissen des oder der Vorgesetzten voll zu entsprechen. Im Umgang mit Mitarbeitern bleibt alles beim Alten.

Die Schaffung meiner neuen Stabsstelle verläuft unspektakulär. Ein geänderter Arbeitsvertrag muss unterzeichnet werden, das ist alles. Eine Stellenbeschreibung gibt es nicht.
„Das hat noch Zeit", meint Mittelstädt.
Zumindest ist meine Stelle hier gesichert, und meine Kompetenzen wachsen. Ohne Zeitdruck lassen sich die Puzzleteile leichter sammeln, um doch noch zu einem schlüssigen Gesamtbild zu gelangen. Weder den Mitgliedern des Verwaltungsrates noch den Mitarbeitern werde ich vorgestellt. Lediglich Meetings kommen hinzu. Bei meiner ersten Teilnahme in solch einem Gremium erläutert Mittelstädt Ziel und Inhalt der neuen Stabsstelle in aller Kürze.
Um mir Einstieg und Orientierung zu erleichtern, stellen sich die einzelnen Mitglieder persönlich vor. Etwa die Hälfte dieser Führungskräfte ist weiblich.

Bereits nach kurzer Zeit kristallisiert sich heraus, dass die Anwesenden immer dieselben Verhaltensmuster an den Tag legen, unabhängig der Themen.
Diejenigen, die zur Kategorie der Nichtssager gehören, haben vermutlich längst resigniert. Karl-Wilhelm Melchinger duldete

keine starken Persönlichkeiten neben sich. Deshalb hatten nur Menschen mit spezieller Charakterstruktur oder mangelnder Schulbildung die Chance auf eine Führungsposition.

„Fundraising", hat Mittelstädt gesagt, sei mein neuer Arbeitsschwerpunkt. Er ist Profi auf diesem Gebiet, kann mir vieles erklären und aus seiner beruflichen Erfahrung beisteuern. In einschlägiger Literatur steht unter dem amerikanischen Begriff to raise fund = Quellen erschließen. Mittelstädt geht näher auf das neue Vokabular ein, das in Magdalenenwald Einzug halten wird.

„Es muss Fundraising heißen, die Bezeichnung Spendenmarketing ist zu kurz gegriffen. Denn es geht darum, Menschen für die Einrichtung zu gewinnen, Zeit- Sach- und Geldspenden zu aquirieren. Damit sind die Möglichkeiten aber noch lange nicht erschöpft, um die Finanzlage der sozialen Einrichtungen zu verbessern. Stiftungen, Bußgeldzuweisungen, Legate, Schenkungen, Sponsoring und das Internet können dazu beitragen, um wichtige Projekte trotz wirtschaftlicher Engpässe durchzuführen."

Mittelstädt weiß, wovon er spricht. Es muss rasch und professionell gehandelt werden. Defizite durch drohende Einschnitte im Sozialwesen bahnen sich an. Einer Marktanalyse und einem Konzept, wie mittel- und langfristig vorgegangen werden soll, widmen wir uns zuerst. Die Zusammenarbeit mit Mittelstädt könnte nicht fruchtbarer sein. Zum ersten Mal, seit ich hier bin, habe ich das Gefühl: Wir ziehen an einem Strang und in die richtige Richtung. Nun stehen Fortbildungen und Besuche in anderen Einrichtungen an.

„Arne, ich werde künftig immer wieder mal für ein paar Tage weg sein. Da gibt es einen Fachkongress mit Workshops, bei dem ich viel Erfahrung sammeln kann und Gleichgesinnte kennen lernen werde. Dann hat mich Mittelstädt noch zu einem Wochenendseminar angemeldet. Schafft ihr das ohne mich?" bereite ich meine Männer auf die neuen Umstände vor.

„Was denkst Du denn? Klar doch!" antwortet Arne.

„Ein bisschen mehr Gejammer und Trennungsschmerz hätte ich schon erwartet", sage ich mit Wehmut in der Stimme.

„Karrierefrauen darf man nicht im Wege stehen, sonst sind sie eines Tages weg. Deshalb machen wir diesen Fehler nicht. Wenn Du nicht da bist, müssen wir uns eben selbst etwas einfallen lassen, ins Kino gehen, zum Schwimmen, Pizza essen oder was sagt ihr beiden dazu, Mick und Ole?" meint Arne schmunzelnd zu unseren Söhnen, die sofort auf das Wort Pizza reagieren.

„Au ja. Wann gehst Du, Mama?"

„Wenn nur ihr nicht weg seid, eines Tages", rutscht mir heraus, was ich gerade denke.

Mit geballtem Wissen und voller Elan stürze ich mich nach dem Kongress auf die Arbeit. Nach einer Zielgruppenbestimmung in den Landkreisen starten wir den ersten Projekt bezogenen Spendenaufruf. Damit die eingehenden Spenden sogleich ordentlich verbucht und die Spender bedankt werden, bekomme ich personellen Zuwachs, eine Mitarbeiterin, die die verwaltungstechnische Seite abdeckt. Das Dasein unter dem Dach im dritten Stock hat ein Ende. Ich ziehe um, einen Stock tiefer, wo nun zwei Büros mit Durchgangstüre dem Fundraising dienen. Die Isolationshaft ist Schnee von gestern.

Mein Vorhaben, nach den unterirdischen Gängen zu suchen, ist nicht vergessen. Jetzt, da ich im Besitz mehrerer Schlüssel bin, werde ich einen erneuten Versuch starten. Es ist Winter, das erschwert das Vorhaben, denn es wird schon früh dunkel. Die Suche im Freien muss deshalb auf einen späteren Zeitpunkt verlegt werden. Leider, denn es gibt neues Futter für meine Theorie.

Zufällig ist mir gestern Abend Marion, die als Erzieherin in einer Wohngruppe arbeitet, auf einem Geburtstagsfest begegnet. Wir kamen ins Gespräch über Magdalenenwald, und sie erzählte von einem Historiker, der vor ein paar Jahren in der Einrichtung arbeitete. Dieser Mann, an dessen Namen sie sich nicht mehr erinnert, war auch als Archivar tätig und sammelte allerhand Unterlagen im Keller.
 „Er hat mal von einer unterirdischen Kapelle unweit der Gärtnerei auf dem Klosterareal gesprochen. Danach traf ich ihn aber nicht mehr."
Marion ahnt nicht, welchen Gefallen sie mir mit dieser Schilderung getan hat.

19 Uhr. Dieses Mal beginne ich die Erkundung im Untergeschoß. Zunächst die Zeitschaltuhr deaktivieren, damit das Licht nicht alle paar Sekunden ausgeht. Es funktioniert nicht, zu kompliziert. Zu viele Schalter und Hebel sind im Sicherungskasten. Doch daran soll das Unternehmen nicht scheitern. Unbeirrt mache ich weiter, gehe Zimmer für Zimmer ab, öffne behutsam verschlossene Räume, die als Abstellkammern genutzt werden oder Schulungszwecken dienen, suche nach weiteren Türen an den Wänden, inspiziere die Fußböden. Nichts. Oben knallt eine Tür ins Schloss. Jemand hat das Haus verlassen, vermutlich der letzte fleißige Mitarbeiter aus der Verwaltung.

Nach einer weiteren halben Stunde wage ich mich in die Kirche, die durch einen schmalen Gang mit dem Kloster verbunden ist. Um mich nicht zu verraten, verzichte ich auf das Deckenlicht und benutze nun meine kleine Taschenlampe. Es ist unheimlich. Der Boden, der aus groben, zum Teil brüchigen

Natursteinplatten besteht, ist sehr uneben. Auch hier kein Hinweis auf einen tiefer liegenden Gang. Keine Falltür, nichts. Vielleicht führt der Weg von der Sakristei aus weiter zu verborgenen Kammern. Der Gang dorthin vorbei am Altar, dem Allerheiligsten des Gotteshauses, flößt Respekt ein. Die christliche Erziehung hat wohl ihre Wirkung nicht verfehlt. Den Kopf demütig gebeugt, mit schlechtem Gewissen im Nacken, will der entschlossene Schritt nicht so recht gelingen. Die in Leib und Seele fest verankerte Überzeugung, in der „Mission Gerechtigkeit" zu handeln, gerät ins Wanken.
Nur nicht umdrehen, nicht kehrtmachen, Mut beweisen, sendet das Gehirn an die Beine. Mein Körper ist mir seltsam fremd. Eine schwere Rundbogentür aus Eichenholz mit schmiedeeisernem Griff bewahrt die Schätze vor neugierigen Blicken und ungebetenen Gästen. Die Tür dorthin ist verriegelt, sie lässt sich nicht öffnen, der Zentralschlüssel passt nicht ins Schloss. Den Schlüssel hierzu besitzen vermutlich nur der Pfarrer und ein, zwei weitere wichtige Menschen. Das wars wohl. Mission gescheitert. Ein leises Knacken im Gebälk schärft meine Sinne. Die Heiligen-Statuen auf ihren Sockeln an den Wänden werfen im Schein der Taschenlampe lange dunkle Schatten. Es ist eiskalt. Jeder noch so vorsichtig gesetzte Schritt hallt wider. Und wie letztes Mal beschleicht mich dieses beklemmende Gefühl, beobachtet zu werden. Vielleicht leide ich ja an Verfolgungswahn.

So leise wie möglich schließe ich die hohe schmale Holztüre des Seiteneingangs zur Kirche wieder ab, stecke die Taschenlampe in die Jackentasche, schleiche durch den Gang zurück ins Kloster, biege um die Ecke und erschrecke fast zu Tode. Vor mir steht ein Mann, groß, mit Bärenkräften. Aus dunklen Augen starrt er mich an. Ich starre zurück. Dann geht das Licht aus. Mein Herz bleibt stehen, ich taste nach dem Lichtschalter, endlich – es flackert kurz, Licht! Der Mann ist zurückgewichen.

Er ist genauso erschrocken wie ich.

„KKKeiner da", stottert er.
„MMMichael nicht da."

Ich fasse es nicht. Es ist ein Betreuer. Er hat wohl jemanden gesucht, irrt hilflos umher und fürchtet sich jetzt. Sicher ist die Ausgangstür längst verschlossen. Er sitzt in der Falle. Mein Herz pendelt sich langsam wieder auf den gewohnten Rhythmus ein.
Ich beruhige den Mann und begleite ihn.
„Wir haben das gleich, ich muss nur noch aufschließen, dann sind wir draußen, und Sie können in ihre WG gehen und morgen Michael besuchen. Ab acht Uhr ist wieder jemand da…"
Die Worte sprudeln nur so vor Erleichterung aus mir heraus, um mich zu beruhigen, und ihn. Ich glaube, er ist genauso glücklich wie ich, als wir zwei Minuten später gemeinsam das Kloster verlassen.

Regine Schwalbach-Saletzki ist amüsant. In Miniröcken, auffallend farbigen, eng anliegenden Tops, extra breiten Gürteln, die ihre Wespentaille und den trainierten Körper gut zur Geltung bringen, stets Sonnenstudio gebräunt und fröhlich, marschiert sie durch die Welt der Sozialpädagogen, Psychologen, Geistlichen, Verwaltungsmenschen… Ich stelle sie mir in Sitzungen zwischen all diesen humorlosen Menschen und gesetzten geistlichen Würdenträgern vor und muss schmunzeln. Was mir gefällt, missfällt Ines Ringelnatz jedoch. Sie warnt mich vor meinem guten Glauben an die neue Chefin, erzählt immer wieder von deren angeblichen Eskapaden und wertet ihren lockeren Umgang mit den verschiedensten Angelegenheiten als schädlich für das Ansehen der Einrichtung.

Interessant dabei, dass genau diejenigen, die zuvor verkrustete Strukturen und patriarchales Verhalten beklagen, nun mit dem modernen, offenen Führungsstil ebenfalls Probleme haben. Zunächst beschäftigt sich das Führungs-Duo mit den sichtbaren Zeichen der Neuerungen.

Ein Wettbewerb ist geplant. Namhafte Werbeagenturen aus ganz Deutschland werden beauftragt, ein neues Logo zu kreieren. Magdalenenwald soll ein Markenzeichen bekommen, das die Angebotspalette und Arbeitsschwerpunkte deutlich macht und dabei seriös und zugleich modern wirkt. Corporate Identity und Corporate Design werden zu geflügelten Worten, ebenso wie ein Leitbild, das nun im Kreise der Führungskräfte entwickelt wird. Eine Top-Agentur, mit Sitz in Berlin, bekommt den Zuschlag. Sämtliche Druckerzeugnisse, Jahreshefte, Broschüren und dergleichen werden überarbeitet und neu gestaltet.

Dezent und stilvoll präsentiert es sich, das neue Gesicht Magdalenenwalds. Bei soviel Umbruch sehe ich meine Chance gekommen, um eine Zeitung für Förderer und Spender zu etablieren. Es gelingt, kostengünstig in Herstellung und Versand, all diejenigen, die ihre Zeit oder ihre Geld- oder Sachmittel eingebracht haben und künftig einsetzen werden, nun regelmäßig über den aktuellen Stand der Projekte und sonstigen Geschehnisse der Einrichtung zu informieren. So können sich die Spender ein Bild machen davon, was mit ihrem Geld geschieht.

Dies alles hat jedoch seinen Preis. Unmut bei den Mitarbeitern über diese Neuerungen wird laut. Regine Schwalbach-Saletzki und Thomas Mittelstädt müssen sich schnell etwas einfallen lassen und laden zu einem Info-Nachmittag ein. Rund die Hälfte der Mitarbeiter nimmt die Möglichkeit zum Gedankenaustausch wahr. Der angestrebte Dialog entwickelt sich jedoch rasch zum Monolog. Meistens spricht die Chefin und be-

weist dabei einmal mehr ihr Überzeugungstalent. Es kommt keine Gegenwehr. Hinter vorgehaltener Hand brodelt es jedoch weiter.
So verstehen die Mitarbeiter nicht, dass sich Magdalenenwald an wirtschaftlich desolaten Unternehmen beteiligt oder diese gar übernimmt. Der politische Hintergrund, sich dadurch in angrenzenden Landkreisen stärker zu präsentieren, kann nur schwer nachvollzogen werden.

Im Herbst bittet mich Mittelstädt, die Öffentlichkeitsarbeit kommissarisch für rund drei Monate zu übernehmen. Der Öffentlichkeitsreferent war mit seinen Aufgaben heillos überfordert. Zusammen mit einer jungen Praktikantin gehe ich zunächst daran, einen Presseverteiler aufzubauen, Bildmaterial zu sortieren und persönlichen Kontakt zu Medienvertretern herzustellen.

Beim Aufräumen stoße ich auf alte, vergilbte Originalzeichnungen von Betreuten mit realistischen Ansichten des Klosterareals vor rund hundert Jahren. Eine Tuschezeichnung ist dabei, die einen engen Raum zeigt. Darin sitzt ein Mensch auf einem niedrigen Hocker in gebückter Haltung, dicht neben ihm ein Mann mit einem Stock in der Hand. Es sieht nach einer Züchtigungsszene aus. Die Gesichter der Männer sind nicht zu erkennen. Der Urheber dieses Werkes steht nirgendwo. Keine Signatur vorhanden. Weshalb hat der Öffentlichkeitsreferent diese Dokumente unter all dem Papierkram aufbewahrt? Wusste er etwas? War er ebenfalls auf der Suche nach Verborgenem, oder ist er einfach geschichtlich interessiert? Ich weiß es nicht und bekomme auch keine Antwort auf meine Fragen.
Er hat die Einrichtung bereits verlassen.

Ich arbeite so viel wie noch nie zuvor in meinem Leben, will beide Stabsstellen optimal ausfüllen, schreibe bis in die Nacht hinein Texte für ein Jahresheft, plane gleichzeitig die Abläufe für eine große Spendenaktion zu Weihnachten. Fünf Baustellen gleichzeitig. Langsam wächst mir das Ganze über den Kopf. Ich bin erschöpft, verliere meinen Humor, bin gereizt.

Mittelstädt mit seinem Gespür für seelisches Ungleichgewicht reagiert. Disharmonie erträgt er nicht lange. So sagt er eines Mittags: „Franka, ich denke, Du solltest Mal eine Pause machen, nimm ein paar Tage frei. Danach möchten wir, die beiden Vorstände, Dich in die „alte Schmiede" zum Essen einladen, selbstverständlich mit Arne."
Gesagt, getan. Nach einer Woche im trauten Heim bin ich wieder fast die Alte. Für meine Anstrengungen werde ich mit einem leckeren Abendessen in stilvollem Ambiente belohnt. Dies versöhnt mich. Stress, Hektik und unzählige Überstunden sind verdaut. Sprüchen aus dem Volksmund liegen doch eine tiefe Weisheit zugrunde. Jedenfalls ist bei Handwerkern das Allheilmittel für unzufriedene Mitarbeiter schon lange bekannt.

„Als Chef brauchst Du nur zur rechten Zeit einen Leberkäswecken spendieren, und schon geschieht das Wunder. Aufgestauter Ärger verfliegt, ein Wir-Gefühl entsteht, der Mitarbeiter geht motiviert zurück ans Werk und leistet mehr als je zuvor."

Die Aufbauarbeit der vergangenen Monate beginnt Früchte zu tragen. Und ich bekomme zwei weitere Mitarbeiterinnen. Gemeinsam gehen wir nun gezielt das Bußgeldmarketing und Stiftungswesen an. Auch Firmenspenden und Legate nehmen zu. Mit der Bilanz können wir zufrieden sein. Die persönliche Nähe zu unseren Förderern schlägt sich positiv nieder. Der Arbeit tun die Erfolgserlebnisse sichtlich gut. Alle gehen gerne ins Büro.

Rein zufällig begegnet mir an einem Freitagnachmittag Regine Schwalbach-Saletzki auf dem Flur, als ich mit einem Stapel Pa-

pieren beladen Richtung Kopierer gehe.
„Ach, Frau Maas, gut, dass ich Sie gerade sehe. Haben Sie kurz Zeit, zu mir ins Büro zu kommen? Es sind zwei Frauen da, die ich Ihnen gerne vorstellen möchte."
Ich folge ihr in den Besprechungsraum, wo sie mich mit einer blond gesträhnten Mittvierzigerin und einer dunkelhäutigen Schönheit Anfang zwanzig bekanntmacht. Die beiden arbeiten bei einer Heidelberger Werbeagentur. Die Chefin spricht ungewöhnlich schnell und kommt rasch zur Sache.

„Karla Klein und Alessandra Malani haben sich gerade unsere Einrichtung angeschaut. Sie sind Expertinnen auf dem Gebiet des Fundraising und werden uns bei der Planung des nächsten Weihnachtsmailings beraten."

Ich bin sprachlos. Weshalb erfahre ich davon nicht früher? Hat die Chefin Grund, an meiner Kompetenz zu zweifeln? Weshalb sonst sollte sie externe Beraterinnen ins Haus holen? Fragen über Fragen schießen durch meinen Kopf, als Mittelstädt hereinkommt, sich artig vorstellt und Hände schüttelt. Er schaut mich groß an und signalisiert durch seinen Blick ebensolches Unverständnis für die Situation.

Alessandra Malani lächelt in die Runde und schweigt. Dafür ergreift Karla Klein das Wort. Sie wirkt aufgesetzt. Ich muss dabei unwillkürlich an den Typ der Avon-Verkäuferin denken, die mit allen Mitteln versucht, ein neues Produkt anzupreisen, das keiner haben will. Zu mir gewandt sagt sie:
„Ich empfehle Ihnen dringend, vier Wochen nach dem Versand der Spendenbriefe eine Nachfaßaktion zu starten. Dies bedeutet, allen denjenigen Personen, die noch nicht gespendet haben, einen erneuten Aufruf mit leicht verändertem Text zu schicken."
„Das funktioniert nicht, denn es können in dieser Zeit be-

reits Einzahlungen unterwegs sein, die noch gar nicht erfasst worden sind. Wir würden diese Leute doppelt anschreiben. Das wäre oberpeinlich. Außerdem ist das nicht der Stil, mit dem wir bislang unsere Förderer behandelt haben", gebe ich trotzig zurück.

Ich will erst gar nicht verbergen, dass ich wütend bin. Weitere Ideen zur Neuspendergewinnung, wie Sichtfenster in die Kuverts stanzen zu lassen und mit farbigen Aufklebern zu arbeiten, sind meiner Meinung nach ebenso ungeeignet, da dies den Versand nur erheblich verteuert und ein falsches Signal setzt.

Nach weiteren Ausführungen von Karla Klein lehne ich die Vorschläge allesamt mit der Begründung ab, jahrelang aufgebaute und gute Beziehungen nicht mit einem Schlag kaputtmachen zu wollen.
„Wir können uns ganz einfach nicht leisten, die Menschen zu verärgern, die uns zugetan sind und uns finanziell helfen."
Auf meine Frage nach ihren Erfahrungen auf diesem Gebiet und ihren Kenntnissen des sozialen und geografischen Umfelds antwortet sie ausweichend.
„Wir verfügen über jahrelanges Know how im Direktmarketing. Deshalb wissen wir auch, dass auf dem Spendenmarkt dieselben Gesetzmäßigkeiten gelten. Egal, wo Sie sind, die Motivation des Spenders, Gutes zu tun, ist überall gleich. Amerikanische Studien belegen..."
Ich will dem Bla Bla dieser Businessfrau nicht weiter folgen und schalte mein Gehirn auf Durchzug.
Die Stimmung ist eisig. Mittelstädt verhält sich zurückhaltend. Seine Ablehnung gegen diese beiden „Expertinnen" ist spürbar, wenn man ihn gut genug kennt, doch er behauptet seinen Standpunkt weder gegenüber seiner Vorstandskollegin noch gegenüber den beiden Beraterinnen. Anschließend versichert er mir, ebenso überrumpelt worden zu sein wie ich, was mir al-

lerdings wenig hilft. Weshalb mischt sich Regine Schwalbach-Saletzki plötzlich in Dinge ein, die wir erfolgreich betreiben, ohne mit mir ein einziges Mal darüber gesprochen zu haben? Sind Millionen-Erträge nicht genug?

Diese Fragen lassen mich nicht los. Auch gegenüber Mittelstädt hat sie keine Andeutungen gemacht, mit härteren Bandagen an höhere Beträge kommen zu wollen. Mir beginnt es erst beim Hinausgehen zu dämmern, was hinter der Sache steckt. Im Vorzimmer schnappe ich nämlich auf, wie Frau Klein zur Chefin sagt:
„Also tschüß, Regine, wir sehen uns später im Club."
Aha, so ist das also. Die kennen sich gut. Karla Klein braucht Aufträge, und Regine Schwalbach-Saletzki verschafft ihr welche.

Seit diesem Erlebnis mit den beiden Beratungs-Tussis und der Tatsache, dass zwei stinkteure Geschäftswagen für die Vorstände angeschafft wurden und die Benzinkosten auch für private Fahrten zu Lasten der Einrichtung gehen, gewichtete ich die Aussagen von Ines Ringelnatz und anderer Mitarbeiter völlig neu. Zudem häufen sich die Dinge, die mir sauer aufzustoßen beginnen.

Dr. Peter Preuß, Rechtsanwalt mit renommierter Kanzlei, großem Einfluss in entsprechenden Kreisen und gleichzeitig Vorsitzender des Verwaltungsrats, empfahl beispielsweise die Gründung einer operativen Stiftung. Prompt wurden zwanzig Millionen Euro in dieser Stiftung angelegt. Im Stiftungsrat sitzen unter anderem er selbst und Regine Schwalbach-Saletzki. Gleichzeitig wird an allen Ecken und Enden der Einrichtung durch Rationalisierungsmaßnamen gespart. Wertvolle Immobilien, in deren Besitz Magdalenenwald durch Ankäufe oder durch Erbschaften kam, mehren das Kapital der Einrichtung zwar, Verkäufe von Wohnhäusern oder Grundstücken stehen jedoch nicht zur Debatte.

Und noch ein anderes Problem belastet die Gesamtsituation. Da die Chefin zunehmend abwesend ist und wortgewandt hierfür stets eine Erklärung hat, müssen wichtige Themen entweder vertagt oder im Schnelldurchlauf abgehandelt werden. Mittelstädt muss dadurch zusätzliche Aufgaben bewältigen, die nicht in seinen Fachbereich gehören. Er kann aber nicht verbergen, dass das Verhältnis zwischen ihm und seiner Kollegin aufs Äußerste gespannt ist. Immer häufiger legt der sonst so ausgeglichene Thomas Mittelstädt Stresssymptome an den Tag.

Was ist nur los? Der ganze Frust der letzten Wochen scheint heute zu kulminieren. Zwei wichtige Termine sind an diesem Vormittag geplatzt, einfach so, und der PC ist schon zum dritten Mal in einer Stunde abgestürzt. Zeit, nachzudenken. Zu lange bin ich nun schon hier, ohne Richard Johannsens Andeutungen wirklich näher gekommen zu sein. Er sprach von allerlei Missständen und Missbrauch, was ich inzwischen nachvollziehen kann, aber das kann nicht alles gewesen sein. Das sind Vorgänge, die heutzutage auch in sozialen Unternehmen leider an der Tagesordnung sind.

Mein Instinkt signalisiert mir, dass der eigentliche Hund woanders begraben liegt. Nur wo? Vielleicht sollte ich die ganze Geschichte anders anpacken und mal in der Wohngruppe, in der Johannsen gearbeitet hat, nachforschen. Ich habe Glück. Am Telefon meldet sich eine bekannte Stimme.
„Hallo? Hier Monika von der Gruppe Siebenstein."
„Hallo Monika, hier spricht Franka Maas. Ich möchte Sie gerne besuchen. Geht das noch heute Vormittag oder ist es nachmittags besser?" will ich wissen.
„Ach, Frau Maas. Wollen Sie die Kiste abholen? Das geht

gleich. Ich habe bis Mittag Dienst", erwidert sie.

„Kiste? Von was für einer Kiste sprechen Sie? Erinnern Sie sich nicht mehr an mich?" frage ich erstaunt.

„Doch, natürlich erinnere ich mich an Sie. Deshalb haben wir ja auch die Sachen von Richard zusammengepackt. Ich dachte, Sie möchten sie vielleicht abholen. Er hat ja keine Verwandten. Zumindest fiel uns niemand ein, an den wir die Sachen hätten schicken können. Wenn Sie die auch nicht wollen, geben wir das alles eben in den Spendenverkauf, viel ist es ja nicht."

Ohne zu zögern, antworte ich:

„Nein, warten Sie. Ich bin in fünf Minuten da. Bis gleich."

Die WG ist keine fünfzig Meter vom Verwaltungsbau entfernt. Sie liegt im zweiten Stock eines Betonbaus. Ich verzichte auf den Aufzug, nehme im Laufschritt die Treppenstufen und stehe Sekunden später vor dem großen bunt bemalten Türschild Siebenstein. Außer Atem will ich gerade den Klingelknopf drücken, als sich schon die Tür öffnet und eine blasse rothaarige Endzwanzigerin vor mir steht.

„Monika? Ich bin die Franka", sage ich noch immer heftig atmend und strecke ihr zur Begrüßung die Hand entgegen.

„Hallo. Nun lerne ich Sie also mal kennen", begrüßt mich die junge Frau grinsend.

„Kommen Sie herein, hab schon viel von Ihnen gehört".

„Wir können uns ruhig duzen. Hoffentlich gibt's nur Gutes, was so über mich erzählt wird", entgegne ich.

„Na klar", meint sie in einem Tonfall, der eher auf das Gegenteil schließen lässt.

Nach derlei Gesprächsstoff ist mir aber überhaupt nicht zumute, deshalb komme ich gleich zur Sache.

„Kanntest Du den Richard gut? Hattet ihr viel Zeit zusammen verbracht?" will ich wissen.

„Nein, überhaupt nicht. Wenn er kam, war ich meistens

nicht da, oder es gab einen fliegenden Wechsel. Ich arbeite so gut wie nie nachmittags, weil ich Kinder hab. Aber ich weiß, dass er ein netter Mensch war, ziemlich beliebt auf der Gruppe. Wir alle vermissen ihn. Er hat uns viel abgenommen. Personell sind wir ja nicht gerade gut besetzt."

Monika dreht sich um und geht durch den langen Flur auf eine Tür zu. Sie öffnet eine Art Abstellkammer, hebt einen großen Pappkarton auf und trägt diesen in den Flur. Mit einem lauten Knall stellt sie die Kiste unsanft auf den Boden, öffnet den Deckel und meint:
„Hier, das ist alles. Es sind ein paar Bücher, ein Block mit Zeichnungen und eine Decke drin."
Zügig schließt sie den Deckel wieder, hebt die Kiste auf und drückt sie mir in die Arme.
„Gut. Vielen Dank. Dann geh ich jetzt wieder an die Arbeit", sage ich zögernd, da Monika offenbar keine große Lust auf Geplauder hat.

Behutsam trage ich den Karton wie einen kostbaren Schatz vor mir her und schließe ein paar Minuten später die Türe zu meinem Büro. Ich möchte allein sein mit diesem unerwarteten Nachlass.
Zuerst fingere ich eine bordeauxrote Wolldecke aus der Kiste. Sie fühlt sich kratzig, aber warm an und riecht nach Schaf. An den Enden sorgt eine Reihe dunkelgrauer Rentiere für Abwechslung auf dem weinroten Einerlei. Diese Decke wird bei uns zu Hause einen Ehrenplatz bekommen, beschließe ich, lege sie zusammen und nehme vorsichtig, als könnten sie zerbrechen, die Bücher aus dem Karton. Ein Weihnachtsmärchen von Charles Dickens in aktueller Übersetzung mit wunderschönen Illustrationen, der kleine Gedichtband Die 13 Monate von Erich Kästner und das Bilderbuch Warten auf Seemann von Ingrid Godon kommen zum Vorschein.

Johannsen hat bevorzugt Klassiker gelesen. Der kleine Prinz in gebundener Form zählt ebenso zu der Sammlung wie ein historischer Märchenband und drei kleinere Liederbücher. Der Märchenband scheint viel benutzt worden zu sein. Die Seiten sind schon leicht vergilbt und abgegriffen. Ich lehne mich zurück, lege die Füße auf den Schreibtisch, beginne zu lesen und vergesse die Zeit.

Lautes Klopfen an der Tür lässt mich hochschrecken. Nina steht in der Tür. Das Buch fällt mit lautem Knall auf den Boden. Sie ist genau so erschrocken wie ich.
    „Sorry, dass ich Dich gestört habe. Ich hab schon mal leise geklopft, aber Du hast nichts gehört. Wollte Dir nur sagen, dass es schon halb eins ist und ich jetzt nach Hause gehe", stammelt sie unsicher.
    „Kein Problem. War in das Märchen versunken", gebe ich zurück und hebe das Buch vom Boden auf. Ein Notizzettel ist heraus gefallen und liegt daneben.
    „Nina, ich glaube, Du hast mir gerade einen großen Gefallen getan."

In blauer Tinte stehen Zahlen auf dem Zettel. Nina versteht nicht, schüttelt leicht den Kopf und zieht von dannen. Es ist eine Telefonnummer. Ich bin ziemlich sicher, denn ich erkenne die erste Ziffernkombination als Vorwahl von Heidelberg. Entschlossen wähle ich die Nummer. Es klingelt viermal, dann ertönt eine Frauenstimme:
    „Wegmeier. Hallo?"
Rasch lege ich den Hörer auf die Gabel. Richard Johannsen hat die Privatnummer von Wegmeier notiert. Weshalb? Was hat er von dem Vereinsvorsitzenden gewollt? Ich muss Christoph informieren.

Christoph Steidle ist überrascht. Die Neuigkeiten geben

zwar noch keinen Aufschluss über die Zusammenhänge, regen aber die Fantasie an. Auch ihn packt jetzt die Neugierde. Er will mir helfen, der Sache auf den Grund zu gehen, bald schon. In vier Wochen kommt er.

Zunächst aber holt mich der Alltag auf den Boden der Tatsachen zurück. Und es wird spannend. Die Stelle des Öffentlichkeitsreferenten soll neu besetzt werden. Wie ich höre, gehen stapelweise Bewerbungen ein. Ich bin nicht in die Gespräche mit den Bewerbern einbezogen. Schade, denn die Öffentlichkeitsarbeit und das Fundraising müssen Hand in Hand arbeiten, um erfolgreich zu sein. Deshalb bin ich sehr gespannt auf den Neuen. Doch diesmal ist es eine Neue.
Sie ist groß, Anfang Fünfzig, trägt ihr dunkelbraunes Haar schulterlang, hat grüne Augen, eine Halbbrille und liebt auffallend großen Modeschmuck und weite lange Gewänder. Sie stellt sich vor:
„Gabriele Megerle."
Kräftiger Händedruck. Sie redet gerne und viel, wirkt selbstsicher und berichtet laut und ausladend von ihrem Werdegang. Sie fragt wenig, spricht lieber. Wir sehen uns kaum. Ihr Büro liegt auf der anderen Seite des Verwaltungstraktes.

Die Chefin wünscht Kreativität und Ideen. Das Land wird fünfzig Jahre alt, was groß gefeiert werden soll. Dazu passende innovative Projekte werden deshalb finanziell gefördert. Es geht um viel Geld, man spricht von zehn Millionen Euro. Auch soziale Einrichtungen können sich an dieser Ausschreibung beteiligen. Die Chance, dass kulturelle Vorhaben finanziert werden, sollten wir nutzen. Spontan kommt mir ein Projekt in den Sinn, das aus Geldmangel trotz erfolgreichem Beginn wieder eingestellt werden musste.

Theaterspiel. Menschen mit Behinderungen als Schauspieler.

Es ist einen erneuten Versuch wert und wäre die Chance, das Thema Behinderung Menschen nahe zu bringen, die noch nie etwas mit Behinderten zu tun hatten. Ich fange Feuer, skizziere die Projektidee, feile und recherchiere. Es ist gar nicht schwierig. Zwei Telefonate, und eine kleine Bühne ganz in der Nähe Magdalenenwalds lässt sich hierfür gewinnen.
Wir werden uns rasch einig: Die Berufs- oder Teilzeitschauspieler werden gemeinsam mit den Betreuten ein Theaterstück entwickeln, dabei behutsam vorgehen und später Seite an Seite auf der Bühne agieren. Dieses Vorhaben begeistert die Chefin. Ich übernehme nebenbei die Rolle der Projektleitung und gehe begeistert ans Werk. Derjenige, der dabei die pädagogische Begleitung unserer Betreuten übernehmen soll, Thommi Lautenschläger, lässt sich ebenfalls motiviert auf dieses Abenteuer ein.

Brennend interessiert ihn jedoch momentan etwas ganz anderes.

„Stimmt es, was man sich so erzählt? Wird Magdalenenwald von einer anderen, größeren Einrichtung geschluckt?" will er wissen.

Mein Kenntnisstand ist jedoch auf demselben Informa tionslevel wie seiner. Vermutungen, weiter nichts. Dann die offizielle Mitteilung vom Vorstand: Eine Fusion wird angestrebt. Das bringt Bewegung in die Sache. Synergien, Effizienz, Nachhaltigkeit sind Begriffe, die - wie derzeit in vielen vergleichbaren Unternehmen - heiß diskutiert werden. Wird die Einrichtung an ihrem jetzigen Standort bleiben, welche gemeinsamen Angebote wird es künftig geben, wie reagieren andere, kleinere Träger auf solch einen Zusammenschluss, der die beiden Heime zum größten Sozialkonzern im Land werden lassen?

Wie viele andere Kollegen denke auch ich zunächst an meinen Bereich. Bislang steht die Einrichtung, mit der fusioniert werden soll, in Konkurrenz zu unserer. Im Fachjargon heißt es eleganter: Sie ist Mitbewerber auf dem hart umkämpften Spendenmarkt. Bei einer Fusion würde sich das ändern, je nach Satzung. Welche Projekte haben dann Priorität bei der Realisierung? Soll es künftig eine gemeinsame Fördererdatenbank geben? Werden das die Spender akzeptieren? Geht damit nicht die Identität Magdalenenwalds verloren? Werden Mitarbeiter eingespart?

Alles denkbar, alles reine Spekulation. Die Vorstände beruhigen die erhitzten Gemüter, bilden Arbeitskreise, verweisen auf mögliche Chancen, bitten um Verständnis und Geduld, da Machbarkeitsstudien und juristische Verhandlungen eine Menge Zeit brauchen. Doch mit der Geduld hapert es dieser Tage. Ich werde täglich mit neuen Fragen meiner Kolleginnen bombardiert, auf die ich keine Antwort habe. Auch ich weiß nicht, was hinter den Kulissen läuft. Marie bringt diesen Zustand mit einem Satz auf den Punkt:
„Momentan wissen wir nur, dass wir nichts wissen."

8

Eine außerordentliche Sitzung steht an. Alle leitenden Mitarbeiter sollen sich an einem späten Freitagnachmittag im großen Sitzungssaal einfinden. Ich habe keine Ahnung, was so dringend ist. Frau Bloch bat mit Nachdruck um Anwesenheit. Mittelstädts Auto steht im Klosterhof. Auch er ist demnach mit von der Partie. Gespannt marschiere ich in Richtung Tagungsraum und nehme in der hinteren Reihe Platz. Die Vorstände sitzen bereits an ihrem Stammplatz ganz vorne und schweigen. Die hereinkommenden Kollegen schauen etwas ratlos in die Runde und suchen sich ebenfalls einen freien Stuhl. Es gibt keine Tischvorlage. Dann ergreift Mittelstädt das Wort:

„Wir haben Sie heute aus aktuellem Anlass hierher gebeten. Ich möchte Ihnen eine Entscheidung mitteilen, die lange gereift und jetzt gefallen ist. Ich werde als Kaufmännischer Vorstand Magdalenenwald verlassen und in Berlin eine neue Herausforderung annehmen. Diese Entscheidung ist mir nicht leicht gefallen…"

Den Rest seiner Ansprache nehme ich nicht mehr wahr. Mein Kopf rauscht und fühlt sich ganz taub an.
Eine tiefe menschliche Enttäuschung macht sich breit. Nicht die Tatsache, dass er die Einrichtung wechselt, sondern wie er das macht, tut weh. Seit Monaten arbeiten wir Hand in Hand, teilen Erfolge und Misserfolge miteinander, und ich erfahre von solch gravierender Entscheidung, die mich und mein gesamtes Team betrifft, auf diesem Weg. Als Mittelstädt mit seiner Rede zu Ende ist, eile ich als erste aus dem Raum und verlasse das Haus.

Draußen auf dem Hof neben Mittelstädts Wagen steht Pia, Mittelstädts Frau, zu der ich bislang ein freundschaftliches Verhältnis habe. Sie winkt mir aus der Entfernung mit einer leichten Handbewegung zu und murmelt, als ich an ihr vorbei gehe, mit gesenktem Kopf lapidar:

„Hallo, Franka, hast wohl auch schon Feierabend."

Ihr ist es merklich unwohl dabei. Aber ich kann nichts erwidern und fahre nach Hause. Mein Kopf ist schwer, ich fühle mich ausgelaugt und müde.

Obwohl Arne mir rät, das Grübeln sein zu lassen, diese Entscheidung nicht persönlich zu nehmen und als ganz normalen Vorgang in der Geschäftswelt zu akzeptieren, beschäftigt mich die Sache. Weibliches Harmoniebedürfnis und Emotionalität hin oder her. Offenheit und gegenseitiges Vertrauen, wie wir es in unserem Kolleginnen-Team pflegen, hatte ich einfach vorausgesetzt. Meine Mitarbeiterinnen werden immer über alle Entwicklungen informiert. Schon aus Gründen der Fairness würde ich Ihnen nie verschweigen, wenn ich mich beruflich verändern wollte. Und dasselbe hatte ich im umgekehrten Fall von Mittelstädt erwartet. Umso härter ist es jetzt, zu erfahren, dass ich mich hier getäuscht habe.

Mittelstädts spätere zaghafte Versuche, die entstandene Distanz zwischen uns zu lockern, gelingen nicht recht. Es wird Abschied gefeiert. Die Wege trennen sich. Die Welt dreht sich weiter.

Ein neuer Kaufmännischer Vorstand beginnt kurz darauf in Magdalenenwald. Zwei Meter groß, sehr schlank, fröhliches Wesen. Ein Mann der schnellen Worte und Taten. Wie sein Vorgänger Mittelstädt stammt er nicht aus Süddeutschland. Das allein stellt bereits im Voraus für viele Mitarbeiter ein gewisses Problem dar.

„Scho wieder en Fischkopf. Mir kommet mit denne Schnellschwätzer eifach nit zrecht", schnappe ich in der Kantine auf, als sich zwei Kolleginnen gerade über die Personalentscheidung

unterhalten.
Ich wundere mich, denn auf mich macht dieser neue Mensch einen recht freundlichen, offenen und vor allem entschlossenen Eindruck.

Sein Fehler: Er ist zu direkt und hält mit Kritik nicht hinter dem Berg. Wenn er auf Missstände stößt und Veränderungsbedarf sieht, zum Beispiel bei verdorbenen Speisen und Ungeziefer in der Großküche, handelt er sofort und eigenmächtig. Das duldet die Chefin nicht. Die Folge: Kaum richtig da, schon wieder weg. Das Gastspiel des Neuen dauert weniger als drei Monate. Es werden ihm Fehlverhalten, Kompetenzüberschreitung und fachliche Mängel vorgeworfen.. Damit ist auch das Ungeziefer-Programm gestrichen. Ein Problem weniger. Es gibt Wichtigeres zu tun.

Die Stimmung im Haus ist schlecht. Zu viele vertraute Gesichter verlassen die Einrichtung. Das macht Angst. Deutliches Indiz für die Unzufriedenheit der Angestellten ist die allgemeine miese Laune in der Mittagspause, die wie eine Dunstglocke über der Kantine schwebt. Nörgeleien über die Wartezeiten bei der Essensausgabe und Lamentieren über zu viel oder zu wenig Salz in der Suppe gehören zur Tagesordnung. Die Kantine als Frust-Ventil, Kontaktbörse und Nachrichtenstation ist für mich aber ungeheuer wichtig. So erfahre ich jeden Tag etwas Neues.

Am Nachbartisch unterhielten sich erst gestern zwei junge Männer über den Stellenabbau.
„Hast Du schon gehört? Die haben zwei Stabsstellen gestrichen."
„Na, dann haben sie ja endlich an der richtigen Stelle gespart. Wer muss denn gehen?"
„Der Controler. Der wechselt, wie es heißt, aus eigenem Entschluss, in einen Sozialverein nach Norddeutschland. Das

stimmt so aber nicht. Der wurde ziemlich unter Druck gesetzt. Und genauso erging es dem Werner, der sich ums Qualitätsmanagement gekümmert hat. Zwei Stabsstellen weniger. Die werden übrigens nicht mehr besetzt."

„Find ich gut. Der Wasserkopf ist immer noch zu groß."

„Klar, aber das Problem ist, dass fünfzig weitere Stellen betroffen sind. Stell Dir mal vor, was das heißt."

Angestrengt lausche ich dem Gespräch und hoffe, dass meine Ohren nicht zu Rhabarberblättern mutieren. Ob die Angst der beiden wohl berechtigt ist? Wahrscheinlich schon, auch wenn sich die Gabriele Megerle bemüht, die Entlassungswelle gegenüber Mitarbeitern und Medien nicht als solche aussehen zu lassen.

Auch Nina entrüstet sich lautstark in unserem Büro:

„Das ist unglaublich. Vor drei Wochen erklärte die Schwalbach-Saletzki öffentlich, es werde keine Entlassungen geben, und jetzt erzählt die uns völlig selbstsicher genau das Gegenteil, frei nach dem Motto: Was interessiert mich mein Geschwätz von gestern."

Marie ergreift nun das Wort.

„Wisst ihr eigentlich, dass unzulässige Betreuungssituationen bei uns an der Tagesordnung sind? Personalschwund, Urlaube, Überstunden und Fehlzeiten durch Krankheiten sind der Grund dafür. Es kommt vor, dass Praktikanten mit bis zu neun schwer behinderten Menschen alleine klarkommen müssen. Da wundert es nicht, dass tragische Unglücksfälle passieren. Die sind quasi vorprogrammiert. Ein Unfall, bei dem ein Epileptiker in der Badewanne ertrunken ist, wird jetzt einer jungen Pflegekraft angelastet."

„Wie bitte? Sag das noch mal", unterbreche ich sie. Ich kann nicht glauben, was ich da höre. Marie lässt sich nicht lange bitten.

„Ja, das ist Fakt. Die junge Frau tat ihren Dienst alleine in dieser WG. Sie war gerade dabei, den alten Mann zu baden, als ein anderer Betreuter laut nach ihr rief. Das Rufen wurde immer heftiger. Schließlich schrie der wie am Spieß. Dummerweise hat sie darauf reagiert und kurz das Bad verlassen. Das war ihr Fehler. In diesen paar Minuten ist das Unglück passiert. Jede Hilfe für den Mann im Bad kam zu spät. Er ist ertrunken."

Nina meint nachdenklich:
„Ich möchte nicht Erzieher sein. Die Verantwortung wäre mir zu groß. Ich könnte mir vorstellen, dass die sich sicher allein gelassen fühlen und unter dem großen Druck leiden. Auch wenn solche Unfälle mit tödlichem Ausgang nicht öffentlich bekannt werden, haben die Erzieher sicher Angst vor einer Untersuchung des Falls. Auf die wird von den Angehörigen ja nicht immer verzichtet. Strafrechtlich verfolgt, psychisch belastet, mit Schuldgefühlen beladen. Das ist ganz harter Tobak."

Alles richtig, was Nina sagt, denke ich. Es ist jedem Erzieher bewusst, dass die Diskrepanz zwischen den Qualitätsansprüchen, mit denen geworben wird, und der tatsächlichen Situation immer drastischer wird. Auch Marion, mit der ich mich hin und wieder in der Kantine zum Essen treffe, ist frustriert. Morgen früh will ich mir selbst ein Bild von dieser Gruppe und den Arbeitsbedingungen dort machen.

Oben auf dem Berg, nahe der angrenzenden Wiesen und Wälder, liegt das Häuschen inmitten einer kleinen Siedlung. Hier werden acht geistig und körperlich behinderte ältere Frauen betreut. Von außen wirken die Flachdachbauten trotz der gleichförmigen Bauweise nicht uncharmant. Man hat die Eingangsbereiche individuell gestaltet und die Vorgärten üppig bepflanzt. Die Anlage wirkt dadurch heimelig, beinahe idyllisch. Durch große Ziffern an den Hauswänden und farbig gestrichene Türschilder kann man sich gut orientieren. „Sternschnuppen" prangt leuchtend gelb auf dem Türschild. Hier bin ich richtig.

Die Haustür ist angelehnt. Es ist ziemlich dunkel und eng in dem Flur. Die Garderobe, überfüllt mit Westen, Jacken und Mänteln, beherrscht den Eingangsbereich. Abgestandene Luft erfüllt diesen Raum. Instinktiv atme ich flacher als sonst. „Marion?" Keine Antwort. Von irgendwoher dringen Geräusche herüber. Vorbei an mehreren Zimmertüren über einen schmalen Gang gelange ich in die Küche. Marion steht mit dem Rücken zur Tür über die Spülmaschine gebeugt, summt ein Lied aus dem Radio mit und verstaut schwungvoll das Frühstücksgeschirr in der Maschine.
Der Raum ist hell und geräumig. An den beiden Seiten kann man durch schmale hohe Fenster ins Grüne schauen. In der Mitte der Wohnküche prangt ein großer ovaler Tisch mit schweren Holzstühlen. Das Ensemble bietet mindestens einem Dutzend Menschen Platz. Es ist angenehm warm.

„Guten Morgen, Franka."
Marion ist ein fröhlicher Mensch. Strahlend meint sie:
„Herzlich willkommen bei den Sternschnuppen. Setz Dich. Kaffee ist gleich fertig."
Routiniert wischt sie die Brotkrümel vom Tisch und serviert uns ein zweites Frühstück.
„Gemütlich hier. Zeigst Du mir nachher die anderen Räume?" eröffne ich unser Gespräch.
„Klar, Du sollst Dir doch ein Bild von unserem Leben hier machen."

Da durchdringt ein gellender kurzer Schrei den Raum. Das Geräusch kommt vom Gang her und geht mir durch Mark und Bein. Marion bleibt gelassen, blickt nur kurz in Richtung Tür.

Sie geht gerade zum Küchenbord, als eine helle Frauenstimme aufgeregt „Marion!", ruft.

„Oh je, Tamara hat Probleme. Ich muss kurz helfen. Du kannst ruhig mitkommen, wenn Du willst", meint sie zu mir gewandt und geht schnell aus der Küche.

Zögernd folge ich ihr über den Gang. Im letzten Zimmer auf der rechten Seite des Flurs scheint ein Kampf stattzufinden. Stimmengewirr dringt heraus. Stumm bleibe ich an der Türschwelle stehen. Eine alte korpulente Frau sitzt in einem weißen Unterhemd auf dem Bett und schlägt wild um sich. Sie hat wirres Haar und ein schmerzverzerrtes Gesicht. Vor ihr steht eine junge zierliche Frau, kaum älter als achtzehn Jahre, mit einem Strickpullover in der Hand. Sie schaut Marion völlig hilflos an. Mir wird unbehaglich.
Marion sagt ruhig:

„Aber Dora, beruhige Dich doch. Tamara wird Dir nur beim Anziehen helfen. Schau mal, wir machen das jetzt zusammen."

„Nein! Nicht! Nein!" brüllt die Frau.

„Gut, dann warten wir ein bisschen. Nur müssen wir das Fenster schließen, damit Du Dich nicht erkältest", erwidert Marion so gelassen, als wäre dieser Vorfall das Normalste der Welt.

Tamara, die immer noch wie angewurzelt kreidebleich dasteht, gibt Marion den Pullover und schließt das Fenster. Sie wirkt erleichtert, sagt aber kein Wort. Die Frau auf dem Bett fährt sich durch die Haare und schnaubt. Langsam entspannt sich die Situation.

„Tamara, hilfst Du mir bitte mal?" wendet sich Marion an die junge Frau und gibt ihr mit einer Geste zu verstehen, dass sie nun wieder gebraucht wird.

„Nimm Du den Pulli und helf der Dora beim Anziehen. Ich hole derweil im Bad einen Kamm."

Tamara tut mir leid. Was, wenn die alte Frau noch einmal ausrastet? Aber Marion weiß, was sie tut. Tatsächlich hat sich die Frau in ein Lamm verwandelt. Ohne Gegenwehr lässt sie sich den Pullover anziehen und die Knöpfe schließen. Tamara lächelt und streicht sich zwei dunkle Haarsträhnen aus dem Gesicht, die sich aus dem Pferdeschwanz gelöst haben. Sanft greift sie der älteren Dame unter den rechten Arm und sagt weich:
„Dora, wir müssen jetzt gehen."

Die Frau erhebt sich langsam. Es macht ihr sichtlich Mühe, vom Bett aufzustehen. Marion gibt Tamara mit einem Augenzwinkern zu verstehen, dass sie nun auch die Haarpflege übernehmen kann. Zu mir gewandt, meint sie:
„Komm Franka, wir werden hier jetzt nicht mehr gebraucht."
Ich bin froh, wieder in der Küche zu sein und mache meiner Anspannung Luft.
„Puh, kommt das oft vor bei euch? Mir war ganz komisch zumute. Ich weiß gar nicht, wer mir von den beiden Frauen mehr leid tut."
„Ich hab schon damit gerechnet, dass die Dora noch mal mit der Tamara zusammenrasselt. So hart es klingen mag, aber da muss Tamara durch. Sie macht hier ihr soziales Jahr. Gott sei Dank ist sie geschickt, aber sie ist halt noch ziemlich jung und unerfahren. Und wir haben kaum Zeit, uns richtig um sie zu kümmern. Wir wissen zwar, dass so was nicht gut geht, haben aber keine andere Wahl. Eine Kollegin ist seit Wochen krank, wird jetzt an den Bandscheiben operiert, geht danach in die Reha, und wir bekommen keinen Ersatz. Dora ist schwierig im Umgang mit neuen Leuten. Sie muss immer mal wieder ihre Grenzen austesten. Erst gestern hat sie Tamara plötzlich an den

Haaren gerissen und wüst beschimpft. Tamara hat fast geweint. Dora braucht noch eine Weile, um sie ganz zu akzeptieren. Das kostet viel Mühe und vor allem Zeit, die wir eigentlich nicht haben."

„Ja hilft euch denn da keiner? Wozu haben wir hier Psychologen?" will ich wissen.

„Wir werden schon unterstützt. Regelmäßig finden Teambesprechungen mit Psychologen statt. Aber wenn es akut schwierig wird, dann müssen wir uns eben selbst helfen. Das war früher besser, weil die Gruppen kleiner waren. Da aber jetzt Gruppen zusammengelegt werden, die Bewohner und die Bezugspersonen häufiger wechseln, wird unsere Arbeit immer schwieriger. Die Konzepte sind so ausgelegt, dass alles theoretisch funktioniert, aber wehe, es wird jemand krank, dann bricht das ganze schöne Gebilde zusammen. Alles, was wir hier machen, wird ja zeitlich und inhaltlich genau erfasst. Doch die ganzen Berechnungen sind eh ein Witz. Denn derjenige, der das alles prüft, ist der Vetter vom Wegmeier. Und ganz zufällig sitzt der an einer entscheidenden Stelle, im Landeswohlfahrtsverband."

„Aha, ist ja interessant. Woher weißt Du das denn?"

„Eine Kollegin von uns ist ebenfalls verwandt mit dem Wegmeier. Wir sind hier doch auf dem Land, da ist jeder mit jedem irgendwie verbandelt", sagt sie.

„Siehst Du, das wusste ich nicht. Bin eben nicht von hier. Aber ich weiß noch viel nicht. Was machen die Frauen Deiner Gruppe jetzt eigentlich? Wohin sind die gegangen?" frage ich.

„Vier sind schon in der Werkstatt beim Arbeiten, und unsere drei Älteren werden jetzt in einer anderen Gruppe bis zum Mittagessen beschäftigt. Weißt Du, seit wir solche Personalnot haben, ist das auch für unsere Bewohner extrem schwierig. Bis jetzt konnten diejenigen, die zu alt für die Arbeit in den Werkstätten waren, in ihrer eigenen WG bleiben. Es war ja immer ein Erzieher da. Aber jetzt geht das nicht mehr. Die alten Leute aus den verschiedenen WGs werden nun gemeinsam an wechselnden Orten betreut. Das ist für viele eine Zumutung. Sie sind orientierungslos und haben oft gar keine Lust auf das Angebot. Dass wir so viele alte Menschen hier haben, ist ja eine neue Entwicklung. Und dabei sind wir so schlecht besetzt wie noch nie. Wie es hier wirklich zugeht, interessiert doch sowieso niemanden. Ich hab den Eindruck, dass viele von der Leitungsebene vergessen haben, für was und wen sie hier arbeiten und von wem sie bezahlt werden. Sie sehen in erster Linie das Markenzeichen Mensch als eine Art Ware, die man gut vermarkten kann. Menschliches Schicksal lässt sich ja prima verkaufen. Das weißt Du vom Fundraising doch am allerbesten."

Marion spricht aus, was Johannsen fast ebenso empfunden und ganz ähnlich formuliert hat.
„Sag mal, Marion, bist Du irgendwann einmal Richard Johannsen begegnet?"
„Nein, wer ist das? Arbeitet der auch hier?" will sie wissen.
„Leider nicht mehr, aber ihr hättet euch sicher gut verstanden. Zeigst Du mir jetzt eure anderen Räume? Ich bin neugierig", sage ich rasch, um Erklärungen über Johannsen zu vermeiden.
„Klar, Franka. Komm."

Schwungvoll steht sie auf und führt mich von der Küche in den Flur. Am Ende des Gangs beginnt die offizielle Führung.
„Hier wohnt Dora. Die kennst Du ja schon. Sie teilt sich das Zimmer mit Anita."
Marion öffnet die Tür zu dem geräumigen Zimmer. Die beiden Betten an den Wänden rechts und links des Raums stehen sich exakt gegenüber. Auch die Nachttischchen, Regale und Schränke sind symmetrisch angeordnet. Die beiden Zimmerhälften unterscheiden sich lediglich durch die Ansammlung von al-

lerlei Plüschtieren, Puppen und Nippes sowie die Poster und Bilder an den Wänden. Die Einrichtung wirkt persönlich und gleichzeitig steril. Auch die weiteren Zimmer sind ähnlich eingerichtet.

Freundlich wirkt der Aufenthaltsraum, sozusagen das Wohnzimmer der WG. Eine gemütliche Sitzecke mit Couch, Sesseln, Tischchen, eine helle Schrankwand mit Büchern und Spielen, ein Fernseher, ein Klavier und eine Gitarre laden zum Verweilen ein.

„Wer ist denn hier so musisch begabt? Spielt eine eurer Bewohnerinnen ein Instrument?" frage ich.
„Klar, stell Dir vor, Behinderte können sogar musizieren. Und manche können noch viel mehr. Wir haben hier echte Künstler", antwortet Marion ironisch.
„Entschuldige, war nicht so gemeint. Ziemlich ungeschickt von mir. Ich bin halt immer wieder überrascht. Auch von dem Häuschen hier. Eure WG gefällt mir richtig gut. Vor allem kann man von hier aus gleich in den Garten, wirklich schön", gebe ich rasch zum Besten und stolpere gleich ins nächste Fettnäppchen, als ich von einer Fernsehdoku über Heime in Ostblockstaaten erzähle.
„Wenn man diesen Standard mit den Zuständen in osteuropäischen Heimen vergleicht, leben wir hier geradezu in Saus und Braus", rutscht mir unverblümt heraus.

Marion schaut mich entgeistert an.
„Franka, was sagst Du da?"
Sie räuspert sich kurz und holt tief Luft, bevor sie weiterspricht.
„So kann man das doch nicht vergleichen. Die Zustände dort sind katastrophal, keine Frage. Aber das, was Du hier siehst, was man sich in den letzten fünfzig Jahren mühsam erarbeitet hat, den Standard, der etwas mit der Würde des Ein-

zelnen zu tun hat, ist auch nur ein klitzekleiner Teil des Ganzen. Schau Dir mal die Gruppe „Wolkenmeer" an. Da haben die Bewohner nicht mal die vorgeschriebenen fünfzehn Quadratmeter Platz. Sie schlafen in schäbigen Mehrbettzimmern und müssen sich zu acht ein total veraltetes Bad teilen. Da herrscht nicht die Spur von Intimsphäre. Außerdem sind einige schwer gehbehindert, ihre Wohnung liegt aber im dritten Stock, unter dem Dach, und es gibt keinen Aufzug. Oder geh mal zur Gruppe „Mondschein". Das alles gibt es auch hier, es wird nur kaum von außen wahrgenommen. Vielleicht auch gut so, wir sind ja kein Zoo. Aber Du solltest das doch wissen. Ich hab nicht den Eindruck, als hättest Du die Missstände hier wirklich begriffen."

„Stopp, Marion. Ich kenne sicher nicht alle Interna und bin nicht so vermessen, mir ein abschließendes Urteil über eure Probleme zu erlauben. Aber ich kann auch die Besucher der Einrichtung oder die Leser unserer Infos verstehen, die im Laufe der Jahre ein falsches Bild von Magdalenenwald bekommen haben und eben solche Vergleiche ziehen. Wir sind auch selbst mit Schuld daran. Wir schildern die Situation nicht so, wie sie wirklich ist. Wir wollen dem Voyeurismus bewusst keine Nahrung geben und die Intimsphäre des einzelnen schützen, haben uns ethischen Grundsätzen verschrieben. Ich hasse emotionsgeladene Fotos von Menschen in Not, die auf die Tränendrüse drücken sollen. Über solche Missstände dürften wir auch gar nicht öffentlich berichten. Da wäre morgen die Einrichtung zu. Trotzdem ist dies eine Gratwanderung. Wir leben hier auf dem Land. Es gibt etliche Leute, die noch im Rentenalter hart arbeiten und sich och nie irgendwelchen Luxus gegönnt haben. Nun erleben genau diese Menschen die aufwändigen Sanierungen, sehen den gut ausgestatteten Fuhrpark, hören von Urlaubsreisen der Betreuten auf irgendeine Mittelmeerinsel und bekommen logischerweise den Eindruck, als gehe es uns hier zu gut. Wir leben in einer Zeit der knappen Kassen. Der Kirche fehlt es an Geld, der Staat ist hoch verschuldet und die breite Masse wird finanziell auf allen Ebenen belastet. Da muss man unsere Anliegen entsprechend sensibel vermitteln, damit das Thema Behinderung als etwas Bereicherndes empfunden wird, und nicht als Last oder Bürde. Wir wollen ja kein Mitleid erregen, sondern Verständnis und Nähe erzeugen."

Marion setzt sich auf die Armlehne eines Sessels und seufzt.
„Okay, da hast Du wohl recht. Ich versteh aber nicht, weshalb einerseits auf Teufel komm raus gespart und auf der anderen Seite das Geld verpulvert wird. Ich finde es nämlich skandalös, dass unsere Leute, wenn sie Kreativangebote wahrnehmen, nur 38 Cent pro Person und Tag bekommen."
„Wie? Das musst Du mir genauer erklären", sage ich und wundere mich über Dinge, von denen ich bislang nicht die leiseste Ahnung hatte.

„Abgesehen vom Frühstück, Mittagsessen und Abendbrot steht jedem einzelnen eben nur dieser Betrag zu. Das heißt, in den Pausen reicht das nicht einmal für eine Brezel und im Sommer gerade für eine billige Flasche Sprudel. Wenn der Leiter des Kreativangebots sich nicht erbarmt und aus eigener Tasche eine Tasse Kaffee und einen kleinen Snack finanziert, gehen die Jungs und Mädels eben leer aus. Und Du weißt sicher, wie wichtig diese kleinen Zwischenmahlzeiten für unsere Leute hier sind. Andererseits werden bei jeder Sitzung mit dem Vorstand Berge von Häppchen und massig kalte und heiße Getränke aufgefahren. Das hat mir eine Mitarbeiterin der Küche erzählt. Ich finde das unglaublich."
„Gut, dass Du mir das erzählst. Davon hab ich noch nichts gehört. Kann mir auch nicht vorstellen, dass dies zulässig ist", erwidere ich erstaunt.
Marion deutet auf das Sofa und sagt:
„Franka, machs Dir bequem. Möchtest Du was trinken?"

„Kaffee nicht, spar den lieber auf. Vielleicht ein Glas Wasser. Wir haben uns richtig heiß geredet."

„Ist doch gut so. Und wenn wir schon dabei sind, möchte ich gerne wissen, wie Du die finanzielle Lage hier einschätzt. Man hört die wildesten Dinge über die angebliche Kündigung der Pflegesätze und die miserable Situation der Freien Wohlfahrtsverbände. Erklär mir das mal von Grund auf, aber bitte in einfachen Sätzen."

„Ich will es versuchen. Aber es ist gar nicht leicht, exakte Angaben über die Finanzierung von Behinderteneinrichtungen zu machen. Sie unterliegen nämlich keiner Offenbarungspflicht, und es gibt keine Statistiken darüber. Grundsätzlich lassen sich die Finanzquellen aber in drei große Bereiche einteilen: Zum einen die Entgelte, zum anderen die öffentlichen Zuschüsse und schließlich die freiwilligen Zuwendungen, also die Spenden, Schenkungen und Legate. Die Höhe der Pflegekosten richtet sich nach dem Behinderungsgrad, der individuell errechnet wird. Das ist das, was ihr von Zeit zu Zeit erstellen müsst. Je höher der Aufwand, desto höher die Pflegestufe und das Entgelt.
Grundsätzlich werden die Entgelte von den Kranken- oder Pflegeversicherungen der Betreuten übernommen, diese sind aber gedeckelt. Wenn die Entgelte für die in Anspruch genommenen Leistungen über den Höchstbetrag hinausgehen, müssen die Betreuten oder deren unterhaltspflichtige Angehörige den Restbetrag selbst aufbringen. Können sie das nicht, springt die staatliche Sozialhilfe ein. Und das ist oft der Fall", erkläre ich und lege eine kurze Pause ein.

„Nun zum Thema Freie Wohlfahrtsverbände. Neuerdings nennt man den Landkreis auch Sozialamt der Kreisgemeinden. Eigentlich logisch, denn es gehört zu den wichtigsten Aufgaben des Landkreises, für seine Gemeinden die Sozialpolitik zu finanzieren. Dazu ist der Kreis als örtlicher Träger der Sozialhilfe gesetzlich verpflichtet. Neben der Sozialhilfe und der Jugendhilfe fällt darunter die Eingliederungshilfe, wie man die meist lebenslange Unterstützung von behinderten Menschen nennt. Diese Aufgabe erledigten bislang die Land- und Stadtkreise über ihren Landeswohlfahrtsverband. Da sind jedoch Millionen Defizite angelaufen. Und deshalb wird über die Auflösung der beiden Verbände diskutiert."

„Ja, das hab ich auch schon gehört. Aber was ist gerade bei uns im Busch? Was hat die Chefin vor, um aus der Talsohle heraus zu kommen?" fragt Marion dazwischen.

„Die plant die Kündigung der Vergütungsvereinbarungen für den Bereich Wohnen und Tagesstruktur, um das wachsende Defizit in den Griff zu kriegen."

„Bin echt gespannt, ob wir uns damit tatsächlich aus der Finanzkrise retten. Kann mir nicht vorstellen, dass es uns künftig viel besser geht", meint Marion abschließend.

Wieder im Klosterhof, stöckelt eine blond gesträhnte, schlanke Frau im schicken Kostüm in Richtung Verwaltungsbau. Sie öffnet schwungvoll die schwere Holztüre, und ich sehe ihr Profil. Es ist Karla Klein. Sie hat mich bemerkt, grüßt knapp und eilt die Treppe hinauf. Ich bin ihr dicht auf den Fersen. Im zweiten Stockwerk trennen sich unsere Wege. Karla Klein biegt in Richtung Vorstandstrakt ab und verschwindet durch die Glastüre.

„Sagt mal, habt ihr eine Ahnung, was die Frau Klein von der Werbeagentur hier im Haus macht?
Wird da wieder eine neue Spendenstrategie ausgeheckt?" bombardiere ich meine Mitarbeiterinnen.

„Nein, glaub ich nicht" erwidert Nina, die über alle Gerüchte im Haus immer bestens informiert ist.

„Ich hab gehört, dass die hier ihre Hochzeit im großen Stil plant. Unsere Leute von der Küche sind ziemlich sauer. Sie sind mit der Vorbereitung heillos überfordert und bekommen plötzlich Aufträge, die gar nicht zu ihren Aufgaben zählen. Laut sagt aber keiner was, weil es sich ja um die Freundin der Chefin handelt. Sogar in der Landwirtschaft wird alles auf den Kopf gestellt. Die Scheune soll zum Party-Raum umfunktioniert werden."

Nun mischt sich Antje ein.

„Ich weiß von Jasmina aus der Öffentlichkeitsarbeit, dass die Megerle nur noch ein Thema im Kopf hat. Die will diese Hochzeit, zu der über hundert Gäste eingeladen werden, möglichst gut verkaufen. Eine künstlerisch begabte Behinderte soll angeblich den Entwurf für die Einladungskarte liefern, damit der Sozialaspekt auch entsprechend deutlich wird. Die Megerle bastelt zu Hause seit Tagen an einem Text für die Presse. Und da wird dies als neuer Service und als große Chance beschrieben. Auch die Klosterkirche und unsere gesamte Anlage wird entsprechend angepriesen. Magdalenenwald soll sich öffnen. Stell Dir mal vor, was das für die Mitarbeiter bedeutet. Es soll sogar einen Shuttlebus-Service in die benachbarten Gemeinden geben, damit die Gäste bequem und gefahrlos nach der durchzechten Nacht in ihre Betten fallen. Die Sekretärin von der Megerle hat den Text per Fax bekommen und daraus zitiert. Sie schreibt von einem ganz großen Plus, von einem Rundum-Service, der vom Gottesdienst über den Blumenschmuck bis hin zum Catering reicht. Menschen mit Behinderung seien auch eingeladen."

„Toll, dass man unsere Leute nicht wegschließt, wenn sich hier so viele Promis tummeln. Ob die wohl nach der Messe auch noch erwünscht sind? Kann ich mir eigentlich nicht vorstellen", sage ich.

Genau zwei Wochen später findet der Festakt dann mit Glanz und Gloria und allem Pomp statt.

Aus der Presse erfahren wir von den Einzelheiten. Es erscheint nämlich in allen drei regionalen Blättern ein fetter dreispaltiger Bericht. Darüber ein großes Foto einer strahlenden Karla Klein, ganz in Weiß mit ausladender Feder auf dem breitkrempigen Hut und kitschig-herzförmigem Blumenbouquet, samt Bräutigam und einer noblen Hochzeitsgesellschaft. Auf den ersten Blick glaubt man sich im Medium geirrt zu haben. Entspricht dieser Beitrag doch eher Glamourjournalen, die ausführlich über Feste der Promis oder der Königs- und Adelshäuser berichten. Nichts wurde hier ausgelassen, jedes noch so lächerliche Detail aufgelistet.

So erfährt der Leser, dass sich die Hochzeitstafel im rustikalen Fachwerkambiente der landwirtschaftlichen Scheune prächtig gestaltete, zahlreiche Service-Mitarbeiter, Köche, Bäcker, Azubis und weitere Helfer am Werk waren, um zwanzig verschiedene Kuchen und Torten, samt mehrstöckiger Hochzeitstorte, zu kreieren, das Festmenü am Abend mit einem kaltwarmen italienischen Buffet eröffnet wurde, in einem Obst-, Käse- und Dessertbuffet gipfelte und dazwischen verschiedene Fleischsorten, Fisch- und Gemüsevariationen sowie weitere Leckereien von der fleißigen Küchencrew geboten wurde. Die Menschen mit Behinderung, die Bewohner der Einrichtung, wurden in keinem Nebensatz erwähnt.

Unsere Vermutung stimmte, nur wenige Behinderte nahmen an dem Gottesdienst teil. Anschließend war kein einziger von ihnen mehr zu sehen. Nicht mal die Künstlerin, die die Einladungskarte gestaltet hatte. Bitterer Nachgeschmack auch für die vielen Helferinnen und Helfer, die sich über den Aufwand ärgern. Es wird nämlich gemunkelt, dass die Kosten für diese Aktion bei weitem die Einnahmen überstiegen.

9

Immer mehr Mitarbeiter äußern neuerdings, was sie denken, allerdings hinter vorgehaltener Hand. Sie wagen sich mit offener Kritik nicht an die Öffentlichkeit, aus Angst ihren Arbeitsplatz in dieser strukturschwachen Region zu verlieren. Die meisten von ihnen sind familiär gebunden und besitzen ein Eigenheim. Ein Bereichsleiter erklärte Nina vor ein paar Tagen:

„Die Chefin hat wörtlich verkündet, wem es hier nicht passt, kann gerne gehen. Am besten sofort!"

Das Vertrauen in die Leitung fehlt. Die Kollegen klagen darüber, unzureichend und viel zu spät über Entwicklungen und Vorhaben informiert zu werden. Ob das Ende der Talsohle bald erreicht ist, bezweifeln viele. Einer hat gestern beim Mittagessen auf den Punkt gebracht, was alle hier befürchten: „Bestimmt werden weitere Arbeitsfelder gestrichen. Und in anderen Einrichtungen sieht es nicht besser aus. Ein wirtschaftliches Desaster kommt da auf uns zu. Es ist zum Davonlaufen. Aber wohin?"

Auch unsere Abteilung bleibt von dem Sparzwang nicht verschont. Nina und Marie reduzieren ihren Arbeitsumfang, um zumindest die Anzahl der Stellen zu erhalten. Und gerade jetzt müsste alle Kraft in der Mittelbeschaffung gebündelt werden, zumal hier nachweislich stetige Zuwächse verzeichnet werden. Pro Jahr kommen der Einrichtung Millionen durch Groß- und Einzelspenden, Bußgeldzuweisungen, Stiftungsgelder und Erbschaften zugute. Die Bilanz ist ausgezeichnet. Aber es scheint kaum jemand davon zu wissen. Abgesehen vom Vorstand und der Leiterin der Rechnungsabteilung hat niemand Einblick in die Finanzbewegungen der Einrichtung.

Die Tage gehen ins Land. Die Stimmung ist unverändert. An einem kühlen Septembermorgen dann plötzlich ein Lichtblick. Marie bringt die Post ins Büro, wedelt mit einem Blatt Papier herum und ruft mir zu:

„Es steht eine außerordentliche Sitzung an, nächsten Montag. Top-Thema: Ergebnisse der Entgeltverhandlungen!"

Wir alle können den Montagnachmittag kaum erwarten. Was, wenn das Ergebnis negativ ausgefallen ist? Werden weitere Köpfe rollen und Angebote eingestellt, oder geht es nun langsam wieder bergauf? Die Luft im Sitzungsraum ist zum Schneiden dick. Die meisten der Leitungskräfte sitzen bereits an dem langen Sitzungstisch. Das Warten verschlechtert die Atmosphäre noch. Gemurmel, überdeutliche Blicke auf die Armbanduhr und zunehmend düstere Mienen um viertel nach zwei. Da klappert etwas über den Flur.

Die Tür öffnet sich, und eine strahlende Regine Schwalbach-Saletzki marschiert herein. Hoch erhobenen Hauptes nähert sie sich mit forschem Schritt Gundolf Rommel am Haupt des Tisches, der bedeutungsvoll dreinschaut. Schwungvoll nimmt sie Platz, öffnet eine Aktenmappe und lächelt in die Runde.

„Heute habe ich eine frohe Botschaft zu verkünden. Die Anstrengungen der vergangenen Wochen haben sich gelohnt, denn die Entgeltverhandlungen sind ausgesprochen positiv verlaufen. Das bedeutet, dass keine Angebote geschlossen werden müssen und auch kein weiterer Stellenabbau mehr droht."
Lautstarker Beifall. Alle sind erleichtert.

Die entspannte Stimmung hält jedoch nicht lange an. Zu stark wiegen die personellen Einschnitte. Das Konkurrenzdenken nimmt zu, weil jeder den eigenen Arbeitsplatz sichern will. Manche Menschen verändert das regelrecht. So verfolge ich mit wachsendem Erstaunen die wundersame Verwandlung der Ines Ringelnatz. Sie übernimmt neben der Aufgabe der Personalentwicklung jetzt noch das Qualitätsmanagement. Damit hat sie eine Stabsstelle inne und ihre Position deutlich verbessert. In ihrer neuen Rolle sieht sie auch plötzlich Regine Schwalbach-Saletzki aus einem anderen Blickwinkel. Was sie ihr angekreidet hat, scheint plötzlich vergessen. Fleißig und konstant arbeitet sie sich zur engsten Vertrauten der Chefin herauf. Sie ist gewandt und nutzt die Gunst der Stunde. Zusammen mit Gabriele Megerle stehen der Chefin nun zwei Frauen zur Seite, die ein gemeinsames Ziel verfolgen, ganz nach der Devise: Wer nach oben will, muss über seinen Schatten springen, ohne Skrupel.

Das gefällt meinen drei Mitarbeiterinnen gar nicht. Vor allem Nina und Antje ärgern sich über dieses Verhalten.
In der Pause sagt Nina:
„Die Megerle hat zwei Gesichter. Und ihr wahres sieht man erst auf den zweiten Blick. Gestern hat sie ihre Sekretärin wegen nichts und wieder nichts derart in den Senkel gestellt, dass die weinend in der Raucherecke saß. Ich glaube, die Megerle spinnt einfach."
„Nein, so einfach ist das nicht. Die ist zwar konfus und cholerisch, trotzdem ist sie clever. Die arbeitet mit allen Mitteln daran, ihre Macht auszubauen. Deshalb schaltet sie alle Mitarbeiter, die ihr überlegen sind, ganz subtil aus. Denkt nur an den Dieter, der mit ihren Umgangsformen nicht klar kam, ihr Mobbing nicht mehr ertragen hat und schließlich krank wurde. Den hat man auf ihr Betreiben hin frühzeitig in den Ruhestand verabschiedet. Und einer anderen Angestellten wurde gekündigt, weil sie den Vorstand mit den fachlichen Mängeln der Megerle konfrontiert hat. So läuft das hier", meint Antje.

Nina nimmt einen kräftigen Schluck Kaffee und fügt hinzu:

„Die Megerle hat leichtes Spiel, weil sich die Chefin nie mehr als zwei oder drei Nachmittage pro Woche im Haus zeigt. Deshalb ist sie übrigens auch auf Zuträger und Berater angewiesen. Da kommen die Ringelnatz und die Megerle doch wie gerufen. Ist ja kein Geheimnis mehr, dass die Chefin eine Frau der schnellen Entscheidungen ist und auf den Rat ihrer beiden Vertrauten hört. Komisch nur, dass sie dabei nicht merkt, wie falsch die beiden sind."

„Man muss sich nur gut intern und extern darstellen. Denn wer sich ständig in den Vordergrund drängt, muss ja fachlich gut sein" ergänzt Nina ironisch.

Nun setzt sich auch Marie zu uns, die bislang noch mit dem Sortieren der Post beschäftigt war, aber aufmerksam zugehört hat. Mit spitzbübischem Lächeln, den Schalk in den wassergrünen Augen, meint sie:

„Ihr wisst ja, dass ich einen guten Draht zur Lohnbuchhaltung habe. Und da erfährt man so manches. Zum Beispiel weiß ich jetzt, dass die Megerle gleich mehrere externe Mitarbeiter beschäftigt, die gar nicht auf der Lohnliste stehen. Die stellen ihre Honorarrechnung gesondert. Offenbar braucht sie Externe, weil sie keinen Plan hat. Die kann als Leiterin der Öffentlichkeitsarbeit nicht mal zeitnah einen einfachen Text verfassen. Dafür braucht sie Hilfe."

Nina räuspert sich.

„Ist schon der Hammer. Und das alles kostet zusätzlich. Sie selbst verbucht einen Spitzenlohn und setzt noch zusätzlich Budget für Zuarbeit ein. Außerdem hat sie das schöne große Zimmer, in dem bislang der Pfarrer saß, bei ihrem Einzug mit den teuersten Büromöbeln ausstaffieren lassen und allen technischen Schnick-Schnack beantragt. Ich versteh sowieso nicht, dass bei jedem Umzug der Mitarbeiter die Büros komplett neu möbliert werden. Und noch weniger geht mir in den Kopf, weshalb man die Megerle überhaupt eingestellt hat. Dass die nichts kann außer wichtig zu labern, muss doch auch die Chefin längst gemerkt haben. Und ihre Vorkenntnisse sind ja mehr als dürftig."

Marie lacht kurz auf und sagt:
„Ob das der einzige Grund der Einstellung war, weiß ich zwar nicht, aber zumindest spielen verwandtschaftliche Verhältnisse eine Rolle dabei. Ist euch denn nicht aufgefallen, dass die Megerle und der Gundolf Rommel sich von Anfang an duzten?"
„Nein, eigentlich nicht. Aber wenn Du das so sagst…", werfe ich ein und bin gespannt, was jetzt kommt. Tratsch macht schon irgendwie Spaß. Nina spannt uns auf die Folter, rührt genüsslich in ihrer Kaffeetasse und meint gedehnt:
„Also, die beiden sind verwandt, und deshalb per Du. Und der Rommel hat ja mächtig Einfluss. Zudem hat sich die Megerle sicher gut präsentiert bei der Chefin."
„Genauso wie die Ringelnatz", ergänzt Marie und schlägt ihre Beine übereinander, als Nina sagt:
„Ja, die beiden haben ganz schnell begriffen, wie man punktgenau ans Ziel kommt. Man muss nur anfangs viel Zeit in Gespräche mit wichtigen Personen im Haus investieren und Interesse an den Betreuten heucheln. Das reicht."
„Uns aber nicht", fügt Antje hinzu.
„Wir sagen halt, wenn uns was stinkt. Wenn wir so weitermachen, werden wir noch zum Problem für die Megerle und die Ringelnatz. Passt nur auf, ihr Lieben. Du besonders, Franka", schließt Antje unser Gespräch.

Ines Ringelnatz fliegt nach Rom. Es ist eine Geschäftsreise. Das tut sie Robert Kahnel, dem Objektkünstler, zu liebe. Sie bezahlt den Aufenthalt freilich nicht aus eigener Kasse. Dafür gibt es Mittel. Es musste nämlich dringend eine Lösung für den Verkaufserlös der Kunstobjekte gefunden werden. Und da Kahnel als Betreuter keine Einkünfte neben seinem Taschengeld haben darf, wurde mit ihm etwas Spezielles vereinbart. Alle Einnahmen aus den Verkäufen werden auf einem Sonderkonto für ihn angelegt. Wenn genug Geld zusammengekommen ist, will er sich damit einen Kindheitstraum erfüllen. Früher gab es nämlich auf dem Areal einen imposanten Steinbrunnen mit frischem Quellwasser. Und daran erinnert er sich gut. Deshalb will er, dass mit dem Geld seiner Verkäufe wieder ein solcher Brunnen gebaut wird. Eine gute Idee, die allen im Heim zugute käme.

Die stolze Summe von über sechstausend Euro liegt bereits auf dem Konto. Nun hatte die persönliche Betreuerin von Kahnel aber andere Pläne. Ines Ringelnatz hat plausibel gemacht, dass Robert Kahnel unbedingt einmal Rom sehen müsse. Sie bringe dieses Opfer und fliege mit ihrem Schützling in die italienische Hauptstadt. Gesagt, getan. Drei Tage verbrachten sie dort. Anschließend erfahre ich, dass von dem Geld auf dem Sonderkonto fast alles verbraucht ist. Und sie plant bereits die nächste Reise. Diesmal wird es Paris sein.

„Reg Dich nicht auf, wir wissen doch, wie die ist, kommentiert Antje meinen Wutausbruch. Sie hat wohl einen guten Tag und meint fröhlich:

„Wir haben heute die Zusage vom Hauptsponsor für das Theaterprojekt bekommen. Es sind fünfzigtausend Euro."
Das bringt mich rasch auf andere Gedanken. Das Theaterprojekt muss weiterlaufen. Keine Geringere als die Frau des Ministerpräsidenten hat die Schirmherrschaft dafür übernommen. Der Erwartungsdruck ist groß. Wir müssen dringend die nächsten Schritte besprechen..

Magdalenenwald ist immer für Überraschungen gut. Ohne aufwändiges Auswahlverfahren wird ein neuer Kaufmännischer Vorstand eingestellt. Martin Mahler heißt er. Für den

Empfang des Neuen ist einiges geplant. So übernimmt der Vereinsvorsitzende Gotthilf Wegmeier die feierliche Amtseinsetzung höchstpersönlich.
Nach dem Festgottesdienst folgen reihenweise Grußworte und Ansprachen. Alle wichtigen Persönlichkeiten sind gekommen. Bevor sich die Gäste im Anschluss an den offiziellen Festakt jedoch am opulenten Buffet eines renommierten Caterers stärken, unterstreicht ein gemeinsames Lied den guten Willen zu einer langfristigen, Erfolg versprechenden Zusammenarbeit.

„Komm, Herr, segne uns, dass wir uns nicht trennen... keiner kann allein Segen sich bewahren, weil Du reichlich gibst, müssen wir nicht sparen... Frieden gabst Du schon, Frieden muss noch werden... Komm, Herr, segne uns, dass wir uns nicht trennen..."

Munter ertönt dieses Liedchen im festlich geschmückten Saal. Genützt hat die lautstarke Bitte um eine friedliche und konstante Vorstandszeit allerdings wenig. Nach nicht einmal fünf Monaten war die Ära Martin Mahler bereits wieder Geschichte. Immerhin steigerte sich die Aufenthaltsdauer des Kaufmännischen Chefs auf zwei Monate mehr im Vergleich zur Amtszeit seines Vorgängers. Gründe für das frühzeitige Ende des Arbeitsverhältnisses werden offiziell nicht genannt. Lediglich Gerüchte über unüberwindbare Meinungsverschiedenheiten zwischen der Chefin und Mahler und Mutmaßungen über eine hohe Abfindungssumme kursieren.

Auf ein Neues. Als vierten Kaufmännischen Leiter der Einrichtung präsentiert Regine Schwalbach-Saletzki wenige Wochen danach einen Mann, der vielen Mitarbeitern zumindest dem Namen nach bekannt ist. Es ist Günther Wendisch. Zweimal die Woche wird er in Magdalenenwald sein, denn seine Haupttätigkeit leistet er in jener Einrichtung, mit der fusioniert werden soll.

„Dieser Mann ist bislang die rechte Hand vom Vorstand der Konkurrenz. Jetzt wird er sich mit der heiklen Finanzlage Magdalenenwalds auseinandersetzen. Stell Dir vor, wenn die Fusion platzt. Dann wissen er und viele andere doch haarklein über alles Bescheid. Und ich soll ihn auch noch in unsere Fundraising-Strategie mit einbeziehen. Das tu ich aber nicht. Womöglich sind wir nachher wieder Konkurrenten bei der Spenden-Aquise. Dann können wir gleich einpacken. Es wird sowieso immer schwieriger auf dem Spendenmarkt", rege ich mich abends zu Hause auf.

Arne sieht die Dinge wie üblich aber viel gelassener als ich.
„Schau ihn Dir doch erst mal an. Vielleicht ist er ja menschlich ganz in Ordnung, und Du kannst von ihm profitieren. Dein Konzept musst Du ihm ja nicht gleich auf dem Silbertablett servieren", meint er pragmatisch und fährt fort:
„Du solltest das alles viel lockerer nehmen. Weil Du das aber nicht kannst und Dir dieser Verein so zusetzt, müsstest Du wirklich mal über ein Ende nachdenken. Seit Wochen bist Du genervt. Das überträgt sich auf die ganze Familie. Außerdem wolltest Du keine Lebensstellung aus dem Job machen. Es ging Dir doch nur um die Hintergründe für den Tod von Johannsen."

Mir platzt gleich der Kragen. Und ich hab überhaupt keine Lust mehr, mich zurückzuhalten. Viel lauter als gewollt sage ich:
„Das hängt doch alles miteinander zusammen. Da passieren Dinge, die unglaublich sind, und bei vielem blick ich noch gar nicht durch. Solchen Dingen auf die Spur kommen und hinter die Kulissen schauen, kann kein Mensch so schnell. Das weißt Du ganz genau!"

Hätte ich bloß nichts erzählt. Eigentlich wollte ich gar keinen Rat von ihm. Nur meinem Ärger Luft machen. Dabei hatte ich gehofft, dass er mir einfach nur zuhört und mich ein wenig bedauert. Und er, typisch Mann, meint, mit schlauen Tipps das Problem null Komma nichts lösen zu können. Und nun artet das Ganze wieder in Streit aus. Beinahe jeden Abend muss er sich das leidige Thema Magdalenenwald anhören. Das ist nicht gerade gut für unsere Beziehung. Aber was soll ich tun? Meine Freundinnen sind immer dann beschäftigt oder nicht zu erreichen, wenn ich sie am dringendsten bräuchte. Außerdem interessieren die sich auch nicht für meinen Alltagskram.
Also bleibt nur Arne. Und da kollidieren eben die unterschiedlichen Bedürfnisse von Mann und Frau. Ich kenn das doch. Hab schließlich schon viele Bücher zu diesem Thema verschlungen. Ich kann mich noch gut an Zeiten erinnern, als ich mich königlich über den Schmöker Frauen kommen von der Venus und Männer vom Mars amüsiert habe. Und doch kommen in solchen Situationen immer wieder die alten geschlechtstypischen Verhaltensmuster hoch, die sich nur schwer bändigen lassen. Mein Naturell kann ich ebenso wenig umkrempeln, wie meinen Widerwillen und mein Unverständnis gegenüber der jüngsten Personalentscheidung leugnen. Aber in meinem tiefsten Inneren gelobe ich Besserung und fasse einen Vorsatz: Aus dem richtigen Blickwinkel und dem entsprechenden Abstand ist alles viel besser zu ertragen. Arnes Worte ihm Ohr und den kleinen sturen Bock im Bauch, betrachte ich also den Neuen aufmerksam und gespannt.

Wendisch sitzt in der all monatlichen Runde links neben der Chefin. Unscheinbar, blass und zäh. Alles grau in grau. Es gibt Menschen, die selbst in knallbunter Kleidung fad und farblos erscheinen. Die Mundwinkel zu einem Dauergrinsen gezogen, wirkt er wie ein spöttischer Zyniker. Die tiefen Stirn- und Wangenfalten und den harten Ausdruck um die Augen- und Mund-

partie machen das Dauergrinsen nicht wett, es verleiht ihm etwas Absurdes. Und es irritiert. Wohl wissend, dass ich trotz der guten Vorsätze nicht objektiv und sogar ein bisschen fies bin, frage ich mich insgeheim, ob er wohl eine Kündigung mit demselben Gesichtsausdruck ausspricht, und ob sich seine Mimik ändern würde, wenn er selbst eine bekäme.
Neben der braungebrannten vitalen Chefin gerät er völlig ins Hintertreffen. Ohne den Hauch von Charisma, jedes Wort wohl überlegt, stellt er sich monoton vor. Wendisch spricht nicht viel und scheint sich wenig für andere Belange zu interessieren. Zwei, drei Mal klopfe ich an seine Bürotür und lasse Rechnungen und Belege abzeichnen, weil die Chefin nicht präsent ist. Die Kommunikation zwischen uns beschränkt sich auf Worte wie „Guten Tag", „Danke schön", „Auf Wiedersehen". Solange ich weiterhin ungestört arbeiten kann, kümmert mich das wenig. Wendisch konzentriert sich auf seine Aufgabe, stellt keine Fragen und mischt sich bislang nicht in unser Konzept ein. Meine Antipathie legt sich rasch.

Ein Fest für Ehrenamtliche rückt näher. Das Programm hierfür muss noch organisiert werden. Letztes Jahr haben wir den knapp hundert Frauen und Männern mit Kaffee, Kuchen, Überraschungspaketen, ein paar Liedern und einem Kabarettisten einen fröhlichen Nachmittag beschert, als Dank für deren Einsatz. Nun suche ich verzweifelt nach meinen Unterlagen und finde sie nicht.

„Antje, hast Du den Ordner mit den Clowns und Zauberern irgendwo gesehen?"
„Den hast Du doch der Megerle überlassen, als sie hier anfing. Sie hat jetzt übrigens eine neue Mitarbeiterin, die das Kinderprogramm betreut. Anna Kühne heißt sie. Soll ich sie gleich anrufen?" fragt sie.
„Alzheimer lässt grüßen. Ja, bitte, frag sie mal nach Künst-

lern, die nicht mehr als dreihundert Euro Gage nehmen."
Antje marschiert los, kommt nach fünf Minuten zurück und legt mir ein paar Visitenkarten und Broschüren von Unterhaltungskünstlern und Agenturen auf den Tisch.

Zehn Minuten später reißt jemand die Tür von Antjes Büro auf. Gabriele Megerle stürmt herein, düst an Antje und Nina vorbei, ohne sie eines Blickes zu würdigen, und baut sich vor meinem Schreibtisch auf. Ihr riesiger Ohrschmuck klappert heftig. Sie bebt förmlich, während sie zu kreischen beginnt:
„Frau Maas, das geht jetzt wirklich zu weit. Wenn Sie noch mal meine Personalressourcen angehen, werden Sie mich kennenlernen! Frau Kühne ist nicht Ihre Mitarbeiterin. Sie hat keine Zeit, nebenher auch noch für Sie zu arbeiten. Künftig fragen Sie mich vorher gefälligst, wenn Sie etwas von ihr wollen!"
Bevor ich etwas erwidern kann, dreht sie wieder ab und dampft hinaus. Die Tür fliegt mit lautem Knall ins Schloss. Wir schauen uns verdutzt an.

Antje fängt sich als erste und prustet laut heraus:
„Sag mal, dreht die jetzt komplett durch? Die ist ja völlig schizophren. Franka, Du hast doch den ganzen Ordner zusammengestellt und ihr damit viel Zeit erspart, oder? Was ist denn dabei, wenn man mal eine Auskunft will?"
„Die Dame hat nicht nur ein Problem, die hat viele. Wir können nur hoffen, dass sie bald völlig überschnappt. Dann haben die Therapeuten was zu tun, und sie braucht nur in eine andere Abteilung zu wechseln. Ich sags ja immer, bei uns haben die so genannten Nichtbehinderten einen Tick, nicht umgekehrt", scherze ich.

Das Thema Fusion schwebt über der Einrichtung wie eine Dunstglocke. Ständig gibt es neue Arbeitskreise und Tagungen, bei denen fiktive Abläufe von gemeinsamen Arbeitsfeldern diskutiert werden. Auch kritische Äußerungen überregionaler Zeitungsjournalisten über die Angst kleiner sozialer Vereine vor dem Zusammenschluss der beiden mächtigsten Einrichtungen im Land machen der Heimleitung zu schaffen. Gundolf Rommel beruft deshalb heute alle Bereichsleiter und Stabsstellen-Inhaber ein. Was genau besprochen werden soll, ist nicht bekannt. Die Chefin scheint nicht zu kommen.

Rommel eröffnet mit gewohnt düsterer Miene die Sitzung.
„Sie fragen sich bestimmt, weshalb diese außerordentliche Zusammenkunft, die übrigens streng vertraulich ist, heute hier stattfindet. Es handelt sich, wie Sie sich denken können, um die Fusionsverhandlungen. Um es kurz zu machen, es gibt Gegenwehr von einigen Verwaltungsräten der anderen Einrichtung. Dabei geht es aber nicht vorrangig um die wirtschaftliche Lage Magdalenenwalds. Es dreht sich vielmehr um das Thema Einflussnahme."

Rommel macht eine kurze Pause, trinkt einen großen Schluck aus seinem Wasserglas, schaut in die Runde und setzt seine Rede mit tiefer Stimme fort.
„Um nach der Fusion möglichst viel Einfluss auf die weitere Entwicklung von Magdalenenwald zu haben, braucht Frau Schwalbach-Saletzki eine starke Position. Da es dort vier Vorstände und einen Vorstandsvorsitzenden gibt, wäre Magdalenenwald mit ihr als Vorstand unterrepräsentiert. Deshalb strebt sie zumindest den Posten der stellvertretenden Vorstandsvorsitzenden an. Und dazu brauchen wir jetzt Ihre Unterstützung. Denn unsere eigenen Verwaltungsräte stehen nämlich auch nicht geschlossen hinter der Sache und Frau Schwalbach-Saletzki.
Deshalb haben wir jetzt ein Papier vorbereitet, das ich diesen Herrschaften vorlegen will. Darin ist nochmals erläutert, weshalb dieser Schachzug von Magdalenenwald so wichtig ist. Es steht außerdem darin, dass wir alle geschlossen hinter der Per-

son Regine Schwalbach-Saletzki stehen und es jetzt zwingend erforderlich ist, im Sinne Magdalenenwalds zu handeln. Ich bitte Sie deshalb um Ihre Unterschrift."

Mit bedeutungsvollem Gesicht steht er schwungvoll auf und verteilt die Zettel. Mir sitzt ein Kloß im Hals. Ich empfinde die Situation als regelrechte Nötigung. Denn die meisten Mitarbeiter stehen schon längst nicht mehr hinter dem Führungsstil der Chefin.
    Was tue ich hier eigentlich? Ist jetzt der Zeitpunkt gekommen, offen die Stirn zu bieten, oder soll ich weiter abwarten? Emotional, wie ich nun mal bin, tendiere ich zum sofortigen Handeln, es ist jedoch klüger, noch abzuwarten. Also wähle ich den Mittelweg, räuspere mich kurz und werfe ein: „Stabsstellen-Inhaber sind nicht stimmberechtigt, Herr Rommel. Ich kann deshalb meinen Namen nicht unter dieses Schreiben setzen."

    Ein böser Blick trifft mich, und Rommel sagt grollend:
    „Das hier ist etwas anderes. Selbstverständlich brauchen wir jetzt alle Unterschriften. Auch Ihre!"
Keiner der Anwesenden hat die Courage, diesen Aufruf zu verweigern. Nur Helmut Öhlig sagt:
    „Also mir geht es gar nicht gut dabei. Die Sache stinkt zum Himmel", wackelt mit seinen Füßen nervös, schaut unruhig in die Runde und zu Rommel.
Die beiden kennen sich seit über zwanzig Jahren. Das verbindet. Rommel gibt ihm mimisch zu verstehen, was er jetzt zu tun hat. Jeder setzt seine Unterschrift auf das Papier.

10

Langeweile kommt nicht auf in diesen Tagen. Es ist Montag, acht Uhr. Nina kommt schwungvoll zur Tür herein, wirft ihre Tasche auf den Stuhl und erzählt von ihren Erlebnissen am Wochenende.
Nachdem dieser Einstieg in die Arbeitswoche recht heiter beginnt, nutze ich die gute Stimmung meiner Kolleginnen für eine Sonderaufgabe.

„Mädels, heute heißt es Ärmel hochkrempeln. Die Sachspenden des Industrie-Giganten, der uns sponsert, werden gegen halb zehn mit einem Sattelschlepper angeliefert."
„Was? Ist das soviel? Du machst Witze", ruft Marie entgeistert.
„Nein, es ist mein voller Ernst. Kistenweise Sweatshirts, wattierte Jacken, Regenjacken, T-Shirt und Polos in allen Größen und Farben, Schals, Regenschirme, Schlüsselanhänger und so weiter, alles ganz neu und hochwertig, haben die mir versprochen. Macht nicht so ein Gesicht. Wenn wir das gemeinsam anpacken, schaffen wir es bis heute Abend. Sortieren, zählen und erfassen können wir das alles auch noch morgen. Es sollte nur auf dem Dachboden sicher und verschlossen aufbewahrt werden", erkläre ich.

Als wir die Kisten öffnen bricht helle Begeisterung aus.
„Die Sachen sind ja mega-super! Die können wir prima für die Tombola gebrauchen und den großen Rest an unsere Leute auf den Gruppen verteilen. Was meint ihr, wie die sich freuen", jubelt Nina.
„Ja, da seht Ihrs. Der gute Kontakt zur Werbeabteilung unseres Sponsors hat sich mal wieder ausgezahlt", gebe ich stolz zum Besten.
Alles in allem dauert das Verstauen, Zählen und Sortieren

dieser Riesenmenge eine Woche lang. Dann geben wir per Mail einen Termin bekannt, an denen die Sachspenden abgeholt werden können. An diesem Tag geht es von früh bis spät zu wie auf dem Jahrmarkt. Wir kommen kaum nach mit der Ausgabe und dem Abhaken auf der Waren-Liste.

Mitten in diese Arbeit hinein kommt Antje gelaufen, die heute den Büro-Dienst übernommen hat.
„Franka, stopp, wir haben soeben eine Mail bekommen. Und darin steht, dass es ist nicht richtig ist, was wir hier tun."
„Wie bitte, von wem?" frage ich.
„Von der Pressechefin höchstpersönlich. Frau Megerle schreibt, dass Sachspenden grundsätzlich nicht verschenkt werden dürfen. Es gebe eine klare Anweisung von der Heimleitung, diese an die Betreuten zu verkaufen."
„Die kann mich mal", sage ich und gebe weiter Ware aus.
„Sachspenden an unsere behinderten Bewohner zu verkaufen, ist unmoralisch. Anweisung hin oder her."
Wenn davon die Firma erfährt, die uns diesen Gefallen getan hat, gibt es einen Skandal, denke ich und füge laut hinzu:
„Die hat uns gar nichts zu sagen. Wir machen weiter!"
Obwohl wir uns der Anordnung widersetzen, kommt keine Reaktion, weder heute noch an den folgenden Tagen. Im Gegenteil.

Gabriele Megerle und Ines Ringelnatz ändern ihr Verhalten. Plötzlich grüßen die beiden jeden freundlich, der ihnen begegnet. Vielleicht bekommen sie jetzt kalte Füße, denke ich. Falls es nämlich zur Fusion kommt, fällt vermutlich über kurz oder lang je eine Stelle weg. Der- oder diejenige mit der besseren Lobby wird bleiben. Ines Ringelnatz sichert sich zunächst den Bereich der Fortbildungen und Seminare. Damit hat sie viel Entscheidungsspielraum dazu gewonnen. Jeder Fortbildungsantrag wird von ihr bearbeitet, das heißt genehmigt oder abgelehnt. Und das macht sie bei den Kollegen zu einer gefragten Persönlichkeit.

Auch Gabriele Megerle arbeitet jetzt vorrangig an ihrer Beliebtheit. Ein Mitarbeiterforum in Form einer Zeitung entsteht. Faktisch können die Angestellten dabei ihre Meinung zwar nicht frei äußern, aber es sieht nach einem Versuch der Integration aus. Zumindest einige Kollegen bringen nun Themen ein, die ihnen wichtig sind, und verfassen eigene Beiträge. Auch ein Jahresheft soll dazu dienen, möglichst breit von sich reden zu machen. Eigens hierfür plant die Pressechefin eine groß angelegte Pressekonferenz. Und die Idee funktioniert. Drei Pressevertreter kommen. Die Themen der Broschüre werden ihnen bei Häppchen und Sekt appetitlich serviert.
Die Produktionskosten des Werkes, die sich in astronomische Höhen katapultierten, kommen dabei nicht zur Sprache. Max Leimgruber, ein bekannter Werbe-Fotograf aus München, der eine Woche lang mit den Aufnahmen beschäftigt war und in einem 20 Kilometer entfernten Luxushotel residierte, verlangt einen stolzen Preis. Ebenso teuer sind die Textbeiträge, die zwar unter dem Namen Megerles erscheinen, aber von Externen überarbeitet worden sind. Gedruckt wurde auf hochwertigem Naturpapier, die Gestaltung übernahm die Werbeagentur. Dies, obwohl ein Mediengestalter für derlei Produkte eingestellt worden ist. Ohne Versandkosten beläuft sich allein dieses Heft auf fünfzigtausend Euro.

Ebensoviel Geld für die Gestaltung und Produktion weiterer Druckerzeugnisse wird in eine externe Werbeagentur investiert. Es überrascht nicht, dass es sich um dieselbe Firma handelt, in der Frau Klein, die Freundin der Chefin, arbeitet. Der hauseigene Mediengestalter, der über reichlich Know How verfügt, hat nämlich die Gunst der Gabriele Megerle verspielt.

Er hat konstruktive Vorschläge zur Einsparung von mehreren hunderttausend Euro pro Jahr gemacht. Zumindest erzählt er das den Kollegen. Frustriert schaut er nun zu, wie alle grafischen Aufträge seit Wochen außer Haus gegeben werden. Selbst Einladungskarten und ein Plakat für den Tag der offenen Tür, das er entworfen hat, gelangen nicht auf direktem Weg zum Drucker, sondern zunächst zur Werbeagentur. Der Entwurf des Mediengestalters kommt schließlich zum Einsatz. Jetzt allerdings viel exklusiver, denn die Überarbeitung durch die Agentur schlägt mit zehntausend Euro zu Buche.
Gespannt verfolge ich dies. Meine anfänglichen Hoffnungen auf ein kooperatives Miteinander und auf Synergien sind längst begraben. Es scheint, als würden alle unsere Bemühungen um eine erfolgreiche Mittelbeschaffung nicht nur ignoriert, sondern systematisch unterwandert. Gabriele Megerle agiert seit ein paar Tagen erstaunlich offen und provokant gegen uns.

Marie bringt dies in unserer Teambesprechung als erste auf den Punkt:
  „Ich finde, es ist an der Zeit, auf den Tisch zu hauen. Gerade eben habe ich einen Anruf bekommen. Stellt Euch vor, der Stiftungsrat hat zugestimmt, unseren Kindergarten mit zehntausend Euro zu fördern. Nun wollen diese Herren natürlich Medienpräsenz bei der Scheckübergabe. Aber da passiert uns sicher wieder dasselbe wie letzte Woche. Die Sache geht in die Hose, weil die Megerle keinen Pressevertreter eingeladen hat. Wir müssen das dringend ändern. Das darf uns nicht noch mal passieren."

Mit einer dicken Aktenmappe unter dem Arm marschiere ich tags darauf zum Chefbüro der Öffentlichkeitsarbeit. Auf mein Klopfen hin ertönt ein freundlich gedehntes
  „Herein".
  Frau Megerle erhebt sich von ihrem dunklen Ledersessel,

geht zwei Schritte auf mich zu und schüttelt mir kräftig die Hand.

„Guten Tag, Frau Maas. Nehmen Sie Platz."

Zuckersüß, die Liebenswürdigkeit in Person. Mein Blick kann sich kaum losreißen von ihren tiefrot geschminkten Lippen. Sie hat heute besonders viel Make up und Rouge im Gesicht. Konzentriere Dich jetzt auf die Fakten und sei vor allem nett, sage ich zu mir selbst.

„Es gibt da einige Dinge, die ich heute gerne mit Ihnen besprechen möchte. Zunächst einmal sollten wir die Abläufe und Zuständigkeiten unserer beiden Abteilungen klären, um Reibungsverluste zu vermeiden", leite ich unser Gespräch ein.

Sie schaut mich mit großen Augen an. Ihr Gesichtsausdruck verändert sich. Tiefe Falten graben sich zwischen die Augenbrauen. Die Lippen verformen sich zu dünnen Schlitzen, als sie zu sprechen beginnt:

„Was gibt es da zu klären? Ich denke, die Dinge liegen klar auf der Hand. Ich bin für die Öffentlichkeitsarbeit zuständig und hab da weiß Gott alle Hände voll zu tun, und Sie sorgen für die Spenden. Leider können wir die Presse nicht mit zu vielen Mitteilungen auf einmal belasten, was Sie sicher verstehen", sagt sie barsch.

Freundlich setze ich nochmals an.

„Wenn sich tatsächlich Veranstaltungen und Aktionen häufen, über die zur selben Zeit berichtet werden soll, müssten wir uns eben über die Prioritäten abstimmen. Schauen Sie, vergangene Woche haben wir einen Scheck über zweitausendfünfhundert Euro erhalten, und kein Pressevertreter war vor Ort. Das ist einfach peinlich gegenüber der Förderer und macht langfristig unsere Arbeit kaputt. Wir müssen uns ohnehin mehr denn je ins Zeug legen, um an Spenden zu kommen. Und die brauchen wir ja dringend", versuche ich zu erklären.

Die grünen Augen meiner Kollegin funkeln heftig, während sie sagt:

„Genau das ist es, was mich aufregt. Ist denn nur die Arbeit wichtig und richtig, die sich mit Barem messen lässt? Was ist denn das für eine Einstellung, wenn sich alles nur noch um Profit dreht. Ich habe keine Lust, mich für unser Tun zu rechtfertigen, auch wenn es kein Geld einbringt."
Ich räuspere mich kurz und sage: „Sie müssen mich falsch verstanden haben, oder ich habe mich missverständlich ausgedrückt. Ich wollte Ihre Arbeit nicht in Frage stellen oder vergleichen. Es geht mir nur um eine Abstimmung zwischen uns. Viele Aufgaben, die meine Abteilung betreffen, gehören in Ihren Tätigkeitsbereich. Zum Beispiel Berichterstattung und Pflege der Journalisten. Deshalb müssen wir uns darüber unterhalten, ob Sie dies auch in Bezug auf das Fundraising leisten oder ob wir das selbst übernehmen sollen."

„Ich lass es mir durch den Kopf gehen und meld mich dann bei Ihnen. Aber zuerst muss ich mich um den Tag der offenen Tür kümmern. Sie glauben gar nicht, was das für eine logistische Herausforderung ist. Meine Mitarbeiterinnen und ich haben das alles zu koordinieren", erwidert sie und ergießt sich schließlich in einem Redeschwall über allerlei Alltägliches.

Verbal ist Gabriele Megerle nicht beizukommen. So kann es aber nicht weitergehen. Wenn Frau Megerle mit dieser Aufgabe überfordert ist, müssen die Bereiche eben neu diskutiert werden. Ich muss mich an die Chefin wenden, sofort.

„Frau Bloch, bitte geben Sie mir so schnell wie möglich einen Termin bei der Chefin."

„Worum gehts denn? Frau Schwalbach-Saletzki kommt erst am Donnerstagnachmittag, und da hat sie höchstens eine viertel Stunde Zeit. Nächste Woche wäre besser, da könnte ich Ihnen am Mittwoch um drei Uhr eine halbe Stunde einräumen. Da haben Sie sowieso Ihr Mitarbeitergespräch", antwortet Gertrud Bloch.

„Es ist dringend, Frau Bloch. Ich hab einiges mit ihr zu besprechen, das kann nicht bis nächste Woche warten. Bitte schauen Sie doch noch mal, ob nicht diese Woche eine halbe Stunde möglich ist", versuche ich mein Glück.

„Nein, Frau Maas. Es ist absolut nichts frei. Ich trag Sie dann für den nächsten Mittwoch von drei bis halb vier ein", sagt die Sekretärin und legt den Hörer auf.

Mit einer langen Liste von Anregungen und Vorkommnissen stehe ich am Mittwoch Punkt drei im Sekretariat der Chefin.

„Frau Schwalbach-Saletzki ist noch zu Tisch. Sie müssen sich ein paar Minuten gedulden", sagt Frau Bloch zur Begrüßung und blickt dabei kurz von Ihrer Schreibmaschine auf, um gleich wieder in ihre Arbeit zu versinken. Unaufgefordert nehme ich auf dem Holzstuhl Platz und warte und warte. Jetzt reicht es, denke ich nach einer Viertelstunde. Gerade als ich aufstehe und das Sekretariat wieder verlassen will, sind Schritte auf dem Flur zu hören. Die Chefin kommt zur Tür herein.

„Kommen Sie gleich mit, Frau Maas, und setzen Sie sich. Ich bin sofort bei Ihnen", sagt sie und verlässt den Raum wieder. In aller Ruhe geht sie zur Toilette. Meine Zeit schwindet dahin und mit ihr die vielen Themen, die ich mit ihr besprechen will. Eigentlich sollte die oder der Vorgesetzte sich mindestens eine Stunde Zeit nehmen, um das einmal jährlich stattfindende Mitarbeitergespräch samt anschließender Zielvereinbarung erfolgreich mit seinem Mitarbeiter führen zu können. Dies wurde uns zumindest bei einer mehrtägigen Schulung eingetrichtert. Doch diese Maßstäbe gelten hier nicht. Vielleicht hat die Chefin unser Mitarbeitergespräch aber auch vergessen, überlege ich, als sie wieder zur Tür hereinkommt.

Nein, sie hat es nicht vergessen, denn sie legt den Standard-Fragebogen auf den Tisch und sagt ohne Umschweife:

„Ja, Frau Maas, beginnen wir doch gleich mit dem Ist-Zustand und Ihren Vorstellungen für die Zukunft." Das ist also das Zeichen für mich. Es kann losgehen.

„Zum derzeitigen Stand habe ich hier die Bilanz. Da sehen Sie die Ausgaben und Einnahmen der jeweiligen Aktion und die Vergleichszahlen zu den Vorjahren. Insgesamt haben wir eine Steigerung von zwanzig Prozent erreicht", erkläre ich einleitend.

„Ich denke, wir erreichen weitere Zuwachsraten, wenn wir unser Konzept wie bislang fortführen. Da gibt es aber leider einige Schwierigkeiten, die wir dringend aus dem Wege räumen müssen. Die Zusammenarbeit mit der Öffentlichkeitsarbeit funktioniert nicht gut. Ich möchte Ihnen an Hand einiger Beispiele erklären, wie sich das auf unsere Arbeit auswirkt."

Noch während ich meine Unterlagenmappe öffne, unterbricht sie mich:

„Gut, dass Sie das ansprechen, Frau Maas. Ich höre seit einiger Zeit von massiven Problemen, die Frau Megerle mit Ihnen und Ihrer Abteilung hat. Frau Megerle hat mir das bereits mehrfach eindrücklich geschildert. Und ich bin einigermaßen verwundert über die Art und Weise, wie Sie und Ihre Mitarbeiterinnen sich gegenüber ihrer neuen Kollegin verhalten. Ich habe mich bei der Besetzung dieser Stelle für Frau Megerle entschieden, weil sie entsprechende fachliche Qualitäten und ein großes Maß an sozialer Kompetenz mitbringt. Sie genießt bei mir größte Wertschätzung, und ich lasse nicht zu, dass es weiterhin zu Kompetenzstreitigkeiten und Machtgerangel zwischen Ihnen beiden kommt.

Frau Megerle ist für die Medienarbeit zuständig, das heißt, Sie müssen sich mit ihr abstimmen, auch wenn Sie über ähnliche Qualifikationen verfügen."

Meine Finger werden eiskalt, das Blut steigt mir in den Kopf. Darauf war ich nicht gefasst. Obwohl ich nicht mehr agieren, sondern nur noch reagieren kann, lasse ich mich nicht gerne derart abbügeln und setze zu einem Klärungsversuch an.

„Ich habe weder Frau Megerles Kompetenz beschnitten noch an ihrer Qualifikation gezweifelt", höre ich mich sagen.

„Für unsere Arbeit brauchen wir aber dringend die Unterstützung der Öffentlichkeitsarbeit. Wenn die Medien nicht über die Schenkungen berichten, sind die Förderer verärgert. Die spenden uns nie wieder etwas. Außerdem wirken sich diese Berichte doch auch positiv in der Bevölkerung aus. Dadurch kommen die Leute darauf, uns zu spenden, und sie erfahren, wie wichtig diese Hilfe ist."

Bevor ich aber weiterreden kann, unterbricht sie mich wieder und sagt kühl:

„Meine Zeit ist knapp bemessen, Frau Maas. Bitte haben sie dafür Verständnis, dass ich mir jetzt nicht alle Details anhören kann. Sie sollten sich dringend mit Frau Megerle konstruktiv auseinandersetzen. Und wenn das nicht funktioniert, sehe ich nur eine Lösung des Problems. Sie sollten sich gemeinsam mit ihrer Kollegin einem Coaching unterziehen, um die zwischenmenschlichen Schwierigkeiten in den Griff zu bekommen. Ich habe eine sehr gute externe Beraterin für diesen Zweck, die ich seit Jahren kenne und die hierfür bestens geeignet ist. In dieser Dreierrunde können Sie dann die Aufgabenschwerpunkte diskutieren und gegebenenfalls neu gewichten. Frau Bloch kann die Termine hierfür koordinieren. Ich denke, sechs Stunden werden fürs erste genügen."

In meinem Kopf rauscht es gewaltig. Langsam beginne ich zu begreifen. Aber mir bleibt kaum Zeit, dies zu verdauen, denn der nächste Brocken bahnt sich an. Frau Bloch teilt mir im Vorzimmer einen vertraulichen Termin mit. Die Führungsriege trifft sich in zwei Wochen zu einer Klausur in einem Tagungszentrum. Ich habe mich dort ebenfalls einzufinden. Thema: Marketing-Strategien. Ort: Sanpietro im Tessin. Dauer: Fünf Tage. Die Tagung wird von einem international bekannten Marketingfachmann und zwei hochkarätigen Referentinnen geleitet.

Der Kleinbus verlangsamt sein Tempo. Er hat Mühe, die Haarnadelkurven zu nehmen. Es geht eng her auf den schmalen holprigen Bergstraßen, und es ist schön hier. Doch kann ich mich über die herrliche Landschaft nicht recht freuen. Zu schwer wiegt die Diskrepanz zwischen Sparzwängen einerseits und sinnlosen Ausgaben anderseits, denn an der Fehlentscheidung dieser Aktion zweifle ich keine Sekunde lang. Weshalb sollen sich zwanzig Leute aus den verschiedensten Bereichen mit fachspezifischen Marketingthemen auf hohem Niveau auseinandersetzen, wenn nicht einmal die tägliche Arbeit vor Ort funktioniert und das Interesse der Leitungskräfte kaum über den eigenen Bereich hinausreicht? Mein Nebensitzer reißt mich aus den Gedanken, als er sagt:

„Jetzt sind wir gleich da. Lugano haben wir ja schon hinter uns."

Er scheint den Ort zu kennen. Offenbar ist dies nicht das erste Treffen, das hier stattfindet.

Beim Blick aus dem Fenster erkenne ich das Ortsschild Sanpietro. Wir durchqueren ein malerisches kleines Bergdorf, schätzungsweise einhundert Meter hoch über dem Lago. Schmale Gassen, trutzige Steinhäuser, kleine, üppige Vorgärten, winzige Geschäfte, Bars und munter schwatzende Menschen auf der Piazza, all das strahlt den Charme italienischer Lebensart aus, den ich so liebe. Der Bus bringt uns zu einem ehemaligen Gutshof. Wir werden freundlich begrüßt. Alles passt hier, dennoch lindert die schöne Umgebung mein Unbehagen nicht, im Gegenteil. Alles hier stößt mir sauer auf. Ich möchte wissen, was die Unterbringung pro Person und Tag kostet und frage die junge Frau an der Rezeption:

„Signora, Ihr Hotel gefällt mir ganz besonders gut. Ich möchte gerne einmal mit meiner Familie hier Urlaub machen. Bitte seien Sie so nett und geben mir die Preisliste".

Verwundert schaut mich die junge Frau an und erwidert in akzentfreiem Deutsch:

„Aber das Anwesen gehört doch Magdalenenwald. Es wird ausschließlich für Tagungen genutzt. Sind Sie denn zum ersten Mal hier?"

Regine Schwalbach-Saletzki reist am nächsten Morgen mit ihrer Dienstlimousine an. Ihr kaufmännischer Geschäftsführer ist nicht mit dabei, dafür hat sie einen neuen Berater namens Philipp Klippchen mitgebracht. Gewohnt dynamisch erscheint sie kurz nach elf, um die Dozenten und Mitarbeiter zu begrüßen.

„Sie alle haben außerordentlich viel geleistet in den vergangenen Monaten. An dieser Stelle möchte ich Ihnen deshalb auch ganz besonders für ihren Einsatz und ihre Kreativität danken, mit der Sie dazu beigetragen haben, Lösungen in schwierigsten Situationen zu erzielen. Auf ihre Bereitschaft, unliebsame Maßnahmen aushalten zu können, zähle ich auch in Zukunft. Nun aber wünsche ich Ihnen einige fruchtbare, aber auch erholsame Tage in diesem schönen Ambiente", sagt die Chefin.

Unter dem Beifall der sichtlich zufriedenen Mitarbeiter rauscht sie von dannen.

Die Referenten geben ihr Bestes. Morgens füllen Vorträge und Workshops die Tagung aus, die unter dem Motto Qualität statt Quantität – Strategien und Visionen – Marktchancen und Risiken steht. Die Nachmittage stehen zur freien Verfügung. Ein großzügig angelegter Fitnessbereich, Hallenbad und Saunalandschaft im Nebengebäude des Tagungshauses, das einem mondänen Sporthotel ähnelt, sorgen auch bei schlechtem Wetter für beste Laune unter den Tagungsteilnehmern. Die Tage im Tessin und das anschließende Wochenende zu Hause gehen schneller vorbei als gedacht. Im Handumdrehen ist es wieder Montag.

Kurz vor zwölf ruft Marion an.
„Kommst Du zum Essen in die Kantine? Ich muss Dir was erzählen."
In der langen Schlange vor der Essensausgabe erkenne ich sie kaum wieder. Sie ist braungebrannt, hat einen neuen Haarschnitt und sieht super gut aus. Fröhlich plaudert sie zunächst vom irrwitzigen Nachtleben mit durchgeknallten Jungs auf der spanischen Ferieninsel La Palma, wo sie einen Freund besucht hat, und wechselt dann das Thema:
„Du wirst staunen, Franka. Ich weiß jetzt, weshalb der letzte Kaufmännische Boss gehen musste", sagt sie triumphierend.
„Na, erzähl schon. Ich hab immer noch keine Ahnung, weshalb der so sang- und klanglos verschwunden ist", gebe ich zurück.
Sie schaut sich nach vermeintlichen Zuhörern rechts und links von uns um, beugt sich dann über den Tisch zu mir herüber und flüstert:
„Herr Mahler hatte doch den Auftrag, sich mit dem Thema Arbeitszeitmodelle in den Wohngruppen zu beschäftigen. Und deshalb kam er auch zu uns. Er hat viele Fragen gestellt und sich Notizen gemacht. Mich hat schon gewundert, weshalb der so genau wissen wollte, wie viele ausgebildete Heilerziehungspfleger, Aushilfskräfte, Praktikanten und Zivis hier Dienst tun. Offenbar hat er herausgefunden, dass wir gegen das Gesetz verstoßen, weil wir zu wenige ausgebildete Arbeitskräfte beschäftigen. Stimmt ja auch, zeitweise springen Aushilfen aus der Hauswirtschaft ein und passen zusammen mit anderen ungelernten Kräften auf unsere Leute auf. Der Herr Mahler woll-

te diesen Zustand gleich ändern. Kurz darauf war er weg. Jetzt weißt Du, weshalb es offiziell keine Begründung gab."

Gut zu wissen, dass es Kollegen gibt, auf die man sich verlassen kann. Die Highlights dieser Tage sind rar genug.
Auch das Theater mit dem Theater wird immer größer. Die wöchentlichen Treffen zwischen unseren Leuten und den Profi-Schauspielern laufen nun schon ein dreiviertel Jahr lang.
Die zwölf zum Teil schwer geistig und körperlich behinderten Männer und Frauen warten auf feste Rollen, brauchen eine klare Vorstellung von dem Stück, das gespielt werden soll. Weil das aber überhaupt nicht der Fall ist, sind sie unzufrieden und verlieren die Lust an der Sache.

Thommi Lautenschläger, der das Projekt pädagogisch betreut und die Probentermine koordiniert, klagt über zwischenmenschliche Probleme. Er hat das Wohl seiner Schützlinge im Blick, kann sich aber gegen die Profis nicht durchsetzen. Kürzlich hat er mir sein Herz ausgeschüttet:
„Ich hab das Gefühl, die Profischauspieler nehmen uns gar nicht richtig ernst. Dabei sollten die auf uns hören, damit die Sache nicht kippt. Beim letzten Treffen hat der Andi plötzlich gestreikt und gerufen: Wenn das so weitergeht und ich keine Rolle krieg, hör ich auf! Das ist der reinste Kindergarten. Und prompt hat sich die Marlene eingemischt und gemeint, sie wolle eine Königin spielen oder so was. Egal wie, aber wir brauchen jetzt dringend feste Rollen. Werner ist neulich sogar weinend aus dem Theater gerannt. Wenn ich den Theaterleuten das Problem schildere, bekomme ich zur Antwort, es brauche eben alles seine Zeit. Wir müssten viel mehr Geduld haben."
 Ich beruhige ihn und verspreche, nochmals mit den Berufsschauspielern zu sprechen.
Es wird erneut debattiert und kalkuliert. Auch die Position der professionellen Theatermacher kann man dabei verstehen.

Sie sehen dieses Projekt als Prozessorientierten Versuch und wehren sich gegen Zeitdruck und Vorgaben. Ich stehe dazwischen. Als Projektleiterin bin ich zum einen für das Wohl unserer Leute, zum anderen für die Vertragserfüllung gegenüber der Geldgeber verantwortlich. Und die Sponsoren sitzen mir im Nacken. Sie drängen auf einen Premieren-Termin und einen Spielplan, damit sie diesen entsprechend vermarkten können.

Frust und Spannungen auf allen Seiten. Nachdem ausreichend Sponsorengelder zugesichert sind, sorgt ein Gerangel um den finanziellen Löwenanteil für zusätzlichen Zündstoff. Ursprünglich versprachen die Theatermacher, ebenfalls Sponsorenmittel einzubringen, um gemeinsam die Kosten zu decken. Nun ist das Gegenteil der Fall.
Von Seiten des Regionaltheaters fließt kein Cent in das Projekt. Alle Beteiligten, der Intendant, der Verwaltungsleiter, der Regisseur und die Schauspieler scheinen offenbar nur daran interessiert zu sein, möglichst viel von der Projektsumme für ihr Haus zu verbuchen. Zumindest empfinden wir dies so und werten den Kostenvoranschlag aus dem Theaterhaus als überzogen hoch. Wir geben uns deshalb alle Mühe, die Ausgaben für Regie, Dramaturgie, Technik, Ausstattung und den Stundensatz der Schauspieler so weit zu senken, dass die Qualität nicht darunter leidet.
Dies führt wiederum zu Schwierigkeiten, denn unsere Partner weigern sich strikt, bei den Produktionskosten zu sparen. Unser Anliegen, eine Theater AG im Anschluss an die Tournee anzubieten, wird auf Eis gelegt. Als Grundstock hierfür möchte ich ein finanzielles Polster aus den Sponsoringmitteln schaffen. Denn unsere Schauspieler verkraften es nicht, wenn der Vorhang plötzlich für immer fällt. Es muss also sensibel gearbeitet und vorausschauend geplant werden.
Doch zunächst entwickelt sich die Lage äußerst prekär. Es ist keine Lösung in Sicht. Zu verschieden sind die Partner und die

Ziele, zu hoch die Erwartungen und der Druck, der auf dem Projekt lastet, zu stark die menschlichen Enttäuschungen. Die anfängliche Sympathie hat sich ins Gegenteil verkehrt.

Zähneknirschend gehen alle Beteiligten der Produktion schließlich in die letzte Phase. Das Stück steht noch nicht, und auch die Rollen der einzelnen Schauspieler sind weiterhin unklar. Bei den wöchentlichen Treffen werden stets neue Szenen gespielt, zu denen die Magdalenenwalder keinen Bezug herstellen können. Erschwerend kommt dazu, dass die Profis Interviews machen und die Aussagen ihrer behinderten Mitspieler filmisch dokumentieren. Diese reagieren verunsichert und können nicht nachvollziehen, weshalb die Fragen zu ihrer Person und ihrem Leben dem Stück dienen sollen. Vor den Sponsoren und den vielen regionalen und überregionalen Journalisten, die überaus stark am Verlauf des Projekts interessiert sind, herrscht jedoch eitel Sonnenschein. Niemand kann sich im Entferntesten vorstellen, was hinter den Kulissen gespielt wird.

Ich muss handeln und schildere unsere Lage, die demnächst zu eskalieren droht, der Chefin. Sie reagiert zunächst gelassen und schaut mich scheinbar emotionslos an. Da sie zu den Vorfällen nichts sagt, bitte ich eindringlich darum, das Theatervorhaben nochmals zu überdenken, bevor es zu spät dafür ist:
„Vielleicht waren unsere Erwartungen einfach zu hoch. Beide Seiten sind heillos überfordert. Unsere Behinderten streiken. Es wäre besser, die ganze Sache rechtzeitig zu stoppen."
Jetzt reagiert sie:
„Auf gar keinen Fall wird das Projekt gestoppt. Das Interesse daran von allen Seiten ist viel zu groß. Es muss zu Ende gebracht werden, und zwar erfolgreich, egal, was passiert. Das müssen Sie hinbekommen, Frau Maas!"
Die Frau des Ministerpräsidenten, Ländräte, Abgeordnete und weitere Promis reisen an. Menschenmassen drängen sich vor

der historischen Theaterscheune in dem kleinen Dorf.
Punkt neunzehn Uhr wird die Tür geöffnet, und der Run auf die Abendkasse beginnt. Im Nu sind die wenigen frei verkäuflichen Karten für die Premiere weg. Wer keine Karte für die Erstaufführung mehr ergattern konnte, sichert sich gleich ein Billet für die folgenden Tage. Innerlich total angespannt, nehme ich zwischen zwei fülligen Besucherinnen in der dicht besetzten Theaterscheune Platz und drücke die Daumen so fest, bis sie schmerzen. Dann geht das Licht aus. Musik setzt ein, der rote Vorhang hebt sich. Mir wird so heiß, als stünde ich selbst da vorne auf der Bühne im Rampenlicht. Doch das Zittern und Bangen ist völlig unnötig. Unsere Magdalenwalder Schauspieler sind großartig, tragen souverän ihren Text vor, gehen in ihrer Rolle völlig auf und wachsen über sich selbst hinaus.

Es wird ein Riesenerfolg. Das Stück ist ergreifend, verzichtet auf den moralischen Zeigefinger und hat einen ausgewogenen Anteil zwischen ernsten Botschaften, Parodie und Witz. Jeder einzelne der Schauspielerinnen und Schauspieler fasziniert die Zuschauer. Sie haben enorm viel geleistet und strahlen solch ein Glücksgefühl und eine Freude aus, die sofort aufs Publikum überspringen und nachhaltig wirken. Ich bin so stolz und erleichtert. Rauschender Applaus. Ein Blumenmeer als Zeichen der Anerkennung und des Dankes. Umarmungen, Küsse, Freudentränen.
Der Intendant, der Dramaturg, der Regisseur, Thommi Lautenschläger und Regine Schwalbach-Saletzki beglückwünschen die Schauspieler. Schließlich drängt auch Gabriele Megerle auf die Bühne und strahlt ins Blitzlichtgewitter.

Nina, die am Eingang des Theaterfestsaals auf mich wartet, kann ihren Ärger über das Kokettieren dieser Personen nicht länger ertragen. Noch während wir uns von der Menschenmasse in den festlich geschmückten Raum schieben lassen, macht sie ihren angestauten Emotionen Luft.

„Franka, was sagst Du dazu?! Diejenigen, die mit dem Stück und unseren Schauspielern nicht das Geringste zu tun hatten, drücken sich jetzt in die erste Reihe und schreiben sich den Erfolg zu. Schau doch mal, wie die an der Prominenz kleben. Das ist echt widerlich. Und Du stehst ganz hinten und machst den Eindruck, als ginge Dich das gar nichts an und als alles wäre in bester Ordnung. Du bist nicht mal auf die Bühne gegangen, als Initiatorin und Organisatorin des Projekts. Wenn Du nicht gewesen wärst, gäbe es das Ganze hier gar nicht."

„Ich hab absolut keine Lust, mich auch noch nach vorne zu drängen, nach allem, was passiert ist. Außerdem will ich mich jetzt nicht ärgern. Das Stück war viel zu ergreifend und wunderschön. Das ganze Thema Regionaltheater, wie die sich hier finanzieren und bezuschusst werden, gehört schon längst mal unter die Lupe genommen. Lobby hin oder her. Ein prima Stoff für ein Buch. Ich finde aber, wir sollten jetzt erst mal feiern und auf unsere Schauspieler stolz sein. Die haben es nämlich verdient. Denk an den Liedtext von Freddie Mercury und Elton John: *The show must go on*".

11

Samstagnachmittag, halb drei. Hartnäckiges Schmuddelwetter erleichtert die Entscheidung, das Wochenende im trauten Heim zu verbringen. Doch ein Anruf durchkreuzt meine Pläne. Christoph Steidle ist am Apparat.

„Hallo, Franka, wie wärs mit Kaffee und Muffins am Kachelofen?"

„Klar doch! Bist Du länger im Land, oder ist der Kaffee nur heute zu haben?" will ich wissen.

„Wenn Du gleich zu mir ins Forsthaus kommen könntest, wäre das prima. Morgen ist bei uns ein großes Family-Fest angesagt. Dienstagabend flieg ich schon wieder zurück", sagt er.

„Wenn mich meine Jungs nicht killen, weil ich heute mit ihnen basteln wollte, komm ich nachher bei Dir vorbei. Ist der Kaffe um vier fertig? Dann bring ich frisch gebackenen Kuchen mit. Deine Muffins sind bestimmt aus der Tüte", sage ich fröhlich und ziehe mir böse Blicke meines Sohnes zu.
Kaum aufgelegt, meint Mick entrüstet:

„Mama, ich find das echt unmöglich. Wir backen zusammen meinen Lieblingskuchen, und Du nimmst den einfach zu irgendwelchen fremden Leuten mit."

„Also, erstens nehm ich nur ein kleines Stück mit, und zweitens sind das keine Fremden, die ich besuche. Es ist ein Freund, der gerade aus Kanada kommt. Wir backen morgen einen neuen, okay?" versuche ich Mick zu trösten.

Auf der Fahrt nach Wabenstetten holen mich die alten Bilder wieder ein. Die Begegnungen mit Richard Johannsen, unser Spaziergang, das Forsthaus, mein erstes Treffen mit Christoph Steidle. Seit unserem letzten langen Telefonat, als er mir unvermittelt das Du angeboten hat, zähle ich ihn zu den Menschen, die man als Freund bezeichnet.

Christoph hat seine noble Blässe gegen eine frische Waldarbeiterbräune eingetauscht. Auch wirkt er etwas kräftiger. Das Klima in Kanada scheint ihm gut zu tun. Mit verschmitztem Lächeln begrüßt er mich an der Tür des Forsthauses, an der nach wie vor das Messingschild von Richard Johannsen prangt.

„Du bist aber pünktlich. Komm schnell rein, Franka. Das ist ja das reinste Hundewetter", sagt er und geht in den Flur. Es ist zwar etwas düster, aber wohlig warm im Haus. Christoph scheint tatsächlich den Ofen beheizt zu haben. Mit ausladenden Schritten geht er voraus in die Küche. Ich hänge rasch den Mantel an die Garderobe, folge ihm und stelle den Korb mit dem Kuchen auf die Anrichte.

„ Hast Du den wirklich selbst gebacken?" fragt er, während er den Kaffee in eine Thermoskanne füllt.

„Ja, heute morgen. Aber fairerweise muss ich gestehen, dass er in Koproduktion mit meinem Sohn entstanden ist. Deshalb muss uns auch ein halber Kuchen reichen. Aber Du siehst eh kein bisschen verhungert aus, eher beneidenswert gut erholt. Machst Du eigentlich nur Urlaub in Kanada, oder siehst Du die Uni auch ab und zu von innen?" witzele ich.

Er lacht.

„Also, ich fasse das mal als Kompliment auf. Du liegst nicht ganz falsch. Es geht mir seit ein paar Wochen wieder richtig gut. Ich bin viel draußen auf einer riesigen Farm, mach dort ein dreimonatiges Praktikum und würde am liebsten verlängern."

Christoph erzählt, wie ihn das Studium fordert und was er privat dort so alles erlebt. Wir sind uns erstaunlich vertraut, vielleicht, weil uns ein gemeinsamer Bekannter verbindet oder weil ganz einfach Ausstrahlung und Aura stimmen.

Jedenfalls wirkt diese Umgebung hier auf mich wie ein Ventil, durch das der ganze aufgestaute Druck entweichen kann, als er mich nach Neuigkeiten fragt. Dass Christoph integer ist, die Einrichtung kennt, aber nichts mehr mit ihr zu tun hat, ist dabei von Vorteil. Es ist sehr befreiend, endlich mal all das erzählen zu können, was mich seit Monaten belastet.

„Weißt Du, Christoph, in letzter Zeit frage ich mich immer öfters, warum ich das eigentlich mache. Es wird mit zunehmend härteren Bandagen gekämpft, und ich kann daran rein gar nichts ändern. Was den Fall Richard betrifft, bin ich noch nicht weiter, als ich Dir am Telefon erzählt habe. Es gibt weder einen Nachweis für einen unnatürlichen Tod noch handfeste Beweise für seine Vermutungen hinsichtlich Magdalenenwald. Trotzdem hat mich der Ehrgeiz gepackt. Ich muss einfach mehr über die dunklen Machenschaften herausfinden, von denen nur ein ganz kleiner Kreis weiß. Ich bin Dingen auf der Spur, von denen Richard vermutlich mehr wusste, als er mir erzählt hat. So ist beispielsweise die Betreuungssituation durch den Personalmangel nicht nur skandalös, sondern auch illegal. Und diejenigen, die dies offen anprangern, verschwinden nach kurzer Zeit auf nimmer Wiedersehen aus der Einrichtung. Mit dem neuen Stil des Managements gehen langsam aber sicher die letzten Werte kaputt. Und das Schlimmste ist, dass dies alles zu Lasten der Betreuten geht".

Christoph schenkt Kaffee nach und fragt:
„Fällt denn keinem auf, was da los ist und wie mit den Mitteln umgegangen wird?"
„Doch, schon. Über vieles regen sich die Mitarbeiter zwar auf, aber außer einer schlechten Allgemeinstimmung erreichen sie damit nichts. Die Vereinsmitglieder und Verwaltungsräte bekommen das alles nicht mit. So werden beispielsweise bei jedem Umzug, speziell von den Mitarbeitern der Verwaltung, die Büros komplett mit modernstem Mobiliar ausgestattet. Die gebrauchte Einrichtung wird als Sondermüll entsorgt. Sachspenden werden mit Ausnahme von neuer Kleidung gar nicht erst angenommen. Ständig stehen große Karossen von hoch bezahl-

ten Beratern auf dem Hof. Das Resultat dieser Fachleute sind dann Analysen und Empfehlungen, die einen aufwändigen Schulungsbedarf und teure Anschaffungen nach sich ziehen. Vieles wissen die meisten aber gar nicht. Es ist sicher nicht bekannt, dass luxuriöse Vergnügungstouren - als Geschäftsreisen deklariert - an der Tagesordnung sind. Ich glaube, keiner der Vereinsmitglieder hat wirklich Einblick in die Transaktionen und weiß Bescheid über riskante Aktiengeschäfte, die Beteiligungen an diversen Unternehmen oder deren Übernahmen. Und sicher kennt auch keiner dieser Leute die Geldbewegungen in der Stiftung. Damit kann man auch die Geschäftsbilanz nicht real nachvollziehen."

„Das wäre in der freien Wirtschaft undenkbar. Dieser Vorstand kann sich nur halten, weil es sich um einen sozialen Verein handelt und keine unabhängige Aufsichtsbehörde diesen Verein prüft. Wer sitzt denn gerade an der Spitze?" will Christoph wissen.

„Vorstand ist Regine Schwalbach-Saletzki. Aber eigentlich sind es drei Frauen, die sich das Regiment teilen. Ines Ringelnatz, die kennst Du sicher noch als Psychologin, und Gabriele Megerle. Rücken-deckung bekommen sie von Frau Falk, die einen großen Wohnbereich leitet, und einer älteren Kollegin von der Hauswirtschaft. Die kennst Du sicher auch beide noch."

Mein Gegenüber hört aufmerksam zu, pickt ab und zu ein paar Kuchenkrümel mit den Fingern auf und steckt diese genüsslich in den Mund. Er bemerkt, dass ich zögere und ihn mit meinen Geschichten nicht langweilen will, denn er sagt:

„Erzähl weiter, Franka. Ich finde das höchst spannend."

„Okay, aber ich werde Dir Einzelheiten ersparen. Die größte Peinlichkeit ist momentan das Thema Internet. Gabriele Megerle sollte dafür eine Prioritätenliste anfertigen. Zunächst ließ sie auf alle Broschüren und das Briefpapier die Internet-Adresse drucken. Der Internet-Auftritt lässt aber seit knapp einem

Jahr auf sich warten. Das heißt, jeder Internetbesucher findet eine leere Seite vor. In der Umsetzung der Website sollen das Fundraising und die Spendenprojekte an letzter Stelle stehen. Und das, obwohl ich ihr eindringlich erklärt habe, wie wichtig Online-Spenden für uns ist."

Mein Mund fühlt sich ganz trocken an. Ich bitte Christoph um ein Glas Wasser. Als er mit Flasche und Gläsern aus der Küche zurückkommt, fragt er:
„Kannst Du Deine Chefin denn nicht mit diesen Fakten konfrontieren? Selbst wenn die Frauen befreundet sind, müsste sie dies doch ernst nehmen. Irgendwann lässt sich das ja nicht mehr verbergen. Und das kann dann ernste Folgen haben."
„Das dachte ich auch und hab es versucht. Aber bislang vergeblich. Mir ist das nämlich echt wichtig, weil ich mich für unsere Spenden mit verantwortlich fühle. Wenn Finanzmittel für solch fragwürdige Zwecke verpulvert werden, kann ich nicht guten Gewissens weiterhin um Spenden bitten. Denn auch an der korrekten Verwendung der Mittel hapert es gewaltig. Ich will es an einem Beispiel erklären: Schon vor zweieinhalb Jahren haben wir um Finanzspritzen für zwei große Bauprojekte gebeten. Die Spendenaufrufe waren ein großer Erfolg und haben über eine Million Euro eingebracht. Bis heute ist aber kein Spatenstich erfolgt. Wenn ich die Chefin daraufhin anspreche, hat sie stets eine Erklärung dafür, warum sich die Sache verzögert. Einmal hat sich das Nutzungskonzept eines Wohnhauses gerade geändert oder die Pläne des Architekten müssen nochmals überarbeitet werden oder …
Fakt ist jedoch, dass wir mit einem ganz bestimmten Anliegen geworben und dafür Geld bekommen haben, sich aber nun das Projekt, das heißt der Verwendungszweck, zu ändern scheint. Eine seit Jahren leer stehende Lagerhalle sollte zu einer Begegnungsstätte für unsere Betreuten umgestaltet werden. Baukosten eine Million Euro. Durch unsere Bemühungen bei Stif-

tungen, Spendern und Sponsoren kam der Löwenanteil der Summe bereits zusammen. Doch auch hier wird das Vorhaben ständig vertagt. Seit ich massiv Druck mache, schlägt mir eisiger Wind entgegen. Im Zwiegespräch mit der Chefin bügelt sie meine Kritik ab und kündigt stattdessen ein Coaching an. Du siehst also, dass es viel Anstrengung kostet, nicht alles hinzuwerfen."

Christoph seufzt. Er dehnt seinen muskulösen Oberkörper, steht langsam auf, geht zum Ofen und legt drei Holzscheite nach. Dann kommt er zurück und sagt, während er sich wieder auf seinen Stuhl setzt: „Du hast mein vollstes Mitgefühl. Und ich finde es klasse, dass Du nicht aufgibst. Das, was ich Dir jetzt erzähle, trägt vielleicht auch ein bisschen dazu bei, nicht klein beizugeben und etwas gegen diese Sorte Mensch zu unternehmen."

Mit seinen großen bernsteinfarbenen Augen schaut er mich seltsam traurig an und sagt in gedämpftem Tonfall:

„Ich hab vor zwei Wochen einen Anruf von der Schwester meines Freundes Martin bekommen. Martin, von dem ich Dir erzählt habe und der als Zivi von dem Personalchef sexuell belästigt wurde, hat sich das Leben genommen. Er war kurz vor seinem Psychologie-Diplom. Es ist für alle, die ihn kannten, ein großer Schock. Deshalb bin ich jetzt auch hier. Wegen der Geburtstagsfeier meiner Großmutter wäre ich nicht extra gekommen, aber ich möchte die Familie meines Freundes besuchen. Ich wollte Dir das nicht am Telefon sagen, es…", er bricht ab, steht auf und geht zur Ofenbank.

Dort liegt ein dunkelgrauer Wolltroyer, den er sich jetzt um die Schultern bindet.
Christoph schiebt seine Hände in die Jeanstaschen und geht ein paar Schritte im Zimmer auf und ab.
Schließlich setzt er sich neben mich.

Nach einer Weile des Schweigens, in denen jeder seinen Gedanken nachhängt, frage ich zaghaft:

„Weiß man, warum er das getan hat? Gibt es irgendeinen Hinweis, einen Abschiedsbrief?"

„Nein, nichts. Martin war immer schon ein introvertierter Mensch. Er war gefühlstief und melancholisch. Wegen der Depressionen hatte er sich ärztlich behandeln lassen. Seine Angehörigen dachten, er sei in letzter Zeit stabiler gewesen. Niemand kann sich vorstellen, was der Auslöser für diese Kurzschlusshandlung war", antwortet Christoph nachdenklich und sagt nach einer kurzen Pause:

„Ich mach mir ziemliche Vorwürfe, dass ich mich auf seine letzte Postkarte hin nicht mehr bei ihm gemeldet hab. Es ist jetzt fast ein halbes Jahr her, als er mir ein paar Zeilen geschrieben hat. Auf der Karte stand, dass er nach Marburg umgezogen sei. Seit ich in Kanada bin, beschränkte sich unser Kontakt auf wenige Kartengrüße. Wenn ich für ein paar Tage in Deutschland war, hat sich leider nie ein Treffen ergeben. Mein Leben war immer so ausgefüllt. Blödsinn, das ist jetzt alles nur eine Ausrede. Ich hätte mich melden müssen, schließlich mochte ich ihn wirklich sehr gerne. Ich hab ihm das nie gesagt."

Ich schweige und gieße noch etwas Wasser in mein Glas, denn im Trösten bin ich nicht gut.
Schließlich frage ich vorsichtig:

„Weißt Du eigentlich was aus dem Magdalenenwalder Personalchef geworden ist?"

„Nein. Hab seitdem mit Martin nicht mehr darüber gesprochen und auch sonst nichts mehr davon gehört. Hoffentlich hat er eine saftige Abreibung bekommen. Oder etwa nicht?" fragt Christoph.

Die Farbe kehrt in sein Gesicht zurück, und seine Augen beginnen zu glänzen.
Das beklemmende Gefühl löst sich langsam, und deshalb fahre

ich fort:

„Das Perverse an diesem Fall ist nicht nur Lossmann selbst, sondern auch die Fortsetzung der Geschichte. Stell Dir vor, dieser Mensch hat wieder eine leitende Position in einem Sozialverein bekommen, gerade mal dreißig Kilometer von Magdalenenwald entfernt. Er ist jetzt sogar besser dotiert und hat noch mehr Einfluss. Dort hat er wieder mit Schutzbefohlenen und Zivis zu tun. Der kann also genauso weitermachen wie vorher, und niemand schreitet ein. Mir kommt immer die Galle hoch, wenn ich in der Zeitung über diesen angeblich integeren Menschen lese und auf dem Foto in das grinsende dicke Gesicht schaue. Der genießt öffentliches Ansehen, ist politisch aktiv und kandidiert sogar für einen Gemeinderatsposten. Der führt sich so selbst bewusst auf, dass man an seinen Neigungen und den Vorfällen beinahe zweifeln möchte."

„Wenn sich dieser Mensch so sicher fühlt, hat das einen Grund", erwidert Christoph.

„Ich versteh nicht, auf was Du hinaus willst", gebe ich zurück.

„Überleg doch mal. Viele Leute in gehobener Position in Magdalenenwald wussten von den pädophilen Anlagen Lossmanns. Trotzdem wurde er nicht abgestraft, sondern nach oben gelobt. Also muss ein Netzwerk dahinter stecken. Ohne Rückendeckung von oben wäre der nie die Treppe raufgefallen. An der Spitze des Vereins steht Wegmeier, dann gibt es da noch weitere Herren, die bei solchen Personalentscheidungen ein Wörtchen mitreden. Deshalb liegt doch nahe, dass es sich bei Lossmann nicht um einen Einzelfall handelt. Vielleicht ist er in guter Gesellschaft mit weiteren Amts- und Würdenträgern, die allesamt die gleichen Ziele verfolgen. Immer wieder werden ja Fälle aufgedeckt, in denen namhafte Personen des öffentlichen Lebens in Ekel erregende Dinge verstrickt sind. Vom Mädchenhandel angefangen, über Missbrauch von Kindern und Jugendlichen bis hin zur organisierten Kinderpornografie reicht da die Palette."

„Denkbar wäre natürlich, dass Richard genau diesem auf der Spur war und in ein Wespennest gestochen hat. Weshalb sonst hatte er auf einen Notizzettel in einem Märchenbuch die Telefonnummer von Wegmeier gekritzelt? Vielleicht wollte er ihn mit seinen Entdeckungen konfrontieren. Oder er hat es sogar getan. Nur mal angenommen, er hat Wegmeier angerufen, könnte es doch sein, dass dieser oder Lossmann oder beide zusammen Richard einen Besuch abgestattet haben. Vielleicht hat Richard auch mit Beweismaterial gedroht. Weshalb sonst hätte er mir erzählen sollen, dass er ganz nah dran ist, die Beweise zusammenzuhaben."

Mir wird ganz heiß vor Aufregung.
„Aber wie erklärt sich dann der Sturz hinter dem Haus? Ist doch eigentlich nicht logisch", spinne ich meine Ahnung weiter.
„Doch, das könnte schon sein. Stell Dir mal vor, einer dieser Menschen ist um das Haus geschlichen - meine Mutter hat ja gesagt, ein Auto sei sehr langsam und ohne Licht bei Dunkelheit vorbeigefahren –
und Richard hat etwas gehört, dann ist er doch sicher aus dem Haus gekommen."
„Weshalb ist er dann hinter dem Haus die Kellertreppe hinabgestürzt?"
„Es ist rein hypothetisch, was ich da sage. Aber es könnte gut möglich sein, dass jemand versucht hat, in den Keller einzudringen. Oder er wollte im Schutz der Dunkelheit durch ein Fenster ins Hausinnere spähen. Es ist auch möglich, dass derjenige Richard ganz bewusst aus dem Haus gelockt hat. Bei der Dunkelheit und der steilen Steintreppe genügt ein leichter Stoß. Das würde auch erklären, weshalb das Auto mit so hoher Geschwindigkeit nach ein paar Minuten wieder wegfuhr. Ich werde mich morgen mal genauer im Haus umsehen. Vielleicht stoße ich doch auf irgendwas, das uns weiterhilft."

12

Es gibt Gesetzmäßigkeiten im Leben, auf die man sich so sicher verlassen kann wie auf das Amen in der Kirche. So ist einer der effektivsten Wege, Neuigkeiten rasch unter die Leute zu bringen, sie vertraulich und unter dem Siegel der Verschwiegenheit weiterzugeben. Nach diesem Prinzip verbreitet sich auch der jeweils aktuelle Stand der Fusionsverhandlungen in Magdalenenwald. In den vergangenen Tagen wurde gemunkelt, man finde keine geeignete Gesellschaftsform für die beiden Unternehmen. Dann wieder stellten die verschiedenen Abrechnungsmodelle und Personalsysteme beider Einrichtungen ein schier unlösbares Problem dar. Jetzt heißt es, die Fusion sei definitiv geplatzt. Und das Machtgerangel in der Vorstandsetage sei dafür verantwortlich, dass der Zusammenschluss nicht zustande kommt. Regine Schwalbach-Saletzki konnte ihren Willen nicht durchsetzen, unterlag letztlich dem größeren Sozialkonzern.

In einer Info-Veranstaltung für Mitarbeiter überdeckt sie ihre persönliche Niederlage mit einem positiven Ausblick.

„Die Fusion kommt nicht zustande. Zu verschieden waren die Modelle. Nach juristischer Prüfung und Abwägen aller Möglichkeiten ist es aus finanziellen Gründen nicht möglich, diese Systeme einander anzugleichen. Wir werden also selbstständig und unabhängig mit einem guten Leistungsangebot für unsere Betreuten gestärkt in die Zukunft gehen. Denn vieles ist in den letzten Monaten erreicht worden, durch Ihre Unterstützung. Alle Anstrengungen hierfür waren nicht umsonst. So wollen wir in Teilbereichen zusammenarbeiten, einzelne Bereiche vernetzen, Kräfte bündeln…"

Die Krönung dieser Ansprache gipfelt in der Aussage:

„Günther Wendisch wird für weitere drei Monate als kommissarischer kaufmännischer Vorstand unserer Einrichtung treu bleiben, bis die Stelle eines Nachfolgers besetzt ist."

Nicht nur Ines Ringelnatz und Gabriele Megerle atmen auf. Fast alle waren gegen die Fusion. Sie hatten Angst vor der Zukunft. So herrscht jetzt allgemeine Erleichterung unter den Mitarbeitern.

Nur eine Person an der Spitze der Einrichtung ist alles andere als zufrieden: Regine Schwalbach-Saletzki. Sie, die kinderlose Karrierefrau, die Attribute wie ewige Jugendlichkeit, Fitness, Ausdauer und Erfolg zum Mittelpunkt ihres Lebens macht, braucht nun dringend ein neues Bestätigungsfeld. Sie muss ihr angekratztes Ego rasch aufpeppeln. Eiweißdrinks und Adreanlin-Schübe in den Sportclubs reichen dafür nicht aus. Nur der berufliche Erfolgskick hilft jetzt, die Wunden zu heilen. So bastelt sie an einer raffinierten Idee. Das Resultat ist verblüffend einfach und gibt ihr ein ungemein gutes Gefühl. Und sie muss gar nicht viel dafür tun.

Bevor es konkret darum geht, die Stelle des kaufmännischen Vorstands neu auszuschreiben, verändert sie die Machtverhältnisse. Dadurch werden die Befugnisse des künftigen Kollegen schon im Vorfeld geschmälert. Alle wichtigen Bereiche, sogar die Mittelbeschaffung, die normalerweise nirgendwo anders, als auf kaufmännischer Seite angesiedelt wird, bekommen eine neue Zuordnung. Sie werden jetzt direkt ihr unterstellt. Der neue Kollege wird eher als Verwaltungsleiter, denn als Vorstand agieren. Um etwaigen Missverständnissen vorzubeugen und die neue Funktion gleich deutlich zu demonstrieren, lässt sich Regine Schwalbach-Saletzki zur Vorstandsvorsitzenden ernennen. Somit hat sie die alleinige Entscheidungsgewalt. Gegenüber den Verwaltungsräten klingt die Erklärung pausibel:

„So etwas darf nicht mehr passieren. Eine Ära Mittelstädt und Co wird es in Magdalenenwald nicht mehr geben."

Überzeugt hat dies die Mitarbeiter jedoch nicht. Viele fragen sich, wie lange es Magdalenenwald unter dieser Konstellation überhaupt noch geben wird. Doch der Alltag lässt nicht viel Zeit zum Nachdenken. Es gibt viel zu tun.

Günther Wendisch gibt sein Bestes. Unter großen Anstrengungen wird für Mittel gesorgt, zur freien Verwendung, versteht sich. Nach einem neuen Erlass müssen die gewonnenen Spenden und Fördergelder für ein bestimmtes Projekt, beispielsweise die Ausstattung einer Wohngruppe, innerhalb eines Wirtschaftsjahres abgerufen und umgesetzt worden sein. Was in diesem Zeitraum nicht verbraucht worden ist, wird anderweitig verwendet. Da dies noch nicht überall bekannt ist, haben die Projektleiter das Nachsehen. Problematisch ist dies vor allem auch deshalb, weil Bußgelder, die einem bestimmten Projekt zugute kommen sollen, oft noch lange über das Wirtschaftsjahr hinaus eingehen.

Dies ist ein klarer Verstoß gegen die Zweckbindung der Mittel. Ich erfahre davon nach meinem Urlaub und bitte um einen Termin mit beiden Vorständen.

„Leider ist das momentan nicht möglich, Frau Maas. Frau Schwalbach-Saletzki fährt in zwei Wochen in die Ferien, und bis dahin hat sie viele Auswärtstermine und ist kaum im Haus. Versuchen Sie es danach wieder", teilt die Chefsekretärin mit.

Aber auch dann hat sie keinen Termin für mich frei. Es ist vielleicht besser, die Anliegen schriftlich zu unterbreiten. Gedacht, getan. Doch auf eine Reaktion warte ich vergebens.

Wendisch hat mittlerweile ohne offizielle Verabschiedung die Einrichtung verlassen. Nun ist Regine Schwalbach-Saletzki alleinige Vorstandsvorsitzende ohne weitere Vorstände an ihrer Seite. Die Stelle des Kaufmännischen Vorstands und des Controlers bleiben unbesetzt. Es erfolgt keine Ausschreibung, und die eingesparten Personalkosten werden in doppelter Höhe an externe Berater ausgegeben. Die Mitarbeiter beschäftigt derweil die Frage:

„Ja, geht denn das überhaupt, Vorstandsvorsitzende ohne Vorstand?"

Hartnäckigkeit führt irgendwann zum Ziel. So ist heute endlich Gertrud Bloch am Telefon und teilt einen Termin mit, besser gesagt, einen ungefähren Termin. Alle geplanten Gesprächstermine bei der Chefin erfolgen stets auf Abruf. Wenn beispielsweise um halb zwei ein Meeting ansteht, kommt mit Sicherheit zuvor ein Anruf von Frau Bloch mit immer demselben Wortlaut:

„Frau Schwalbach-Saletzki ist gerade gekommen, jetzt muss sie aber erst zu Mittag essen. Ihr Termin verschiebt sich also um etwa eine Stunde. Halten Sie sich dann bitte bereit."
Da sich das immer so verhält, richte ich mich gedanklich schon darauf ein und verplane die Zeit anderweitig. Auf Abruf sitze ich am Computer. Zehn Minuten vor drei dann das Klingelzeichen. Ich kann kommen. Mit Notizblock und Stift bewaffnet, ein dickes Paket unpopulärer Anliegen im Gepäck, marschiere ich stramm Richtung Vorstandsetage.

Die Atmosphäre ist eisig. Das gewohnte Strahlen im Gesicht der Chefin ist wie weggeblasen. Auch die Solariumbräune scheint verblasst. Tiefe Falten zeichnen sich auf der Stirn und zwischen den Augen ab. Die Wangen sind eingefallen. Das Kinn tritt stark hervor. Sie wirkt noch hagerer als sonst. Mit ernster Miene und kaltem Blick erklärt sie:

„Frau Maas, ich habe eine Beschwerde aus dem Kreis der Verwaltungsräte bekommen. Es betrifft die Spenderzeitung. Sie kommt schlecht an. Und ich muss sagen, die Kritik ist berechtigt. Sie ist zu aufwändig. Ich möchte daher, dass Sie den Umfang um die Hälfte reduzieren und die Farbe weglassen. Außerdem muss das Papier dünner und das Format kleiner werden."

Auf meine Hirnströme ist Verlass. Sie signalisieren dem Sprechzentrum: Gelassen bleiben und ruhig antworten.
„In Ordnung, ich werde mit der Agentur sprechen, was sich da machen lässt. Das dürfte nicht schwierig sein. Aber ich hab

da ein paar Anliegen, die ich Ihnen ja schon schriftlich mitgeteilt habe und die wir jetzt dringend besprechen müssen. Es geht um den Baubeginn der beiden Großprojekte. Seit nun bald drei Jahren wird der Projektstart verschoben. Ich kann das nicht mehr vertreten. Wir haben eine Verpflichtung, die freiwilligen Zuwendungen entsprechend einzusetzen."

Sie unterbricht mich barsch und erklärt:

„Wir haben triftige Gründe dafür, dass noch nicht mit den Sanierungsmaßnahmen begonnen werden konnte. Das hab ich Ihnen schon mal gesagt, Frau Maas. Bitte nehmen Sie dies jetzt zur Kenntnis. Sie bekommen Bescheid, sobald die neuen Konzepte und Pläne dafür vorliegen. Ansonsten bitte ich Sie vorrangig um die Neugestaltung Ihrer Zeitung. Legen Sie mir die Entwürfe so schnell wie möglich vor. Frau Bloch kann diese entgegennehmen, falls ich außer Haus bin. Ich gebe Ihnen dann schriftlich Bescheid. Wann ist der nächste Spendenaufruf geplant?"

„In vier Wochen", antworte ich.

„Gut, dann eilt die Sache".

Mir bleibt die Spucke weg. Zu weiteren Punkten auf meiner Liste komme ich nicht mehr, denn die Chefin macht unmissverständlich klar, wie sie sich das Spendenmarketing künftig vorstellt.

„Ich habe Kontakte zu einflussreichen, sehr wohlhabenden Leuten aus dem Bauwesen und der Textilindustrie. Hier sind die Adressen. Bitte schreiben Sie diese an und unterbreiten Sie unsere Sponsoring-Möglichkeiten und die aktuellen Projekte. Ich erwarte einen Entwurf der Anschreiben bis heute Abend. Wir dürfen uns künftig weniger mit den Kleinspendern abmühen, sondern müssen uns auf die großen Fische konzentrieren. Auch im Bereich des Erbschaftsmarketings hoffe ich, dass Sie sich mehr als bisher engagieren. Ohne eine gewisse Aggressivität geht es eben nicht. Mit dem Schmusekurs kommen wir nicht weiter, Frau Maas. Setzen Sie sich möglichst rasch mit diesen Themen auseinander. Wir werden uns dann demnächst über Ihr Bereichs-Konzept unterhalten", erklärt sie, erhebt sich von ihrem Sessel und marschiert ins Vorzimmer.

„Auf Wiedersehen, Frau Maas."

Meine Kolleginnen und ich sind fassungslos.

„Jetzt hatten wir eine so gute Akzeptanz und einen Riesenerfolg mit diesem Blatt. Die Chefin hat es noch vor einem halben Jahr in den Himmel hoch gelobt. Wir haben die billigste Produktions-, Gestaltungs- und Versandform und holen jede Menge Geld rein, und nur wegen einer Beschwerde sollen wir alles kappen", regt sich Nina auf.

„Das alles hat einen anderen Grund", sage ich laut.

„Ich bin das Problem. Bin denen unbequem. Jetzt kommt die Mobbing-Schiene dran. Wenn es um die Zeitung an sich ginge, würde sie nicht die Farbe ansprechen, denn die ist ja bereits im Logo vorhanden und bindend. Wir können gar nicht ohne Farbe drucken. An die Beschwerde glaube ich auch nicht, denn das Jahresheft, das super-teuer produziert wird und kein Geld einbringt, müsste da viel eher kritisiert werden. Außerdem wäre sie keine Führungskraft, wenn sie unser ganzes Corporate Design wegen einer einzigen Beschwerde komplett ändern würde. Das wäre ja fatal. Zudem haben wir soviel Spendenzuwachs wie keine andere Einrichtung in ganz Deutschland. Glaubt mir, die wollen mich loswerden, die Spenden so einsetzen, wie es ihnen passt und später all das wieder einführen, was sie jetzt an den Pranger stellen. Jammern hilft aber nichts, wir müssen handeln. Antje, bitte mach mir einen Termin beim Chef unserer Werbeagentur für morgen oder übermorgen. Ich will zumindest, dass die sehen, wie schnell ihr durchdachtes Corporate Design, das wir teuer bezahlt haben, über den Haufen geschmissen wird. Fachlich und argumentativ sind das Topleute, vielleicht ist ja noch was zu retten, wenn die sich direkt mit der Chefin auseinandersetzen. Außerdem will ich das nicht so einfach hinnehmen."

Falsch gedacht. Zwar teilen die Bosse der Agentur meine Meinung, doch setzen sie andere Prioritäten. Der Kreativdirektor formuliert dies so:

„Sicher, Frau Maas, das ist sehr bedauerlich. Wir stimmen in allen Punkten mit Ihnen überein. Aber wenn die Vorstandvorsitzende es so haben will, müssen wir das respektieren. Deshalb werden wir dies ohne Wenn und Aber akzeptieren und die Zeitung entsprechend umgestalten."

Der erste Montag im Monat steht im Kalender. Ein gutes und ein schlechtes Ereignis bestimmen diesen Tag. Die gute Nachricht: Christoph ist am Telefon. Er kündigt seinen Besuch an. Übermorgen wird er da sein. Die schlechte Nachricht: Heute Nachmittag findet die all monatliche Tagung im Haus statt, die stets Anlass zu Ärger gibt. Wieder einmal bitte ich Antje, die aktuelle Jahresbilanz aller Einnahmen und Ausgaben grafisch darzustellen. Seit einem halben Jahr versuche ich, diesem Gremium das Fundraising mit Zahlen, Zielen und der Gesamtentwicklung vorzustellen. Doch jedes Mal steht der Tagesordnungspunkt als Schlusslicht auf der Sitzungsvorlage. Und jedes Mal wird er kurzfristig abgesagt. Das ist auch heute nicht anders. Gundolf Rommel erklärt knapp:

„Tut mir leid, Frau Maas, das Thema müssen wir leider vertragen. Wir kommen sonst mit der Zeit nicht hin."

Jeder der Teilnehmer bekommt mit der Einladung die Sitzungsvorlage, weiß also über die Tagesordnungspunkte Bescheid. Und keiner interessiert sich für das Thema Mittelbeschaffung oder dafür, weshalb es immer wieder abgesetzt wird.

Nur mit Galgenhumor lässt sich dieser Zustand ertragen. So erwachen auch meine Kolleginnen aus der Kopf-in-den-Sand-Lethargie. Nina erzählt von zwei Mitarbeitern, die sich auf dem

Klosterhof unterhielten, als der Pfarrer hinzukam.

„Der eine sagte gerade zum anderen: Unser Tun ist lauter Sägen. Antwortete der andere: Ja, aber von oben nach unten. Das steht bestimmt schon in der Bibel, oder nicht Herr Pfarrer? Der wusste sich nicht zu helfen und entgegnete: Segnen ist allein dem Herrn bestimmt."
Allgemeines Gelächter.

Das Lachen bleibt uns jedoch im Halse stecken, als Marie hereinkommt und mit bedeutungsvollem Gesichtsausdruck sagt:

„Wisst ihr, was mir gerade passiert ist?"
Ohne auf eine Antwort zu warten, spricht sie weiter:

„Bin gerade auf etwas gestoßen, das euch umhauen wird. Die Neue aus der Finanzabteilung hat mich gefragt, was es mit den Umbuchungen auf sich hat. Ich wusste nicht, was sie meint, und da hab ich nachgefragt. Da hat sie mir erzählt, dass die Zuschüsse einer Stiftung auf ein Sonderkonto gebucht werden. Auf diesem Konto ruhen auch die Spendengelder für den geplanten Umbau der Lagerhalle zur Begegnungsstätte. Der Verwendungszweck der halben Million Euro wurde jedoch umbenannt. Anstatt Begegnungsstätte ist nun Schulbau als Projektbezeichnung auf den Buchungen zu lesen. Was sich dahinter verbirgt, konnte sie mir leider auch nicht sagen."
Zu mir gewandt, fragt Marie:

„Franka, Du hast doch auch noch nichts von einem Projekt Schulbau gehört, oder?"

„Nein, sonst wüsstet ihr davon. Wir haben ja schon zwei große Schulgebäude. Und die Schülerzahlen in der Einrichtung sind so stark rückläufig, dass garantiert nicht erweitert wird. Der Trend nach mehr schulischer Förderung geht glücklicherweise sowieso in Richtung Integration. Das bedeutet, dass mehr Außenklassen eingerichtet werden. Wenn allerdings die Mittel für den Umbau der Lagerhalle plötzlich für ein anderes Projekt verwendet werden sollen, wäre das ein Indiz für vorsätzlichen

Betrug. Das würde natürlich auch erklären, weshalb die Chefin meinen Fragen zum Umbaubeginn der Lagerhalle immer wieder ausgewichen ist. Wir müssen der Sache auf den Grund gehen. Wie das am besten gelingt, weiß ich noch nicht."

Zwei Tage und Nächte, dann der Geistesblitz aus heiterem Himmel. Mir kommt ein Bekannter in den Sinn, der schon lange an der heimeigenen Förderschule unterrichtet. Als eingefleischter Single ist er sicher der Richtige für meinen Plan. Er hat viel Zeit, ist redselig und schlägt Frauen kaum eine Bitte ab. Ich suche nach einem Vorwand für meinen Überfall. Ein Pädagogen-Portrait für unsere nächste Spenderzeitungsausgabe könnte ein Anreiz für unsere Unterhaltung sein. Er springt darauf an. Eine gute Flasche Wein, ein Abendessen im Anschluss an den Dienst und etwas Geduld kostet es mich, bis sich das Geheimnis lüftet.

Seit sechs Uhr sitze ich mit dem Lehrer beim Italiener und warte auf einen geschickten Moment, um ihn zu löchern. Doch er ist zunächst mehr an Aperitif, Antipasti, der Weinkarte, meinem Privatleben und der flotten Bedienung interessiert. Wenn das so weitergeht, bin ich heute noch bankrott, denn die Spesen hierfür lassen sich nicht absetzen. Kurz nach acht ist es dann endlich soweit. In angeheitertem Zustand antwortet er auf meine scheinbar belanglose Frage, was es denn mit dem neuen Schulbau auf sich habe:

„Das ist ein ganz cleverer Schachzug von der Leitung. Und er kommt dieses Mal uns zugute. Eigentlich sollte ich Dir das gar nicht erzählen. Es ist ja noch nicht amtlich. Du darfst halt nichts in eurer Zeitung darüber schreiben", fügt er scherzhaft hinzu.

„Nein, wo denkst Du hin?" beruhige ich ihn ohne den leisesten Hauch von Gewissensbissen.

Als würde er ahnen, wie die Spannung in mir wächst, lässt er sich mit seiner Antwort Zeit, prostet mir mit glasigem Blick zu und schielt dabei unverschämt in meinen Ausschnitt.

„Es ist ein Phänomen, dass unser Staat gerade jetzt viel in die Reform der Bildungspolitik investiert. Jede Menge Geld gibt es für die Einrichtung von Ganztagesschulen. Und jeder fitte Schulleiter wird jetzt tätig. Logischerweise ist das auch bei uns so. Deshalb basteln wir an einem Konzept zur Ganztagesbetreuung. Bevor das allerdings bewilligt wird, müssen hieb- und stichfeste Argumente dafür geliefert werden und ein schlüssiges Raumkonzept her."

Er zieht eine Zigarette aus der Packung, zündet sie an und bläst mir den Rauch ins Gesicht. Ich bekomme einen Hustenanfall.
Mit heiserer Stimme bohre ich weiter:
„Weshalb ist denn für euch eine Ganztagesschule interessant? Ich dachte immer, die meisten schwer behinderten Schüler wären schon nach zwei Stunden Unterricht fix und fertig. Da wäre doch ein Ganztagesbetrieb die reinste Überforderung, oder nicht?"
„Klar, ist auch so. Aber darum geht es doch gar nicht, Franka. Interessant daran ist, dass wir endlich Mittel bekommen und neue Räume beziehen können. Wir haben dann viel mehr Platz als bisher. Okay, ich weiß schon, was Du jetzt gleich sagen wirst. Wir hätten doch bereits zwei große Schulgebäude mit Werk-, Bastel-, Computerräumen und so weiter - und das stimmt ja auch. Aber es ist halt schon ziemlich altes Gerümpel, und wenn man neue Räume kriegen kann…"

Er macht eine kurze Gedankenpause, bevor er weiterspricht.
„Du musst Dir vorstellen, dass es künftig richtig behagliche Zimmer zum Ausruhen, ein Café-Bistro, eine Halle für allerlei Kreatives und vieles mehr geben wird", schwärmt er. „Das gan-

ze zusätzliche Angebot wird ja nicht in den bisherigen Schulgebäuden stattfinden, sondern in der alten Lagerhalle nebenan. Die soll extra dazu umgenutzt werden, das heißt, die wird grundlegend für uns saniert. Und genial ist, dass es dafür richtig viel Geld geben soll, sagt zumindest die Chefin, und die weiß Bescheid. Schließlich war sie zusammen mit unserem Schulboss und Rommel beim Oberschulamt. Von dort kam wohl schon ein positives Signal. Zwei Millionen sollen dafür fließen. Das Ganze betrifft nämlich nicht nur den Unterricht. Die Schüler sollen nachmittags nicht mehr in den WGs betreut werden, sondern bei uns. Und wenn das alles in der Praxis nicht hinhaut, haben wir zum Nulltarif eine Menge Räume mehr. Die lassen sich auch ganz leicht wieder umnutzen", erklärt er sichtlich erfreut, bestellt noch ein Glas Wein auf meine Kosten, putzt umständlich seine Brille und beäugt eine Gruppe junger Frauen am Nachbartisch.

Es scheint, als hätte er das Thema beendet. Deshalb frage ich rasch nach den Personalressourcen.
„Das ist doch kein Problem. Es fallen dadurch viel weniger Betreuungsstunden in den WGs an, also gleicht sich das wieder aus. Ob die Erzieher in den alten Räumen Dienst tun oder in den neuen, die dann zur Schule gehören, ist doch egal", antwortet er knapp und wendet den Blick wieder in die andere Richtung.
Jetzt wird die Unterhaltung zäh, und auf das, was mich brennend interessiert, habe ich noch keine Antwort. Vorsichtig nehme ich den Faden wieder auf.
„Sag mal, weißt Du ganz sicher, dass die alte Lagerhalle für euer Ganztagesangebot genutzt wird? Die sollte doch zu einem Treffpunkt für alle in Magdalenenwald umgebaut werden. Ist das jetzt vom Tisch?" will ich wissen.
„Franka, ich denke, Du hast eine Stabsstelle und bist immer am schnellsten über alle News vom Vorstand informiert", gibt

er ironisch mit süffisantem Lächeln zurück.

Es scheint ihm Spaß zu machen, mich zu ärgern und auf die Folter zu spannen. Nach erneutem Blick zum Nachbartisch wendet er sich mir gnädigerweise wieder zu und sagt:

„Die Idee des Treffpunkts ist ja nicht schlecht, wird es aber so nicht geben. Es wird vielmehr eine Schulküche eingerichtet. Fremde Gäste und unsere Magdalenenwalder können sich ja im Café und im Speisesaal treffen, das wird ja auch bald alles aufs Feinste umgebaut."

Ich will nicht glauben, was er sagt. Es ist also wahr. Das Projekt, für das wir geworben und über eine halbe Million Euro Spenden gesammelt haben, wird tatsächlich nicht realisiert. Unsere Argumente, die alte Halle in einen Ort der Begegnung in dieser strukturschwachen Gegend zum Nutzen aller Bewohner Magdalenenwalds umzuwandeln, stellen sich als Lügengebilde heraus. Und alles nur wegen grenzenloser Profitgier. Vermutlich wird hier doppelt kassiert. Zum einen werden die Stiftungs-, Förder- und Spendengelder für die Umgestaltung des historischen Gebäudes in die Begegnungsstätte verwendet, zum anderen die öffentlichen Zuschüsse in Millionenhöhe für denselben Umbau in eine Ganztagesschule genutzt. Das bedeutet, das Objekt, um das es sich handelt, ist dasselbe, der Verwendungszweck der eingehenden Finanzmittel jedoch ein jeweils anderer. Anstatt des Treffpunkts entsteht nun ein erweitertes Schulangebot. Und das geplante Café-Bistro dient als schwammiger Puffer. Sofern sich ein Förderer nach dem Verbleib seiner Mittel, sprich der Realisierung des Projekts erkundigt, kann ein Café vorgewiesen und die abgespeckte Version als notwendige Maßnahme dargestellt werden.

Niedergeschlagen mache ich mich auf den Heimweg. Gerade als ich den Wagen rückwärts in eine Parklücke vor dem Haus bugsiere, kommt Arne mit dem Hund aus dem Haus gelaufen und ruft mir zu: „Franka, Christoph hat vor fünf Minuten angerufen. Er ist im Forsthaus und will Dir was zeigen. Offenbar hat er einen tollen Fund gemacht."

„Okay, ich fahr gleich hin", antworte ich.

„Warte nicht auf mich, kann spät werden", ergänze ich noch.

Arne bückt sich ins Wageninnere, gibt mir einen Kuss und sagt dabei: „Ziemlich spät war's auch das letzte Mal. Fahr vorsichtig."

Dieser Rat ist überflüssig. Ich kann mich jetzt nicht bremsen. Glücklicherweise sind um diese Zeit, es ist kurz nach neun, die Straßen auf dem Land ziemlich leer. Was er wohl gefunden hat? Das Haus war doch so gut wie leergeräumt. Gleich werde ich es wissen, in zwei Minuten bin ich da. Nur noch durch das Dorf, am Hof der Steidles vorbei, und da ist auch schon das Forsthaus, hell erleuchtet. Ich springe aus dem Wagen.

Christoph hat mich schon gehört und öffnet die Türe.

„Hallo, Franka, schon hier? Bist Du geflogen? Dein Mann hat gesagt, Du sitzt in einem schicken Ristorante und läst es Dir gut gehen."

Rasch trete ich ins Haus, werfe meine Jacke über einen Kleiderhaken an der Garderobe und antworte: „Ja, da war ich auch. Aber vergnüglich war's nicht. Erzähl ich Dir später. Jetzt sag schon, was hast Du gefunden?"

„Eine Metallkassette. Komm, ich zeig sie Dir", antwortet er und geht voraus ins Wohnzimmer, das einer Baustelle ähnelt. Dort deutet er auf den Holztisch. Mitten auf dem Tisch steht eine graue Kassette, so groß wie ein Schuhkarton.

„Was ist da drin?" will ich wissen.

„Setz Dich, Du wirst staunen", sagt Christoph und erhöht die Spannung, indem er betont langsam den Deckel der Kassette hebt.

Ich bleibe stehen, bin viel zu aufgeregt, um zu sitzen. Ein

Stapel Papiere und eine Videokassette kommen zum Vorschein.

„Was auf dem Band ist, kann ich nicht sagen, weil ich hier keinen Videorecorder habe. Aber die Papiere, die kommen mir bekannt vor. Schau mal", sagt er und schiebt die Papierbögen auseinander. „Das sind alles Kopien aus den Behindertenakten. Hier stehen die Namen. Die sind alle von unserer Wohngruppe", erklärt er, während ich mir die Papiere anschaue.

„Und hier wurden mit Kugelschreiber Kreise um die Zahlen gemacht. Richard hat also heimlich die Unterlagen kopiert, weil hier etwas nicht stimmt", stelle ich fest.

Christoph hält mir eine der DIN A 4-Seiten vor die Nase und sagt:

„Ich hab diese Berichte noch nie zuvor gesehen. Als Zivi hat man mit den Unterlagen nichts zu tun. Die werden bei der Bereichsleitung aufbewahrt. Aber wenn Du mich fragst, haben die Ziffern, die da eingekreist sind, mit den Eingruppierungen der Betreuten zu tun. Da oben wird die Person beschrieben, und hier unten steht die Diagnose und die Pflegestufe."

„Ja, und was hat das genau zu bedeuten?" frage ich.

„Die Pflegestufen stimmen nicht. Wer die Betreuten kennt und das hier liest, meint im falschen Film zu sein. Die sind viel zu hoch. Der Betreuungsaufwand ist in Wirklichkeit bei weitem nicht so groß wie hier angegeben", erklärt er.

„Das heißt, hier wird im großen Stil betrogen, um an höhere Entgelte zu kommen?" frage ich noch immer ungläubig.

„Genau", antwortet Christoph und fügt hinzu:

„Komisch ist nur, dass das nicht auffällt. Dies wird doch von einer unabhängigen Institution überprüft. Da ist ja auch ein amtlicher Stempel drauf."

„Ja, sicher, der Wohlfahrtsverband prüft", gebe ich zurück, und während ich spreche, fällt mir siedend heiß ein, was Marion gesagt hat.

„Die Prüfung nimmt ein Vetter von Gotthilf Wegmeier vor.

Christoph, das ist es. Zeig mal her. Was für ein Stempel ist auf den Bögen, und welcher Name steht da drauf?"

„Landeswohlfahrtsverband. Ludwig Schelling", liest er vor.

„Christoph, ich muss meine Bekannte, die Marion, anrufen. Die kann uns weiterhelfen. Sie kennt den Namen des Prüfers. Es ist erst kurz vor zehn. Da ist sie sicher noch nicht im Bett. Wo hast Du ein Telefon?" frage ich aufgeregt.

„Es gibt keinen Festanschluss hier, der ist abgemeldet. Nimm mein Handy", antwortet er.

Über die Auskunft erfahre ich die Telefonnummer, tippe die Ziffern ein und hoffe, dass Marion abnimmt. Sie meldet sich.

„Ja. Hallo?"

„Hallo, Marion, hier Franka. Sorry, dass ich noch so spät störe. Aber ich sitz hier gerade bei einem Freund, und wir kauen die Verbindungen und Verwandtschaftsgrade unserer Vorgesetzten im Heim durch. Weißt Du noch, wie der Vetter vom Wegmeier beim LWV heißt?"

„Ja, klar, genauso wie meine Kollegin: Schelling! Wieso?"

„Weißt Du, mein Bekannter will sich dort bewerben und braucht ein paar Beziehungen. Kann ja nie schaden. Ich dank Dir sehr. Wünsch Dir noch einen schönen Abend. Tschüß."

„Hey, Du kannst ja lügen wie gedruckt", bemerkt Christoph, als ich ihm triumphierend das Handy zurückgebe.

„Na, da staunst Du. Schelling ist also der Prüfer. Und Richard kam der Sache auf die Schliche. Vielleicht wollte er deshalb mit Wegmeier Kontakt aufnehmen."

„Das lässt sich leider nicht mehr rekonstruieren. Aber zumindest haben wir jetzt tatsächlich etwas in der Hand", freut sich Christoph.

„Sag mal, wo hast Du die Kassette eigentlich gefunden?" will ich wissen.

Er lacht.

„Es ist kaum zu glauben. Das war der pure Zufall. Als ich

gestern hier ankam und noch mit dem Jetlag zu kämpfen hatte, konnte ich mich nicht aufraffen, das Haus systematisch zu durchsuchen. So hab ich mich erst mal richtig ausgeschlafen und heute Nachmittag ein paar Scheite Holz ins Haus getragen, die mein Cousin vor den Eingang gestapelt hat. Dabei kam ich auf die Idee, den offenen Kamin zu befeuern. Ist ja romantisch, so ein offenes Feuer. Es hat mich sowieso schon lange gewundert, dass Richard nie ein Kaminfeuer angezündet hat. Also hab ich das Holz neben den Kamin geschichtet. Dabei fiel mir auf, dass an der Rückwand der Feuerstelle um die Kaminplatte herum ein Spalt offen war. Ich hab mir gedacht, dass das Fugenmaterial wohl brüchig geworden ist. Deshalb hab ich dann bei uns auf dem Hof Zement, einen Eimer und all das besorgt, was jetzt hier rumsteht. Zuerst musste ich die gusseiserne Ofenplatte abnehmen. Die gefiel mir schon immer gut. Gewundert hat mich, dass die Schrauben so leicht aufgingen und ich die schwere Platte null Komma nichts in der Hand hatte. Hinter dieser Platte kam dann ein Schacht zum Vorschein – und in diesem Schacht stand die Kassette."

„Wow, da hat Richard aber ganze Arbeit geleistet. Dieser Platz ist bestimmt der sicherste Safe der Welt", sage ich begeistert.

„Wenn er sich solche Mühe gemacht hat, diese Sachen so gut zu verstecken, muss er wohl auch Gründe dafür gehabt haben", gibt Christoph zu bedenken.

„Jetzt interessiert mich aber brennend, was auf dem Video ist", erwidere ich.
Christoph überlegt zwei Sekunden und meint dann.

„Meine Eltern haben drüben einen Recorder. Die sind ganz sicher schon im Bett, es ist ja schon halb elf. Egal, was da drauf ist, wir können es ungestört anschauen."

Leise öffnet Christoph die Eingangstür des Bauernhauses und knipst das Licht an. Es ist eng in dem kleinen Vorraum, und es riecht nach Stall. Eine steile Treppe führt in den ersten Stock. Er öffnet die erste Tür gleich unten rechts und geht hinein. Der Anblick des Wohnzimmers erstaunt mich ein wenig. Ich hätte angesichts der Größe des Hofes einen feudaleren Raum erwartet, zumindest eine Massivholzschrankwand aus Eiche und eine schwülstige Couchgarnitur. Nichts dergleichen. In dem relativ kleinen niedrigen Zimmer stehen ein unscheinbares Sofa und zwei schlanke Sessel, deren Bezug an den Armlehnen schon arg zerschlissen ist. Zwischen Sofa und Sessel wurde ein kleines haselnussbraunes Resopaltischchen gestellt, rechts davon eine Stehlampe und ein Buffet aus der Jahrhundertwende, auf dem eine bauchige Vase und ein Trockengesteck thronen. Eine zierliche antike Hängelampe aus geschliffenem Glas taucht den Raum in warmes Licht. Der Fußboden besteht aus massiven Holzdielen, die bei jedem Schritt knarren.

Christoph scheint meine Gedanken lesen zu können, denn er sagt in gedämpftem Tonfall:
„Ist alles nicht gerade hipp. So ist das halt hier auf dem Land. Man gibt wenig aus für Wohn- und Lebensqualität, spart das Geld lieber für schlechte Zeiten oder steckt es in einen neuen Traktor. Aber meine Eltern kennen es nicht anders. Als ich nach Kanada bin, sind sie nach oben gezogen und haben sich immerhin ein neues Schlafzimmer gegönnt. Und einen größeren Fernseher."

Er schmunzelt und öffnet die Türen des rechteckigen Möbelstücks. Der Apparat kommt zum Vorschein. Christoph zieht die beiden Sessel näher an das Gerät heran und richtet sie parallel aus. Ich nehme auf dem linken Sessel Platz und schaue ihm zu, wie er das Band in den Schacht des Geräts schiebt und mit der Fernbedienung hantiert.
„Okay, Band läuft."
Schwarz-Weiß-Geflimmer. Zwei, drei Sekunden lang. Dann er-

scheint auf dem Bildschirm ein Zimmer, besser gesagt der Ausschnitt eines Raums. Es könnte ein Hotelzimmer sein, denn die Möblierung ist spärlich. Zwei cremefarbene Couchsessel, ein runder Glastisch, der untere Teil eines Bettes, ein modernes Bild an der Wand, heller Teppichboden. Der Ton ist schlecht. Christoph erhöht per Fernbedienung die Lautstärke. Man hört Geräusche im Hintergrund. Es klingt, als hantiere jemand an einem Schrank. Jetzt ertönt ein leises „Bim Bam." Plötzlich, mir stockt der Atem, erscheint Lossmann im Bild. Er trägt einen dunklen Anzug mit Hemd und Krawatte, geht vorüber und öffnet die Tür.

„Hallo, Stefan. Schön, dass Du da bist", sagt er und lässt seinen Gast eintreten.

Es ist ein schlanker junger Mann mit dunklen schulterlangen Haaren, etwa achtzehn Jahre alt. Er ist mindestens einen halben Kopf größer als Lossmann. In der rechten Hand hält er einen Fahrradhelm. Er trägt Jeans und ein verwaschenes hellgrünes Sweatshirt. Etwas unbeholfen steht er mit dem Rücken zu uns im Raum. Ich kann sein Gesicht nicht sehen. Lossmann bittet ihn zur Sitzgruppe.

„Setz Dich. Was möchtest Du trinken? Einen Whiskey, einen Gin Tonic oder lieber einen Sekt? Ich hab auch Antialkoholisches da."

Jetzt dreht sich der junge Bursche in unsere Richtung und geht mit unentschlossenem Gang zu den Sesseln. Er hat ein hübsches Profil. Zögernd setzt er sich, legt seinen Helm auf den Boden und sagt mit weicher Stimme:

„Eine Cola, bitte."

Lossmann verschwindet aus dem Bild und kommt mit einem Tablett zurück. Darauf stehen zwei Gläser, eine Büchse Cola und eine bauchige Flasche. Er zieht das Jackett aus, lässt sich auf den zweiten Sessel fallen und lockert die Krawatte. Während er die Flasche entkorkt und sich einschenkt, sagt er:

„Es ist klug von Dir, hier her zukommen. Es geht ja niemanden etwas an, dass ich Dir einen Gefallen tue. Und das darf auch keiner erfahren. Ich hab schon was vorbereitet. Du wirst eine gute Stelle kriegen. Und was Deine Vorgeschichte angeht, mach Dir keine Sorgen. Das polizeiliche Führungszeugnis hat keiner außer mir gesehen. Es bleibt alles unter uns."
Er trinkt einen kräftigen Schluck und lehnt sich genüsslich in seinen Sessel zurück.

„Aaah, das tut gut."

Nach einer kurzen Pause fährt er fort:

„Wenn man die richtigen Leute kennt, ist alles kein Problem."

Lüstern betrachtet er den Jungen, zieht seine Krawatte aus und öffnet zwei Knöpfe seines hellblauen Hemdes. Dunkle Schwitzränder zeichnen sich unter den Achselhöhlen ab. Sein Gegenüber schweigt noch immer.

„Dass ich das nicht umsonst tun kann, weißt Du ja. Eine Hand wäscht die andere. Deshalb bist Du ja jetzt auch hier und tust mir einen kleinen Gefallen", fährt er fort.

Lossmann steht auf und geht in unsere Richtung. Ich erschrecke bei diesem Anblick. Die Kamera ist klug postiert. Jetzt steht Lossmann unmittelbar vor der Linse und bemerkt offenbar nicht, dass er gefilmt wird. Er bückt sich und nimmt, vermutlich von einem Regal oder Sideboard, einen Katalog oder etwas Ähnliches. Jede Schweißperle auf dem aufgedunsenen geröteten Gesicht ist in Großaufnahme zu sehen. Die dunklen Löckchen glänzen am Stirnansatz. Lässig kehrt er zu seinem Sessel zurück und reicht seinem Gast die Lektüre. Wie ein Raubtier, das sein Opfer fixiert, sitzt er da und beobachtet den jungen Mann. Dieser blättert mit weit geöffneten Augen in dem Katalog. Jetzt wechselt Lossmann die Position und setzt sich dicht neben den Jungen auf die Lehne des Sessels. Er nimmt ihm das Buch aus der Hand, blättert ein paar Seiten um und hält ihm eine aufgeschlagene Seite vor die Nase.

„Die Stellung hier gefällt mir besonders gut. Dir auch? Das törnt mich richtig an. Das machen wir jetzt."

Stefan erwidert zaghaft:

„Ich weiß nicht. Ich hab so was noch nie gemacht."

„Das bringe ich Dir schon bei, keine Angst", gibt Lossmann zurück, rutscht dabei rittlings auf die Knie des Jungen und streichelt ihm über Hals und Brust. Dann fummelt er hektisch an dessen Jeans herum. Genaues erkenne ich nicht, denn Lossmann verdeckt mit seinem Rücken die Szene. Obwohl mich die Situation neben Christoph peinlich berührt, starre ich weiterhin wie gebannt auf den Bildschirm und sehe, wie sich Lossmann das Hemd vom Leib reißt. Jetzt verdeckt wieder sein breites Kreuz mit der weißen wabbeligen Haut den jungen Mann.

„Du, ich bin so geil auf Dich. Vom ersten Augenblick, als ich Dich sah", höre ich Lossmann ächzen während er sich etwas erhebt und dabei umständlich an seiner Hose zerrt.

Meine Kehle wird trocken, ich muss husten. Christoph stoppt das Band.

„Ich glaube, wir haben genug gesehen", meint er, und ich nicke zustimmend.

Er nimmt das Band aus dem Gerät, schaltet Fernseher und Licht aus und begleitet mich ins Freie.

„Möchtest Du noch was trinken?" fragt er auf dem Hof.

„Nein, für heute ist genug passiert. Ich muss das alles erst verdauen. Lass uns morgen oder übermorgen telefonieren, okay?" gebe ich zurück.

Er versteht und geht schweigsam neben mir her zu meinem Wagen. Die frische Nachtluft tut gut. Christoph drückt mir beim Abschied das Band in die Hand mit den Worten:

„Bei Dir ist es besser aufgehoben."

Der Heimweg kommt mir mindestens doppelt so lange vor wie der Hinweg. Das Licht im Haus brennt noch. Arne hat auf mich gewartet. In solchen Momenten bin ich mehr als glücklich, einen verlässlichen Partner zu haben, der auf den ersten Blick meine Gefühlslage erkennt. Ohne lange zu fackeln, legt Arne sein Buch weg und schenkt mir ein Glas Wein ein.

„Wars so aufregend? Du siehst völlig geplättet aus. Erzähl, ich bin wirklich gespannt, was Christoph gefunden hat", sagt er.

„So viel, dass ich gar nicht weiß, wo ich anfangen soll."

Ich nehme einen kräftigen Schluck und beginne von dem Versteck und den Unterlagen zu erzählen. Dann ziehe ich das Videoband aus meiner Handtasche, lege es auf den Tisch und sage:

„Das da ist der eigentliche Schocker. Richard hat Lossmann gefilmt, wie er einen jungen Mann sexuell nötigt. Und ich hab keine Ahnung, wie er das angestellt hat. Ich meine, wie er die Kamera so postiert hat, dass sie nicht entdeckt wurde und wie er den Ort herausgefunden hat. Es ist alles ziemlich widerlich. Du kannst es Dir ja bei Gelegenheit mal anschauen. Wir haben nur einen Teil gesehen. Ich lass das ganze Band morgen mal ablaufen. Jetzt brauch ich erst mal ein heißes Bad."

Richtig viel Schaum, warmes sprudelndes Wasser und ein Glas Wein auf dem Wannenrand, das ist jetzt genau das Richtige, um Abstand von all dem Mist des heutigen Tages zu bekommen. Gerade als ich wieder aus der Wanne steigen will, kommt Arne herein und sagt:

„Ich hab's mir angeschaut. Lossmann gehört angezeigt. Der hat ja sogar Minderjährige verführt. Wenn Jungen im Alter von dreizehn, vierzehn Jahren sexuell missbraucht werden, ist das ein heftiger Straftatbestand."

„Von was redest Du, Arne?" frage ich verwundert.

„Der junge Mann war bestimmt schon achtzehn, der arbeitet schon. Der ist sicher nicht mehr minderjährig."

„Franka, ich weiß ja nicht, was Du gesehen hast, aber nach der ersten Szene mit dem Stefan kommen noch zwei weitere Sequenzen, in denen Lossmann einen Jungen missbraucht. Das ist richtig fies. Zuerst schaut er mit dem Bub einen Western-Film an, füllt ihn dabei mit Alkohol ab und vergreift sich dann an ihm."

Mit zwei Sätzen bin ich aus der Wanne und schlüpfe in den Morgenmantel. Ich will das genauer wissen und frage Arne nach den Einzelheiten.

„Hat sich das Kind nicht gewehrt? Warum denn nicht? Ich kann das nicht verstehen. Mick würde sich so was doch nie bieten lassen."

„Das Problem dabei ist, dass sich in achtzig Prozent aller Fälle Täter und Opfer gut kennen, also ein Vertrauensverhältnis besteht. Oft stammt der Täter aus der Familie, dem Freundeskreis oder der näheren Umgebung. Das Kind wird überrumpelt und traut sich nicht, darüber zu sprechen. Es empfindet Scham und fühlt sich mitschuldig. Diese Kinder können oft nicht mehr unbelastet leben und keinen normalen sexuellen Kontakt zum anderen Geschlecht aufbauen. Ich hab kürzlich eine gute Sendung im Radio zu diesem Thema gehört", erklärt Arne.

„Meinst Du, Lossmann hat das Kind schon länger gekannt oder ist verwandt mit ihm?" will ich wissen.

„Sieht ganz so aus. Selbst wenn keine verwandtschaftliche Beziehung besteht, ist es relativ leicht, Freundschaft mit Kindern zu schließen. Vielleicht hat er das Kind über eine Jugendgruppe, die Jugendkantorei oder die Pfadfinder kennen gelernt."

„Lossmann ist aber gar nicht katholisch", werfe ich ein.

„Glaubst Du ernsthaft, dass es da einen Unterschied gibt? Sicher, man geht davon aus, dass viele Geistliche wegen ihrer unterdrückten Homosexualität ins Zölibat flüchten. Und man glaubt, dass weltweit rund die Hälfte aller katholischen Priester pädophil veranlagt ist und dies auch auslebt. Meistens ist es jedoch ein langer Weg zur Anklage und Verurteilung. Aber seit neuestem wird die Strafverfolgung ernster genommen. Zurzeit verbüßen allein achtzig Priester in Frankreich eine Haftstrafe wegen sexuellem Missbrauch von Minderjährigen, und seit 1954 mussten in den USA über viertausend Priester deswegen vor Gericht. Die Dunkelziffer dabei ist noch viel höher, und bei den evangelischen Geistlichen sieht die Bilanz auch nicht gerade rosig aus."

Mir wird ganz kalt ums Herz.

„Da müsste noch viel schneller gehandelt werden, zum Schutz der Opfer. Ich kann überhaupt nicht verstehen, wie man so was totschweigen kann. Die ganze Führungsspitze in Magdalenenwald wusste doch von Lossmanns Neigungen. Und passiert ist gar nichts. Erst nachdem die Zivis mit den Flugblättern für Wirbel gesorgt haben, wurde er versetzt, damit im eigenen Laden Ruhe ist. Jedem muss dabei doch klar sein, dass der weitermacht wie bisher. Den Beweis dafür haben wir ja jetzt. Der gehört doch schon längst in Behandlung", ärgere ich mich.

„Sicher, aber die Kirche mit ihrer zweitausendjährigen Geschichte lässt eben keines ihrer Schäfchen fallen. Wer zu diesem Klüngel zählt, wird geschützt. Zunächst versucht man es mit Geheimhaltung, und wenn das nicht mehr geht, wird mit Versetzung reagiert. In jedem Fall soll ein öffentlicher Skandal vermieden werden. Das Drama, das die Opfer erleiden, interessiert dabei nicht", ergänzt Arne.

Nach einer kurzen Gedankenpause meint er:
„Übrigens nützt Wegsperren alleine gar nichts. Die Täter sitzen ihre Strafe ab, und danach ist alles fast wie vorher. Dabei geht es auch anders. Es gibt da ein schönes Beispiel aus Kanada.

Ein modernes Institut, das sich seit fünfundzwanzig Jahren auf die Behandlung von pädophilen Sexualstraftätern spezialisiert hat, nimmt sie für ein Jahr lang in Gewahrsam. Dort werden sie intensiv psychiatrisch betreut und behandelt. Die Täter, die meist selbst als Kinder missbraucht wurden, lernen dabei, die gesellschaftlichen Regeln zu akzeptieren und in einer Gemeinschaft zu leben. In der Verhaltenstherapie wird ihr Bewusstsein geschärft. Schließlich lernen sie, sich zu kontrollieren und ihr Handeln zu reflektieren. Mit dieser neuen Form der Behandlung glaubt man an Heilung. Und immerhin liegt die Rückfallquote nur noch bei fünfzig Prozent. Ansonsten ist die Quote deutlich höher."

Arne erstaunt mich. Deshalb sage ich anerkennend:
„Bin überrascht, was Du alles weißt. Du kannst mir bestimmt auch sagen, weshalb es das in Deutschland nicht gibt, wenn es so erfolgreich ist? Liegt es an den Kosten? Ein Therapieplatz in diesem Institut ist bestimmt wahnsinnig teuer, oder?"
„Richtig. Mal abgesehen von der moralischen Seite spielt der Kostenfaktor hierbei die Hauptrolle. Natürlich kostet die Therapie viel, weil der Personalaufwand sehr hoch ist. Aber Gerichtsprozesse sind auch teuer. Das heißt, wenn die Rückfallquote dadurch deutlich sinkt, wird diese Therapieform rentabel. Ich finde es allerdings schwierig, dabei über den Faktor Geld zu diskutieren, weil in erster Linie an die Opfer gedacht und präventiv gehandelt werden müsste", meint Arne.
„Seh ich genau so. Und deshalb müssen wir was gegen Lossmann unternehmen. Meinst Du, das Band wird als Beweismittel von der Polizei akzeptiert?" frage ich.
„Sicher ist es gut, diese Aufnahmen zu haben. Vielleicht kriegt man dadurch Lossmann zu einer Aussage oder gar zu einem Geständnis", erwidert Arne, und ich füge hinzu: „Okay, wir werden auf jeden Fall Anzeige gegen ihn erstatten. Rätsel-

haft ist aber, wie Johannsen zu diesen Aufnahmen kam. Hat er selbst gefilmt, und wenn, wie hat er das nur angestellt?"

„Da gibt es viele Möglichkeiten", antwortet Arne.

„Könnte auch sein, dass er das Band aus Lossmanns Büro stibitzt hat. Menschen wie Lossmann neigen ja oft dazu, solche Szenen selbst aufzunehmen. Oder Johannsen hat es von irgendwem, zum Beispiel einem Zivi, zugespielt bekommen."

Am nächsten Morgen beiße ich gerade genüsslich in eine Butterbrezel, als das Telefon klingelt.

„Oh, nein, nicht schon jetzt. Das ist bestimmt die fleißige Antje", sage ich und nehme den Hörer von der Gabel. Doch eine andere, vertraute Stimme ist am anderen Ende der Leitung.

„Guten Morgen, Franka. Christoph hier. Wollte Dich gestern Nacht nicht mehr stören. Aber ich hab noch was gefunden. Beim Aufräumen ist ein Zeitungsausschnitt in dem Schacht aufgetaucht, wo die Schatulle stand. Kann aber damit nicht viel anfangen. Ich verstehe nämlich kein Wort. Der Bericht ist in irgendeiner Ostblocksprache geschrieben. Magdalenenwald wird jedenfalls dabei erwähnt. Willst Du ihn bei mir abholen, oder soll ich heute Abend, wenn ich wieder zurück bin, bei Dir vorbeikommen? Ich denke, es könnte wichtig sein".

„Ja, und ob das wichtig ist. Bin sofort fertig und komm auf dem Weg zur Arbeit bei Dir vorbei", sage ich und starte ein paar Minuten später den Wagen.

Christoph sieht müde aus. Auch er hat mit dem Schlafmangel der letzten Nacht zu kämpfen. Mit tiefer Stimme sagt er gähnend im Hausflur:

„Den Zeitungsartikel hab ich völlig übersehen. Der muss hinter der Schatulle gelegen haben." Langsam bewegt er sich zum Tisch und holt ein vergilbtes Zeitungsstück, ungefähr so groß wie ein DIN A 4-Blatt. Leider ist der dreispaltige Bericht mit Bild so ausgeschnitten, dass weder Datum noch Name der

Zeitung vorhanden sind. In fett gedruckten Lettern steht Mare bucurie în Sibiu über dem Artikel. Als Unterzeile ist zu lesen: O organizare socialā germanā ajutā concret. Und unter dem schwarz-weiß Bild, das eine Gruppe Menschen in weißen Kitteln auf den Stufen eines alten herrschaftlichen Gebäudes in einem Park zeigt, steht geschrieben: Magdalenenwald sprijinā Ana-fundatia cu 500.000 Euro.

„Aha, alles klar", gebe ich zum Besten.

Christoph schaut mich groß an und meint ungläubig:

„Verstehst Du das etwa?"

Ich muss lachen.

„Nein, war nur ein Witz. Aber es ist eine Sprache romanischen Ursprungs, könnte rumänisch sein. Jedenfalls werde ich ganz schnell einen Übersetzer suchen. Wir wollen doch wissen, was da drin steht und was Magdalenenwald mit diesen Menschen dort zu tun hat. Kann mir nicht vorstellen, dass die sich im Ausland wohltätig zeigen, wenn hier auf Teufel komm raus gespart wird. Es hat doch sicher seinen Grund, dass Richard diesen Zeitungsausschnitt hier aufbewahrt hat."

Bei einer Tasse Kaffee im Stehen erzähle ich Christoph noch von dem Rest des Videofilms, den Arne sich angeschaut hat.

„Auf jeden Fall haben wir damit eine Grundlage, Lossmann anzuzeigen. Und ich denke, es ist auch bald an der Zeit, die Chefin mit all dem zu konfrontieren. Der gezielte Betrug am Staat, und damit an uns Steuerzahlern, die Fälschung von Patientenakten usw., sollte sie eigentlich in die Knie zwingen. So, und deshalb mach ich mich jetzt auch wieder auf den Weg, Christoph. Es gibt viel zu tun, packen wirs an, heißt es doch so schön. Ich ruf Dich an", verspreche ich noch und verstaue den Zeitungsartikel und die Akte mitsamt der Schatulle im Kofferraum meines Wagens.

13

Vorwärts, rückwärts, seitwärts, rein. Ein innerer Streit tobt durch meinen Körper. Handeln anstatt zu jammern, hab ich das nicht immer vertreten? Werde ich meinen eigenen Prinzipien untreu? Wo sind der Mut, der Ruf nach Gerechtigkeit geblieben? Irgendwo auf der Strecke der Resignation vielleicht. Kann nicht sein, funkt mein Bauch ans Gehirn. Du mit Deinem vorbildhaften Gerede, alles nur Theorie? Bist womöglich feige, oder warum sonst hältst Du Dich noch zurück, die Chefin mit ihrem falschen Spiel zu konfrontieren? Weshalb sagst Du bald anstatt sofort? Damit kommst Du nicht durch. Die Ströme im Kopf gewinnen an Kraft und signalisieren: Mach Dich auf den Weg - ohne Angst vor Sanktionen. Jetzt gleich!

Die Gedanken lassen sich auch beim Betreten des Büros nicht abschütteln. Gut, dann soll es so sein, beschließe ich und marschiere direkt über den Flur in Richtung Vorstandstrakt. Die Geschäftslimousine der Chefin steht auf dem Hof. Sie ist also da. Die verschlossene Sekretariatstür von Frau Bloch bremst meinen Drang erheblich ab. Ist dies ein Zeichen? Kapitulieren? Vertagen? Nur jetzt nicht komisch werden. Diese Hürde ist leicht zu nehmen. Ich klopfe bei Friedrich Huber an, benutze sein Durchgangszimmer und stehe zwei Sekunden später im leeren Büro der Sekretärin. Die Tür zum Besprechungsraum der Chefin ist angelehnt. Ich höre jemanden sprechen. Es ist die Stimme von Regine Schwalbach-Saletzki. Offenbar telefoniert sie. Ihr stimmgewaltiges Organ nutze ich als Entschuldigung für meine Neugierde. Eigentlich brauche ich gar nicht explizit zu lauschen, um das Gespräch zu verfolgen.

„Nein, Karla, sicher nicht. Mach Dir keine Gedanken. Wir sehen uns doch sowieso im Club. Ich hab auch ′ne Überraschung für Dich. Ja, klar, komm ich heut Abend. Nein, erst gegen zehn. Und notier Dir gleich den Termin. Das Treffen findet am 15. statt. Das ist der wichtigste Termin im ganzen Jahr. Da geht's um viel Geld. Da darfst Du nicht fehlen, hörst Du? Da kommen alle. Und anschließend gibts 'ne richtig gute Party mit allen Schikanen. Okay, alles andere erzähl ich Dir später…"

Auf leisen Sohlen, glücklich keine genagelten Absätze zu tragen, schleiche ich wieder in Hubers Büro und schließe leise die Türe. Der schaut mich misstrauisch an und fragt:
„Schon fertig? Sie waren doch noch gar nicht drin."
„Nein, ich komm später wieder. Hab was Wichtiges vergessen."
Bevor er weiter fragen kann, mache ich mich rasch aus dem Staub. Antje wundert sich auch, glaubt an meine plötzlichen Kopfschmerzen und hält die Stellung alleine. So schnell hat mich noch niemand aus dem Büro verschwinden sehen.

Mein Entschluss steht fest. Ich werde Regine Schwalbach-Saletzki beschatten. Ich will wissen, was das für ein Club ist, in dem es um viel Geld geht und wo Partys mit allen Schikanen gefeiert werden. Mit einem Fitness- oder Sportbetrieb hat das sicher nicht viel zu tun. Es meldet sich wieder mal der Instinkt, der mir zuflüstert, dass ich hier ein wichtiges Puzzleteilchen finden könnte.

Es ist erst kurz vor vier und niemand zu Hause. Keine Ablenkung. Arne in Stuttgart, Mick bei seinem besten Freund, Lisa mit Ole im Zoo. Bambou muss noch gefüttert und ausgeführt werden. Danach schreibe ich Arne eine Notiz und bereite mein Experiment vor. Etwas Proviant, ein Fernglas und eine Zeitung müssen mit.

Bevor ich starte, wähle ich noch vom Handy aus die Privatnummer der Regine Schwalbach-Saletzki. Es klingelt drei Mal, dann meldet sie sich. Ich lege rasch auf. Sie ist also zu Hause. Mit Kopftuch und Sonnenbrille im geliehenen Auto meiner Schwiegermutter stürze ich mich in das Abenteuer.

Aus früherer Zeit kenne ich die Wohnung der Chefin. Mittelstädt und ich haben sie dort schon abgeholt. Leider eine sehr ruhige Wohnlage. Doch das Glück ist auf meiner Seite. Rund zehn Meter von dem unscheinbaren Zweifamilienhaus entfernt, wartet eine Parklücke auf mich. Der dunkelgraue Vorstandswagen steht vor einer Garage neben dem Haus. Ich fühle mich wie Sherlock Holmes. Nur haben die Sherlock Holmes von heute ein besseres Equipment und modernere Autos. Außerdem sehen die Beschatter in den Krimis viel cooler und lässiger aus als ich.
Der Sitz des alten Golf lässt sich nur mühsam in Liegeposition kurbeln. Halb liegend, halb sitzend, eine Zeitung vor der Nase, stiere ich auf das Haus, in dem die Chefin wohnt. Den Gedanken, dass sie mich entdecken und zur Rede stellen könnte, verdränge ich schnell wieder. Eine Frau mit Hund geht vorbei. Sie bemerkt mich nicht. Das beruhigt. Ich komme wohl niemandem verdächtig vor. Eine halbe Stunde kann eine Ewigkeit sein. Was, wenn die Chefin das Haus erst um neun verlässt? Dann sitze ich noch zwei Stunden hier fest. Vielleicht fährt sie auch noch durch die halbe Stadt oder bleibt zu Hause und sagt ihrer Freundin ab.
Was ich hier als Erstes lerne: Detektive müssen Geduld haben. Also abwarten, Kekse essen und Zeitung lesen. Ein Auto fährt auf den Nachbarhof. Kinder gehen vorbei, ein Fahrradfahrer rast die Straße hinab, ganz langsam bewegt sich der Zeiger der Uhr auf zwanzig Uhr zu.

Ich lese gerade den Sportteil der Zeitung, weil ich alles halbwegs Interessante schon zweimal gelesen habe, da klingelt das Handy. Ein schrecklich schrilles Geräusch, das mir durch Mark und Bein geht. Ich hab völlig vergessen, dass es eingeschaltet

ist. Leise, damit mich ja niemand hört, melde ich mich.
Arne ist es.

„Bist Du verrückt geworden? Das kann doch gefährlich sein, Franka, und bringt rein gar nichts", brüllt er mir ins Ohr.

„Beruhige Dich, es tut sich eh nichts. Die kommt nicht raus. Außerdem, was ist schon dabei, wenn ich hinter ihr herfahre. Ist doch nicht strafbar, oder?" flüstere ich.

„Du weißt ja gar nicht, wie weit weg die fährt. Das ist eine totale Schnapsidee. Blas es ab und komm nach Hause", sagt er sauer.

„Nein Arne, ich will jetzt wissen, was da läuft. Ich hab schon so viel…"

Das Außenlicht geht an, die Haustür öffnet sich, Regine Schwalbach-Saletzki kommt heraus und marschiert zu ihrem Auto. Eng anliegendes Kostüm, Stiefel mit hohen Absätzen. Sie hat weder eine Sporttasche noch ein Geschenk in der Hand.

„Arne, tschüß, sie kommt!"

Schnell lege ich das Handy weg, warte, bis sie eingestiegen ist, starte den Wagen und setze zurück. Sie fährt vom Hof, biegt in die Straße ein. Ich will gerade ausscheren, muss aber zuerst ein anderes Auto vorbeilassen. Gar nicht schlecht, so bin ich nicht direkt hinter ihr.

Die Verfolgung klappt. Eine rote Ampel überfahren, einem Autofahrer fast die Vorfahrt genommen, sonst keine Probleme. Es hat wenig Verkehr in der Stadt. Sie fährt beim Ortsausgang auf die Schnellstraße und gibt Gas. Wenn sie dieses Tempo lange hält, hat sie mich bald abgehängt.
Mit Vollgas, Oma, verzeih mir, hinterher. Der Abstand wird größer und größer. Endlich. Sie schert aus und biegt auf eine Landstraße ab. Ein blöder Raser überholt mich und ist nun zwischen uns. Mein Adrenalinspiegel hat die Gedanken aus- und den Automatismus eingeschaltet. Routiniert, als wenn es

mein täglicher Job wäre, bin ich dicht dran. Sie steuert ein Industriegebiet an. Plötzlich biegt sie rasant in eine Seitenstraße ein, während ich nicht vom Fleck komme. Gegenverkehr. Mit Vollgas, Schimanski lässt grüßen, hinterher in die Nebenstraße. Zu schnell. Sie steigt gerade aus und schaut in meine Richtung. Langsam im Schritttempo vorbei und einmal um das Viereck herum. Gerade als ich wieder in die Straße einbiege, verschwindet sie in einem Gebäude. Es ist besser, das Auto vier oder fünf Häuser weiter weg abzustellen. Warum gibt es Tarnkappen nur im Märchen? Was, wenn sie mich gesehen hat? Unbehagen macht sich breit in dieser menschenleeren Gegend. Soviel bei der Dämmerung zu erkennen ist, stehen hier unauffällige Betonbauten, vielleicht Geschäftshäuser. Fernglas und Sonnenbrille hätten getrost zu Hause bleiben können.

Ich steige aus und erkunde die Umgebung zu Fuß. Am Ende der Straße, die nur spärlich beleuchtet ist, ein Autohaus, gegenüber so etwas wie eine stillgelegte Industrieanlage, zwei Ecken weiter eine Disco. Weiterzugehen bringt nichts. Also wieder zurück.

Da kommt ein schwarzer Mercedes und hält auf dem kleinen Parkplatz unmittelbar vor dem Haus. Also rasch die Richtung wechseln und so unauffällig wie möglich über die Straße auf die gegenüberliegende Seite verschwinden. Ein paar Meter weiter steht ein großer Metall-Container neben hohem Gebüsch. Von hier aus lässt sich das Gebäude gut beobachten und man läuft dabei nicht Gefahr, erkannt zu werden. Dank der grellen Straßenlaternen sind der Parkplatz und das Eingangsportal trotz der zunehmenden Dunkelheit ausreichend gut beleuchtet. Ein Mann mittlerer Statur steigt aus dem Mercedes und knallt mit Schwung die Autotür zu. Mit dynamischem Gang geht er zielstrebig auf das Haus zu und zieht im Gehen seine Jacke über. Er klingelt. Es dauert keine Sekunde, bis sich die dunkle Metalltür öffnet und ein Schrank von Mann im

Türrahmen erscheint, auffallend groß, stark gebaut, Typ Türsteher. Der Riese lässt den Gast hinein und schließt die Tür.

In dem kurzen Moment ist nur rötlich flimmerndes Licht im Hintergrund zu sehen. Offenbar ein privater Club oder ein gehobener Spielsalon. Kein Türschild, lediglich eine Hausnummer ist an dem dreistöckigen Flachdachgebäude angebracht. Und ein Klingelknopf. Kein Laut und kein Licht dringen nach außen. Es ähnelt einem Bunker. Unten am Gebäude vergitterte Fenster. Hier einzudringen, ist unmöglich. Wieder fährt ein Auto vor, diesmal ein Porsche. Zwei Herren in dunklem Outfit steigen aus und unterhalten sich angeregt, während sie auf den Eingang zugehen. Dasselbe wie zuvor. Klingeln, Klappe auf, Klappe zu. Fest steht, dass hier keiner unbemerkt hinein kommt. Und diejenigen, die Zutritt haben, gehören nicht der Arbeiterklasse an.

Die Karossen übertreffen sich gegenseitig an Größe und Eleganz. Eine Luxusmarke nach der anderen ist zu sehen. Auf Porsche, folgt Chrysler, dann BMW auf Jaguar. Menschen aller Couleur, dicke, dünne, große, kleine, in feines Tuch gehüllt, schälen sich aus ihren metallenen Luxushüllen und strömen in den Club. Etwa fünfzehn Personen sind schon hinein marschiert. Doch außer der Chefin bislang kein bekanntes Gesicht. Weitere Limousinen rollen langsam vorbei, auf der Suche nach einem Stellplatz. Ich meine am Steuer Karla Klein zu erkennen. Sie ist es. Mit schnellem Schritt, auf hohen Absätzen und hocherhobenem Wuschelkopf, eilt sie eine Minute später auf das Gebäude zu.

Dann fährt ein Audi A 8 vorbei. Wenige Minuten später schlendern zwei Männer, beide kleinwüchsig und leicht untersetzt, in dunklen Mänteln, auf meiner Straßenseite heran. Ich suche Deckung hinter dem Busch. Sie unterhalten sich lebhaft und lachen laut. Die Stimmen lassen mich erschaudern.

Es sind Gotthilf Wegmeier und Gerhard Lossmann. Kurz danach gleich eine weitere Überraschung. Der ehemalige Heimleiter Melchinger strebt dem Eingang zu, gefolgt von Gabriele Megerle.

Ich wüsste zu gern, was sich da drin jetzt und in den nächsten Stunden abspielt. Ist der Vorsitzende des Vereins Wegmeier mit Lossmann befreundet? Deckt er seine pädophilen Anlagen etwa? Was hat Melchinger hier zu suchen? Welches Interesse verbindet den ganzen Kirchenklüngel miteinander?

Keine Zeit weiter darüber nachzudenken, denn ein weiteres Auto naht mit hohem Tempo. Es wendet am Ende der Straße und fährt nochmals langsamer vorbei. Ich schaue genau hin, denn der Wagen hebt sich von der Klasse der anderen deutlich ab. Es ist ein dunkelblauer VW-Passat älteren Modells. Offenbar sucht der Fahrer einen Stellplatz, denn er biegt in die nächste Seitenstraße ein. Von hinten erkenne ich das Nummernschild nicht, denn ein chromblitzender Aufsatz am Heck beeinträchtigt die Sicht. Vermutlich ein Fahrradträger. Ich überlege gerade, wem dieser Wagen wohl gehört, als Gundolf Rommel im Laufschritt auf das Gebäude zueilt.

Dann der Geistesblitz: Das muss das Fahrzeug sein, das Berta Steidle auf dem Weg zu Richard Johannsens Haus beschrieben hat. Ein alter VW-Passat mit Aufsatz am Heck. Der gehört Gundolf Rommel. Wieso komme ich erst jetzt darauf? Logisch, er fährt sonst mit dem Dienstwagen, und der ist seit einem Unfall in Reparatur, also muss das sein Privatfahrzeug sein. Er ist als fanatischer Sportler bekannt, der in seiner Freizeit oft in die Alpen zum Mountainbike-Training fährt.

„Wer liebt, der leidet".
Arne findet meinen Begrüßungsspruch gar nicht zum Lachen. Er hat sich Sorgen gemacht, findet mich verantwortungslos,

hält mir eine Standpauke. Doch das kümmert mich jetzt wenig. Ich schäume über vor Temperament. Zu lange habe ich meine Emotionen unterdrückt. Die Sache ist faul, stinkt bis zum Himmel. Ich erzähle ihm von meinen Entdeckungen.
Schließlich suche ich nach dem vergilbten Zeitungsausschnitt, der seit heute früh irgendwo in meiner Handtasche liegt, und fasse meine Vermutungen kurz und bündig zusammen:

„Alle Fakten weisen darauf hin, dass die Chefin noch mehr auf dem Kerbholz hat und vielleicht in illegale Geldgeschäfte verwickelt ist. Magdalenenwald hat was mit einem Ostblockland zu tun. Zumindest steht das in dem Zeitungsausschnitt, den Johannsen versteckt hatte. Und von diesem Engagement im Osten weiß niemand hier. Das ist alles mehr als merkwürdig".

Arne schaut sich den Zeitungsartikel an und sagt prompt:
„Das ist rumänisch. Sibiu ist Herrmannstadt in Siebenbürgen, wo es viele ehemalige deutsche Städte gibt. Da stammt doch Liliana her, die Frau von Malte."
„Mensch, Arne, dann kann uns Liliana diesen Artikel übersetzen. Kannst Du Malte und Liliana anrufen? Du kennst die beiden doch gut. Wir könnten sie zum Essen einladen, gleich morgen", sage ich begeistert.
„Halt, nicht so schnell. Jetzt ist es fürs Telefonieren schon etwas spät. Außerdem brauchen die beiden von Karlsruhe rund zwei Stunden zu uns. Weiß nicht, ob sie das auf sich nehmen wollen", erwidert Arne.
„Wir könnten uns doch auch dort mit ihnen treffen und sie irgendwohin einladen", werfe ich ein.
„Schon gut. Ich kanns ja mal versuchen. Morgen", sagt er, um seine Ruhe zu haben.

„Meinen Lieblingscousin Paul kann ich auch noch um diese Zeit anrufen. Er ist ein Nachtmensch. Und dass Paul als hohes Tier bei der Kripo in Ludwigshafen im Fall Richard Johannsen etwas unternehmen kann, liegt auf der Hand. Jetzt hab ich ja ein paar Anhaltspunkte, die man näher untersuchen müsste", erkläre ich und greife zum Telefon. Auf Paul ist Verlass. Er wird seine Kontakte spielen lassen und mir dann wieder Bescheid geben, verspricht er.

Am nächsten Morgen klingelt der Wecker erst um halb neun. Mick und Ole sind für zwei Tage bei Freunden. Deshalb nutzen wir die Gelegenheit, um auszuschlafen und erst einmal ausgiebig zu frühstücken. Zehn Uhr genügt als Arbeitsbeginn vollkommen. Die Motivation ist eh zum Teufel. Beim Betreten des Büros erzähle meiner Kollegin irgendwas von Kopfschmerzen und Übelkeit.

Antje ist irritiert.

„Franka, was ist mit Dir los? So kenn ich Dich gar nicht."
Lügen kann ich einfach nicht gut. Ich werde rot wie ein ertapptes Schulkind und suche stammelnd nach Worten. Es ist wohl besser, bei der Wahrheit zu bleiben. Sie kennt mich nun schon lange genug. So erfährt sie alles.

Behutsam sagt Antje nach einer kurzen Pause:
„Ich wollte Dir schon lange Mal danken für Deine Offenheit. Irgendwie denkt man im Alltag gar nicht groß über das Arbeitsklima nach und empfindet es als selbstverständlich. Das ist es aber nicht. Ich bin sehr froh, hier mit Dir und den anderen beiden zu arbeiten. Und deshalb muss ich Dir jetzt auch was sagen, das sehr weh tut. Die Chefin hat alle Deine Fahrt- und Reisekostenabrechnungen der letzten zwei Jahre prüfen lassen. Es wurde aber nichts Belastendes gefunden. Ich bin mir ganz sicher, dass die alles genau unter die Lupe genommen haben. Eine Kollegin aus der Finanzabteilung hats mir erzählt. Bitte reg Dich nicht zu sehr auf. Aber die Megerle macht ganze Arbeit. Ihr Mobbing an Dir scheint zu fruchten. Sie missgönnt Dir alles, den Erfolg beim Theaterprojekt, bei der Mittelbe-

schaffung, bei allen zwischenmenschlichen Kontakten. Das hat sie sogar öffentlich gesagt".

„Ich weiß, Antje. Das hab ich ja in den letzten Wochen deutlich gespürt. Und ich rechne jetzt mit allem. Aber glaub mir, zufriedener werden solche Leute dadurch auch nicht."

Meine Antwort scheint Antje nicht zu beruhigen. Der Glanz ihrer großen dunklen Augen wird von einem traurigen Schimmer überschattet.

„Franka, das ist noch nicht alles. Stell Dir vor, die Megerle fliegt auf Geschäftskosten in die Staaten zu einem internationalen Fundraising-Kongreß. Ihre Sekretärin musste sie dort anmelden und den Aufenthalt vorbereiten. Erstens finde ich es dreist, dass die eine solch exklusive Fortbildung in Amerika genehmigt bekommt, wo es genügend Seminare in Deutschland gibt, zweitens gehört die Mittelbeschaffung immer noch zu unserem Ressort und nicht zu deren Aufgaben."

„Du sagst es, Antje. Noch ist das so", gebe ich zurück.

Ein Anruf unterbricht unsere Unterhaltung. Gertrud Bloch ist am Telefon und teilt nüchtern mit: „Dringender Termin um 14.30 Uhr bei Frau Schwalbach-Saletzki. Auf Abruf."

Das kommt wie gerufen. Um kurz nach eins ist Arne am Apparat und teilt mit, dass Malte und Liliana uns heute Abend besuchen. Mein Herz macht einen Sprung.
Um zehn nach drei dann der Appell. Die Tür zum Vorstandszimmer steht offen. Es herrscht Eiseskälte. Die Chefin, heute in erstaunlich biederem Anzug, sitzt über einen Stapel Papiere gebeugt am Besprechungstisch und kommt gleich zur Sache. Freundliche Begrüßungsrituale erspart sie uns, was die Ernsthaftigkeit der Unterhaltung schon im Vorfeld unterstreicht.

„Frau Maas, ich bin sehr enttäuscht von Ihnen."
Hat sie was bemerkt gestern Abend, oder gehört das zum Fahr-

plan, denke ich und setze ein gelangweiltes Gesicht auf.

„Sie haben bei einem unserer Sponsoren auf die Mängel der Theaterleitung hingewiesen. Ich weiß, dass es viele Probleme vor der Premiere gab und der Tournee-Plan noch nicht steht. Auch von der eigenwilligen Zahlungsmoral der Theaterleute bei der Abrechnung hab ich gehört. Aber was Sie sich da leisten, das geht zu weit. Anstatt sich an den Sponsor zu wenden, hätten Sie mit mir über diese Probleme sprechen müssen. Der Theaterregisseur, mit dem ich am Freitag über eine Stunde lang telefoniert habe, lehnt eine weitere Zusammenarbeit mit Ihnen ab."

Ich habe das Problem mehrfach geschildert, und als es eskalierte, waren Sie wieder mal nicht erreichbar. Was blieb mir anders übrig, als zu handeln, liegt mir auf der Zunge.
„Ihr Verhalten mir gegenüber ist illoyal und intolerabel. Ich entbinde Sie deshalb von der Projektleitung", sagt sie weiter. Prima, dann haben ja alle erreicht, was sie wollten. Ruhig Blut, denke ich. Aber es gelingt mir nur schwer, nicht gleich zu platzen. Mit leichtem Zittern in der Stimme beginne ich mit dem Reizthema, das mir unter den Nägeln brennt.

„Es gibt eine ganze Reihe von Knackpunkten, die ich dringend mit Ihnen besprechen muss, Frau Schwalbach-Saletzki. Wie Sie wissen, haben wir eine halbe Million Euro Spenden für den Umbau der Lagerhalle in eine Begegnungsstätte bekommen. Das war vor drei Jahren. Bislang ist aber nichts passiert. Dasselbe betrifft den Aufruf für den Umbau eines Wohnheims an Weihnachten vor zwei Jahren. Auch hier kamen über fünfhunderttausend Euro zusammen. Nicht eingerechnet die Summen von Vereinen, Firmen und Großspendern und die Bußgelder für diese Projekte. Und es ist immer noch kein Termin für den Spatenstich bekannt. Die alten behinderten Menschen, die aus dem baufälligen Wohnheim als so genannte Übergangslösung in eine Notunterkunft umziehen mussten, leben nach wie vor dort. Das ist menschenunwürdig. Und das hatten wir in dem Spendenaufruf ausführlich, sogar mit Fotos, dargestellt. Aus Mitgefühl haben Zigtausende gespendet. Mit diesem Geld sollte unseren Senioren schnell geholfen und der total veraltete Gemeinschaftswaschsaal endlich umgebaut werden. Es kam so viel zusammen, weil das Problem erkannt wurde."

„Auf was wollen Sie hinaus, Frau Maas?" unterbricht mich Regine Schwalbach-Saletzki mit knallrotem Gesicht.

Ebenso erhitzt antworte ich:
„Darauf, dass ich ein moralisches Problem damit habe, den Spendern, den Behinderten und den Erziehern gegenüber. Wenn ein Spender mich fragt, was mit seinem Geld passiert ist, muss ich eine Ausrede erfinden, was mir sehr schwer fällt. Genau so unbehaglich zumute ist mir, wenn Mitarbeiter wissen wollen, weshalb wir mit so großem Aufwand die miese Lage der gebrechlichen Menschen hier beschrieben haben, wenn sich doch nichts ändert. Ich hab keine Antwort darauf. Es ist höchste Zeit, dass was geschieht, dass die Sanierungen jetzt beginnen oder endlich klar und deutlich erklärt wird, was wirklich hinter der Sache steckt."

Mein Gegenüber hat sich im Griff. Die Zornesröte ist ihrer Solarium gebräunten Gesichtsfarbe gewichen. Nur noch einige hellrote Flecken an Wangen und Hals erinnern an die kurz aufflackernde Gefühlswallung. Mit starrem Blick verfolgt sie meine Verbal-Attacke, lehnt sich dabei in ihrem Sessel zurück, verschränkt die Arme vor der Brust und erwidert ruhig:

„Über das Thema Spendenaquise und Zweckbindung wollte ich sowieso mit Ihnen reden, Frau Maas. Ich hab Ihnen ja schon einmal gesagt, dass wir es uns nicht mehr leisten können, eine Masse von Kleinstspendern mitzuschleppen und uns für jede Fünf-Euro-Spende zu bedanken. Dieser Aufwand ist viel zu hoch. Wir werden uns künftig stärker um Großspender bemühen, um Erbschaften, Schenkungen, Legate. Bei den langfristigen Strategien sollten wir uns auch ein Beispiel an anderen Einrichtungen nehmen. Schauen Sie sich einmal die Einrichtung an, mit der wir fusionieren wollten. Da läuft die Spendenaquise anders. Dies hätten Sie sich schon lange zunutze machen können. Die Zweckbindung der Spendengelder stellt nämlich ein echtes Problem dar, wie Sie ja selbst gerade gesagt haben."

Es steigt eine unbeschreibliche Wurt in mir auf.

„Aber ohne Projekt bezogenen Aufruf hat kein Mensch Interesse, sein Geld zu investieren. Menschen spenden nicht für Einrichtungen, sondern für diejenigen, die hier betreut, gepflegt und gefördert werden, für deren Wohlbefinden", gebe ich scharf zurück.

„Das ist mir klar, Frau Maas. Sie können sicher sein, dass ich das Geschäft gut kenne. Wir werden ja auch weiterhin Projekt bezogen um Spenden bitten, es aber künftig anders handhaben. Und es dürfte eigentlich nicht schwer sein, sich dafür etwas Geeignetes einfallen zu lassen. Lesen Sie sich doch mal die Spendenaufrufe anderer Non-Profit-Einrichtungen durch. Da steht am Schluss des Spendenbriefes ein PS, in dem es etwa heißt, wenn Sie dieses Projekt unterstützen möchten, vermerken Sie dies bitte auf dem beiliegenden Zahlschein. Nur zehn Prozent der Spender tun dies aber. Die anderen neunzig Prozent tragen den Spendenbetrag in das vorgefertigte Einzahlungsformular ein. Damit hat man dann kein Problem mit der Zweckbindung. Ich könnte mir für unsere Aufrufe beispielsweise einen Text vorstellen, der folgendermaßen lautet: Stehen für einen genannten Verwendungszweck bereits ausreichend Mittel zur Verfügung oder kann ein Projekt aus irgendeinem Grund nicht realisiert werden, setzen wir Ihr Einverständnis voraus, den Betrag einem ähnlichen satzungsgemäßen Zweck zuzuführen."

Ich bin entrüstet und mache keinen Hehl daraus.

„Entschuldigung, aber das grenzt für mich an Betrug. Wenn es vielleicht nicht illegal ist, so ist es zumindest moralisch verwerflich, wenn Menschen vorsätzlich hinters Licht geführt werden und ihr Glaube an eine gute Sache missbraucht wird. So etwas ist nicht christlich. Und wofür verwenden Sie die neunzig Prozent der eingehenden Spenden?"

Jetzt kommt Bewegung in die Sache. Regine Schwalbach-Saletzki schaut mich wie versteinert an. Mit dieser heftigen Reaktion scheint sie nicht gerechnet zu haben. Trocken gibt sie zurück:

„Wir verwenden die Mittel selbstverständlich da, wo man sie am nötigsten braucht."

Am nötigsten gebraucht werden kann auch die neue Vorstandskarosse oder ein Budget für externe Berater, denke ich und freue mich insgeheim über den kleinen Etappensieg. Immerhin besteht nun kein Zweifel mehr daran, dass mit den Finanzmitteln skrupellos umgegangen wird und die Spendengelder in Millionenhöhe für Projekte, die ich guten Gewissens angepriesen habe, längst nicht mehr vorhanden sind. Geplante Vorhaben, für die publikumswirksam geworben wurde, legt man deshalb Jahre lang auf Eis, damit sie schließlich vergessen werden. Und bei der Sanierung des Wohnheims wartet man auf öffentliche Zuschüsse, womöglich so lange, bis die alten Bewohner in ihren Notunterkünften gar nicht mehr leben. Jetzt ist es an der Zeit, zum zweiten Schlag auszuholen.

„Weshalb wurde eigentlich die Begegnungsstätte von der Projektliste gestrichen und stattdessen ein Ganztagesschulbetrieb geplant?" frage ich forsch.

Ein leichtes Zucken um die Augen verrät, dass sie nun nervös wird. Sie braucht ein paar Sekunden, um zu antworten.

„Das, Frau Maas, ist eine Entscheidung, die auf höherer

Ebene gefällt wurde. Sie ist übrigens noch nicht spruchreif. Ich weiß nicht, woher Sie das haben, aber seien Sie gewiss, dass ich nur nach reiflicher Überlegung und Abwägen aller Vor- und Nachteile einen Entschluss fasse."

Offenbar um Zeit zu gewinnen, steht sie auf, geht zu einem Regal, blättert in einer Unterlagenmappe und löst schließlich ein paar Papiere heraus. Wie sie so dasteht, kommt sie mir vor wie eine Geisterfahrerin, die gar nicht merkt, dass sie auf der falschen Seite fährt und Hunderte von Menschen gefährdet. Alle anderen hundert machen den Fehler, nicht sie. Anstatt eigenes Fehlverhalten zu korrigieren, wird hier einfach die Aufgabenstellung geändert, damit die Zielrichtung wieder stimmt. Sie schaut zu mir herüber und fragt:

„Haben Sie sich eigentlich Gedanken über ein gezieltes Erbschaftsmarketing gemacht und eine Konzeption erstellt? Herr Preuß, unser Rechtsanwalt, hat noch nichts von Ihnen gehört. Er hat ja bereits mehrfach seine Unterstützung angeboten, und ich habe Ihnen deutlich gesagt, wie wichtig mir dieses Thema ist."

„Ich hatte noch keine Zeit dazu. Außerdem halte ich nichts von Schnellschüssen", antworte ich knapp.

Während sie sich wieder kerzengerade auf ihren Sessel setzt und die Arme rechts und links der Unterlagen auf dem Besprechungstisch postiert, blickt sie mich durchdringend an:

„Zum Thema Fundraising und Öffentlichkeitsarbeit. Zwischen Ihnen und Frau Megerle kam es ja immer wieder zu Konflikten. Und das angebotene Coaching haben Sie nicht in Anspruch genommen. Ich habe deshalb einen exzellenten Berater, einen Freund meines Mannes, mit einer Studie über diese beiden Bereiche beauftragt."

Gratuliere, dann hat auch der genügend verdient, und alles bleibt in der Familie, geht mir durch den Kopf, als sie weiterspricht.

„Um es kurz zu machen. Wir werden die beiden Bereiche zusammenlegen, das ist effizienter. Die Gesamtleitung übernimmt Frau Megerle. Im Fundraising wird sich einiges verändern. So wird in Zukunft unter anderem der verbuchungstechnische Teil unserer Finanzabteilung angegliedert. Das neue Konzept sieht auch vor, weniger Projekte und Veranstaltungen, dafür mehr Mailings zu starten. Das bringt mehr ein."
Damit bricht der jahrelang aufgebaute gute Kontakt zu den Förderern ab, die Einnahmen werden drastisch zurückgehen, denke ich schweigend.

„Hier haben Sie die Ergebnisse."
Sie schiebt die Unterlagen über den Tisch. Pause.

„Und, was sagen Sie dazu?"

Das haut dem Fass den Boden raus. Möchte sie allen Ernstes meine Meinung hören? Ich denke nicht daran.

„Ich habe Sie akustisch verstanden. Nun interessiert mich aber noch eines, Frau Schwalbach-Saletzki. Gibt es eigentlich noch einen anderen, unabhängigen Prüfer des Wohlfahrtsverbandes als Ludwig Schelling, der die Einstufung unserer Betreuten absegnet? Ich meine, der Vetter unseres Vereinsvorsitzenden könnte als befangen gelten, und wenn sich das rum spricht…"

„Ich glaube, Sie kümmern sich jetzt besser um Ihren Bereich und halten sich aus Dingen heraus, von denen Sie nichts verstehen, Frau Maas. Ich habe jetzt zu tun", beendet sie das Gespräch.
Mit der „Studie" unter dem Arm marschiere ich mit hoch erhobenem Haupt aus dem Vorstandszimmer, vorbei an der staunenden Chefsekretärin.
Mein Weg führt über die Flure zur Verwaltungsküche, wo im

Kühlschrank eine Flasche Mumm lagert.

„Antje, wo sind die Mädels?" will ich beim Betreten des Büros wissen.

„Beim Kopieren", erklärt sie.

„Trommle alle sofort zusammen. Ich muss euch was erzählen. Es wird unsere Zukunft verändern. Wir werden jetzt anstoßen, auf uns."

Antje schaut mich fassungslos an und folgt wortlos meiner Anweisung. Zwei Minuten später sitzen meine Kolleginnen stumm um den kleinen runden Besprechungstisch und hören mir gebannt zu. In wenigen Worten schildere ich das Gespräch. Antje starrt wie abwesend ins Leere, Marie schnappt laut nach Luft, und Nina steigen die Tränen in die Augen.

„Bloß keine Trauerminen, das sind die nicht wert", tröste ich Nina, die losplärrt:

„Aber ich könnte vor Ärger in die Luft gehen. Die Schwalbach-Saletzki, Ringelnatz und Megerle haben jetzt freies Spiel. Den Verwaltungsräten wird auch das entsprechend verkauft. Die haben ja keine Ahnung, was hier gespielt wird. Der Freund der Chefin bekommt noch Geld für den Mist, den er hier verzapft. Und stell Dir mal die Folgen vor. Da geht alles den Bach runter. Diese Karla Klein mit ihrer Werbeagentur wird mit Aufträgen gefüttert, bis sie platzt, und der Medienberater im Haus macht Dienst nach Vorschrift und langweilt sich zu Tode. Und die Megerle bläht ihren Bereich personell auf. Die hat schon Anzeigen geschaltet. Eine allein hat über zwanzigtausend Euro gekostet. Und ratet mal, welche Agentur den Entwurf macht? Die können gerade tun und lassen, was sie wollen und das Geld mit vollen Händen zum Fenster rausschmeißen. Und an der Basis wird gespart. Und wir, die das Geld reinholen, werden wegrationalisiert oder besser gesagt, der Megerle unterstellt, die von Tuten und Blasen keine Ahnung hat."

Nina schluckt trocken und setzt nach:

„Dass jetzt mit härteren Bandagen gekämpft wird, haben wir schon aus der Finanzabteilung gehört. Das geht sogar so weit, dass eine Versicherungsagentur das Monopol hier hat und für die Betreuten Bausparverträge abgeschlossen werden, um die Prämien zu kassieren. Bei Heidelberg soll gerade ein exklusives Wohnheim geplant werden für die behinderten Kinder aus reichem Hause. Genügend Adressen und Kontakte, um dieses Haus zu füllen, hat die Chefin ja. Die wollen jetzt ans ganz große Geld, mit allen Mitteln. Und keiner schiebt einen Riegel vor. Ein Sumpf ist das, ein ganz ekliger Sumpf", schimpft sie.

Marie holt tief Luft und meint schließlich mit einem Seufzer:

„Es ist schon kurios. Bei Großkonzernen wie Opel werden tausende Arbeiter auf die Straße gesetzt wegen Managementfehlern. Die Manager müssen dafür aber nicht bluten, im Gegenteil, die kassieren horrende Abfindungssummen. Aber dass das auch im sozialen Bereich nach demselben Muster funktioniert, hätte ich nicht gedacht. Wo soll das noch hinführen, wenn jegliche Moral verloren geht und nur noch kapitalistisch gedacht und gehandelt wird."

Eine halbe Stunde früher als verabredet stehen Liliana und Malte vor der Tür. Frisch geduscht mit feuchten Haaren, in Jeans und Sweatshirt, versuche ich gerade, den Inhalt der vielen Tüten und Gläser einigermaßen dekorativ auf die Porzellanplatten zu drapieren, als es klingelt. Arne ist schuld, dass ich noch mitten im Chaos stehe, als ungeschminkte Landpomeranze. Denn er meinte, ich solle meine Kochkünste ein anderes Mal beweisen und stattdessen den Vierbeiner bewegen. Er wolle dafür bei Michele einkaufen und sich um alles Weitere kümmern.

„Es geht doch auch mal einfach", klingt mir noch in den Ohren.
Arne ist wirklich einkaufen gegangen, aber gleich so viel, als gelte es eine Großfamilie satt zu kriegen. Den gesamten Einkauf hat er dann in der Küche abgestellt, um postwendend ins Büro zu düsen. Ein dringender Auftrag kann schließlich nicht warten. Seitdem staune ich, was alles aus den Tüten zum Vorschein kommt. Liliana streckt schon den Kopf zur Küche herein.

„Hallo Franka. Kann ich Dir helfen?"
Sie ist hübscher, als ich sie in Erinnerung habe. Dichte, glänzende, dunkelbraune Haare fallen ihr locker auf die Schulter, und die strahlend weißen Zähne in dem makellosen Gesicht täuschen über ihr wahres Alter hinweg. Meiner Berechnung nach müsste sie Ende vierzig sein. Wir haben uns nur einmal gesehen bei der Hochzeit eines Freundes.
„Liliana. Hast Du eine Kur hinter Dir, oder läuft das Leben in Karlsruhe rückwärts?" begrüße ich sie.
„Du siehst blendend aus, komm lass Dich umarmen."
„Danke, aber ich hab nur ein paar Kilo abgenommen und die Haare ein bisschen getönt, das ist alles. Aber Du hast Dich auch kein bisschen verändert", gibt sie charmant zurück.

Nun kommen auch noch die beiden Männer in die Küche. Malte drückt mir Blumen in die Hand und Küsschen auf die Wangen. Er strahlt.

„Schön, dass wir uns mal wieder sehen. Es ist ja eine Ewigkeit her."

Wir lassen es uns schmecken und sind bereits bei der zweiten Flasche Chianti, als ich zum Thema komme.

„Es ist wirklich eine Schande, Liliana, aber ich weiß von Rumänien nicht wirklich viel. Dabei braucht man mit dem Flugzeug gerade mal zwei Stunden nach Bukarest. Ich hab mal eine Reportage im Kosmos über das Leben der Bevölkerung nach dem Volksaufstand und der Hinrichtung des Diktators Ceaușescu gelesen. Die Bilder von der Armut und Hoffnungslosigkeit der Menschen waren damals ziemlich erschütternd. Gleichzeitig stand die Schönheit der Landschaft in krassem Gegensatz dazu. Du stammst doch aus Siebenbürgen. Erzählst Du uns ein bisschen von der aktuellen Lage? Mich interessiert alles, neben der sozial-politischen Situation auch Landschaft und Kultur."

„Gerne", sagt sie lächelnd.

„Am besten fang ich mal mit der Geographie an. Siebenbürgen liegt im inneren Karpatenbogen Süd-Osteuropas. Die Karpaten bilden die natürlichen Grenzen im Osten und Süden zur Moldau beziehungsweise zur Walachei, im Westen und Südwesten sind es die Staatsgrenzen zu Ungarn und Serbien. Siebenbürgen ist ziemlich groß, es macht über vierzig Prozent der Gesamtfläche Rumäniens aus und zählt mehr als sieben Millionen Einwohner. Der Name Siebenbürgen stammt von den im zwölften bis dreizehnten Jahrhundert eingewanderten Deutschen, den Siebenbürger Sachsen, und ist vermutlich auf sieben Burgen zurückzuführen. Die amtliche rumänische Bezeichnung Transilvania bedeutet, Land jenseits der Wälder. Und tatsächlich war Transsilvanien früher vollständig bewaldet, weshalb schon zu Urzeiten Menschen dort siedelten."

„Transsilvanien klingt irgendwie spannend, da kommt mir gleich Dracula in den Sinn", unterbreche ich Liliana.

„Ja, da hast Du nicht unrecht", lacht sie.

„Die Legende sagt, dass der walachische Fürst Vlad Țepeș auf der Törzburg aus dem Jahre 1378 als Blut saugender rumänischer Teufel sein Unwesen trieb. Es ist umstritten, ob er die Burg wirklich jemals erobert hat oder ob er als Gefangener dort lebte. Jedenfalls nannte man ihn den Pfähler, weil er sich weigerte, an die Türken Abgaben zu zahlen und deshalb einen äußerst brutalen Feldzug entlang der Donau unternahm. Ich glaube, das war um 1460. Überall, wo er seinen Fuß hinsetzte, ließ er gepfählte Türken aufstellen, und diese Methode schlug die Türken panikartig in die Flucht."

„Das ist ja ein wirklich geschichtsträchtiges Stückchen Erde. Sibiu, also ehemals Hermannstadt, wurde doch zur europäischen Kulturhauptstadt ernannt?" fragt Arne.

„Stimmt. Die einstige Hauptstadt Siebenbürgens ist auch ein Musterbeispiel deutscher Kultur in Transsilvanien. In den achthundert Jahren ihres Bestehens hat sie Türken, Tartaren und Naturkatastrophen überstanden, als Bollwerk der Christen gegen die orientalische Welt. Sie erhielt vom Papst nicht ohne Grund den Titel Schutzwall aller Christen. Und noch heute ist Sibiu der Sitz des Bischofs der deutschen evangelischen Kirche in Rumänien. Die meisten Rumänen sind jedoch orthodox. Deshalb stehen in jedem Ort, wo Deutsche und Rumänen zusammenleben, je eine evangelische und eine orthodoxe Kirche. Das ist auch in Sibiu so. Aber die Stadt hat noch viel mehr zu bieten mit ihren engen, verwinkelten Gassen und Strassen, den Märkten auf den mittelalterlichen Plätzen und historischen Gebäuden. Es gibt jede Menge Kunst und Kultur dort. Und die Tradition in Siebenbürgern wird sehr hoch gehalten. Die deutsche Geschichte reicht ja auch weit zurück", sagt sie, fischt ein paar Oliven aus einer Schale, steckt sie in den Mund und spricht dann weiter.

„Schon im zwölften Jahrhundert holten sich die ungarischen Besatzer zum Schutz ihres Landes die Siebenbürger Sachsen. Der Name hat übrigens nichts mit den Sachsen zu tun. Die so genannten Sachsen stammten aus Flandern und dem Rhein-Mosel-Gebiet. Sie machten das Land urbar, errichteten Städte und Burgen, brachten eine völlig neue Kultur mit. Ein bedeutendes Handelszentrum entstand. Und Transsilvanien als damals selbstständige und erste demokratische Republik Europas boomte. Die schönen alten Dörfer und Städte der Deutschen bilden übrigens einen krassen Gegensatz zur Holzarchitektur Rumäniens. Für viele ist aber das Reizvollste an Rumänien die überaus vielfältige Natur und die Tiere. Es gibt ja noch Bären, Wölfe, Luchse, Wildkatzen, Hirsche und viele seltene Vögel dort. In den Gebirgen leben Adler und im Schwarzen Meer Delphine. Es ist wirklich wunderschön, und die Gastfreundschaft ist sprichwörtlich. Auch wenn die Menschen nicht viel haben, sie teilen es gerne und freuen sich über Besucher. Sie sind dabei auch ein bisschen stolz darauf, dass man sich für ihr Land interessiert. So wie ich auch", lächelt Liliana.

„Aber es gibt natürlich auch die Schattenseite Rumäniens", fährt sie fort.

„Die jahrzehntelange Diktatur hat ihre Spuren tief eingegraben, und das Land tut sich noch immer schwer mit der Demokratie. Wirtschaftlich gehts nur schleppend aufwärts. Die Armut hat sich in einigen Gegenden seit der Revolution noch verschlimmert, und viele Menschen auf dem Land sehnen die Ceaușescu-Zeit zurück. Viele junge Leute sind seitdem ausgewandert. Derzeit hat Rumänien rund dreiundzwanzig Millionen Einwohner. Etwa die Hälfte von ihnen lebt auf dem Land. Beinahe neunzig Prozent sind Rumänen, sieben Prozent Ungarn, die Deutschen liegen unter einem Prozent, die Roma machen knapp zwei Prozent aus und der Rest hat eine andere Nationalität", erklärt sie.

„Von was leben die Menschen denn hauptsächlich?" will ich wissen.

„Zunächst von Berufen beim Staat und bei Privatunternehmen. Viele haben Zweitjobs wie zum Beispiel Taxifahrer, andere halten sich mit Schwarzarbeit über Wasser. Auf dem Land ist nach wie vor die Landwirtschaft der Haupterwerb. Übrigens hat fast jeder Bauer seine eigene Destille. Kein Essen ohne den berühmten țuicã de prune, den besten Pflaumenschnaps der Welt. Und für einen Liter bezahlt man etwa 200.000 Lei, das sind umgerechnet rund fünf Euro", sagt Liliana in Richtung Arne gewandt.

Dieser lacht und gibt zurück:
„Ein Grund, um nach Rumänien zu fahren."

Das ist das Stichwort.
„Zum Käse sollten wir jetzt unbedingt den Wein wechseln", verkünde ich und schaue Arne auffordernd an.
Er versteht und nimmt Malte mit in den Keller. Und ich habe Zeit, den Artikel zu holen. Die Männer kommen gerade mit zwei Flaschen zurück, als Liliana konzentriert auf den Zeitungsbericht schaut und sagt:
„Soll ich das wörtlich übersetzen oder möchtest Du eine grobe Zusammenfassung des Inhalts?"
„Das Fettgedruckte ist mir besonders wichtig. Den Rest kannst Du ja zusammenfassen", erwidere ich. Mit ernstem Gesichtsausdruck übersetzt sie die Überschrift:
„Große Freude in Sibiu. Deutsche Einrichtung hilft konkret. Magdalenenwald unterstützt Ana-Stiftung tatkräftig mit 500.000 Euro.
Soweit das Fettgedruckte", erklärt Liliana.
„Hier unten neben dem Bild steht noch, dass durch die

großzügige Spende zahlreiche Arbeitsplätze weitere fünf Jahre lang gesichert sind. Den Rest muss ich erst noch lesen. Dauert ein paar Minuten", meint sie und vertieft sich in den Artikel.

Arne und ich schauen uns an und scheinen dasselbe zu denken. Magdalenenwald spendet nie und nimmer eine halbe Million Euro, um Arbeitsplätze in einem armen Land zu sichern, ohne davon zu profitieren. Wenn es Aufbauhilfen hierfür gegeben hätte, wüsste man davon. Da aber gerade in Ländern, in denen die Schere zwischen arm und reich weit auseinanderklafft, illegale Geschäfte und Korruption an der Tagesordnung sind, hat es wohl eher damit zu tun. Es wird sich um irgendeinen Deal handeln, denke ich, stupse Liliana leicht an und frage direkt:

„Was hältst Du von dieser Nachricht? Was könnte dahinter stecken, wenn eine ausländische Sozialeinrichtung soviel Geld spendet?"

„Keine Ahnung, Franka. In dem Bericht steht nichts Konkretes, nur dass die Ana-Stiftung eine Art privates Behindertenheim ist und außerhalb von Sibiu in der Nähe der kleinen Ortschaft Rășinari liegt. Die Stiftung besteht schon seit fünfzehn Jahren. Sie wurde von einer Frau namens Ana Maria Miclea gegründet. Die Leitung des Heims, in dem fünfzig schwer behinderte Menschen leben, hat ein Mediziner namens Dorin Munteanu. Über die Anzahl der Beschäftigten steht nichts geschrieben. Die deutsche Einrichtung unterstützt die Ana-Stiftung mit Geld und Know How. Diese Hilfe, die dringend notwendig ist, basiert auf deutsch-rumänischer Freundschaft."

Nun mischt sich Malte ein und fragt, weshalb uns das interessiert. Arne erzählt die ganze Geschichte, und meine Gedanken kreisen dabei nur noch um ein Thema. Deshalb werfe ich laut und deutlich in die Runde, was für mich bereits beschlossene Sache ist.

„Arne, wir müssen so schnell wie möglich nach Rumänien.

Es geht gar nicht anders. Wir müssen uns vor Ort umschauen und herausfinden, was dort passiert."

„Typisch Franka", meint Arne zu Liliana und Malte gewandt.

„Sie ist der spontanste Mensch der Welt. Mit ihrem Forscherdrang wäre sie sicher eine gute Kriminalistin geworden. Ich hab in dieser Hinsicht schon einiges erlebt, und normalerweise hab ich auch Verständnis dafür. Aber das hier ist die größte Schnapsidee, die ich je gehört hab."

Dabei dreht er sich in meine Richtung, schaut streng und fragt ironisch: „Weißt Du eigentlich, wie weit weg Rumänien liegt?"

„Klar. Gerade mal zwei Flugstunden von uns entfernt. Außerdem warst Du es doch, der vor einer halben Stunde die vielen Destillen dort besuchen wollte", gebe ich zurück.
Insgeheim ärgere ich mich über Arnes selbstgerechte Überheblichkeit. Es ist aber der falsche Zeitpunkt zum Streiten. Liliana und Malte beobachten bereits lächelnd unseren Zwist.

„Wenn ich nach Rumänien fahre, dann mit dem Auto, um auch wirklich was zu sehen", kontert Arne.

„Okay, fahren wir mit dem Auto. Welche Strecke nimmt man da am besten?" will ich von Liliana wissen, ohne dabei Arne anzuschauen.

„Ihr könntet die Route Stuttgart, München, Salzburg, Wien, Budapest, Kecskemét, Szeged nehmen, dann über die E 68 zum Grenzübergang Nagylak fahren und immer auf der E68 bleiben, bis Sibiu", antwortet sie prompt.

„Liliana, möchtest Du nicht mitfahren?" frage ich weiter, denn eine bessere Reisebegleiterin kann ich mir nicht vorstellen.

„Kommt ganz darauf an, wann ihr aufbrechen wollt.

Die nächsten beiden Monate sind wir so mit Arbeit voll, dass ich unmöglich fehlen kann. Aber sonst wäre das eine prima Idee."

Arne hat bereits verinnerlicht, dass mein Vorhaben durchaus ernst gemeint ist. Mit Argumenten versucht er nun, meinen Plan ad absurdum zu führen.

„Franka, Du bist wirklich naiv. Kannst kein Wort Rumänisch, warst noch nie in einem ehemaligen Ostblockland und hast keine Ahnung von den Sitten und Gebräuchen. Am liebsten würdest Du doch Hals über Kopf gleich morgen starten, stimmts? So was muss aber gut vorbereitet sein. Hast Du Dir auch schon eine Bleibe für Mick und Ole überlegt, oder willst Du die beiden aus Schule und Kita befreien und im Rucksack mitschleppen? Und wie willst Du Deiner Chefin erklären, dass Du jetzt gleich Urlaub nehmen willst?"

„Das ist alles kein Problem. Da ich sowieso bald rausgeschmissen werde oder selbst kündige, kann ich auch gleich meinen Resturlaub und die Überstunden nehmen. Da kommen locker fünf bis sechs Wochen zusammen. Die Kinder und Bambou könnten bei Lisa bleiben, die sehen sich sowieso fast täglich. Und rumänisch kann so schwer nicht sein. Außerdem sprechen bestimmt viele Rumänen deutsch, oder nicht Liliana?" fahre ich wie aus der Pistole geschossen fort.

„Kommt darauf an", antwortet sie.

„Die Rumänen sprechen eher französisch, dann englisch und dann deutsch."

„Also, es gibt viele Menschen, die dort deutsch, französisch oder englisch sprechen. Und alle drei Sprachen beherrschen wir ja einigermaßen", triumphiere ich.

Arnes Stirnfalten beginnen sich zu glätten. Vielleicht macht er auch nur gute Miene zum bösen Spiel aus Rücksicht auf unsere Gäste. Er wechselt geschickt das Thema, indem er Malte

und Liliana, die seit zwei Jahren ein eigenes Grafikbüro haben, nach der aktuellen Auftragslage befragt. Es wird noch viel gefachsimpelt an diesem Abend, bevor sich die beiden nach Mitternacht verabschieden.
Dabei frage ich Liliana leise:
„Darf ich Dich in den nächsten Tagen mal anrufen? Vielleicht kannst Du mir ein paar Tipps mit auf den Weg geben."
„Klar doch, ruf an. Wann immer Du willst. Ich freu mich drauf. Noapte bunǎ!" sagt sie und drückt mir einen Kuss auf die Wange.

Die Nacht ist kühl. Wir winken den beiden beim Wegfahren noch zu und ziehen uns rasch ins Warme zurück. Arne legt kleine Holzscheite auf die Glut und entfacht mit dem Blasebalg das Feuer. Ich setze mich neben ihn auf die Couch, schaue ins Feuer und frage, ohne ihm dabei in die Augen zu schauen:
„Bist Du sehr sauer?"
„Na ja, ich wundere mich halt immer wieder über Deinen Dickschädel. Wenn Du Dir was in den Kopf gesetzt hast, müssen alle anderen sofort begeistert mitziehen."
Seine Stimmung ist also gar nicht so schlecht. Ich habe das Gefühl, dass er mich eigentlich versteht und nur noch ein bisschen gebeten werden will. Und das versuche ich auch gleich.
„Mir würde ja schon reichen, dass Du überhaupt mitziehst, begeistert oder nicht. Kannst Du Dich denn gar nicht damit anfreunden?"
Arne lässt sich Zeit mit der Antwort. Dann sagt er:
„Grundsätzlich hab ich ja gar nichts gegen die Idee, nach Rumänien zu fahren. Aber das sollte in Ruhe vorbereitet werden, damit es uns was bringt. Mal abgesehen davon, dass Du diesen Verein dort unter die Lupe nehmen willst, finde ich dieses Land viel zu interessant für einen Kurztrip mit ungewissem Ausgang. Außerdem solltest Du dabei auch mal an Kosten und Aufwand denken. Zweitausend Kilometer sind kein Pappen-

stiel. Und nächsten Monat beginnt bei mir die heiße Phase im Geschäft, ich kann da nicht so einfach mal kurz drei Wochen Urlaub machen."

„Versteh ich alles. Aber erst gestern hast Du gesagt, dass Du im Moment gar nicht viel zu tun hast, nachdem der letzte Auftrag geplatzt ist. Das ist doch der Vorteil, dass Du als Freiberufler Dein eigener Chef bist und mit Deinen Terminen flexibel umgehen kannst. Wir könnten doch zumindest mal an die Planung gehen. Und was die Kosten angeht, hab ich auch schon eine Idee. Ich verzichte auf das rote Ledersofa, das ich mir von meinen Eltern zum Geburtstag gewünscht habe und lasse mir dafür das Geld geben. Das müsste eigentlich reichen. Wir sind schon so lange nicht mehr richtig gereist. Mal wieder was ganz anderes sehen und erleben, unseren Horizont erweitern, Abstand vom Alltagsstress kriegen und ein geheimnisvolles Land entdecken. So wie früher. Ich stell mir das großartig vor", sage ich begeistert.

Arne lacht. Dann steht er wortlos auf und geht die Stufen in sein Büro hoch. Mit einem dicken Terminkalender in der Hand kommt er zwei Minuten später wieder zurück. Er blättert in dem Buch und sagt schließlich:

„Ich könnte allerhöchstens vierzehn Tage freimachen, wenn ich jetzt noch ein paar Abendschichten einbaue. Vom 15. bis zum Ende des Monats. Zwei Wochen sind aber viel zu wenig für solch eine Reise."

„Besser als nichts", juble ich, umarme Arne stürmisch, gebe ihm den dicksten Kuss der Welt und freue mich wie ein kleines Kind.

Das ganze Wochenende über wälze ich Reiseführer und Bildbände über Rumänien. Alles, was in der Stadtbücherei zu haben war, stapelt sich nun bei uns. Ich bin in meinem Element. Lisa und Arnes Mutter wollen sich gemeinsam um die Jungs und den Hund kümmern. Termine werden verschoben. Gut gelaunt starte ich am heutigen Montag ins Büro. Erste Amtshandlung: Überstunden zählen und Urlaubstage berechnen. Sechs Wochen kommen zusammen.

Meine Kolleginnen finden das weniger lustig.
„Wer soll denn hier die Entscheidungen treffen, wenn Du so lange weg bist?" meckert Antje.
„Frau Megerle wird ja bald unsere neue Chefin, dann kann sie schon mal üben", gebe ich fröhlich zurück.
„Sehr witzig", kommt es wie aus einem Munde zurück.
Das Telefon unterbricht die Unterhaltung. Arne ist am Apparat und sagt:
„Franka, halt Dich fest. Du glaubst nicht, was gerade per Einschreiben ins Haus flatterte."
„Keine Ahnung, sag schon", antworte ich neugierig.
„Eine Abmahnung! Sie haben Dir eine Abmahnung geschickt. Die Begründung lautet, Du hättest Dich mit Interna an Externe gewandt und damit das Ansehen der Einrichtung beschädigt. Das Vertrauensverhältnis zwischen Dir und Deiner Chefin sei dahin."
„Das ist es allerdings", sage ich und beruhige Arne, der am anderen Ende der Leitung vor Wut kocht.
Meine Kolleginnen bekommen große Ohren. In drei Sätzen erkläre ich ihnen die Sachlage, und siehe da, von einer Sekunde auf die andere bringen sie größtes Verständnis für meinen sofortigen Urlaubswunsch auf. Ich gebe den ausgefüllten Urlaubszettel im Personalbüro ab, packe meine sieben Sachen und fahre nach Hause. Den Rest der Woche bleibe ich dem Büro fern. Alles Wichtige lässt sich telefonisch erledigen. Die Genehmigung oder Ablehnung meines Urlaubsantrags interessiert mich nicht mehr. Fakt ist: Meine Tage in Magdalenenwald sind gezählt. Und mit jedem neuen freien Tag wächst der Abstand zum Alltagsgeschäft. Am Samstag wollen wir in aller Frühe mit dem Wagen in Richtung Rumänien starten.

15

Samstag, sechs Uhr, der Wecker klingelt. Leise, um keinen der Familie aufzuwecken, schleichen Arne und ich ins Bad und machen uns reisefertig. Eine halbe Stunde später sitzen wir im Wagen und fahren los.

„Rumänien, wir kommen".

Der erste Stau kurz vor München, der zweite vor Salzburg dämpft unseren Enthusiasmus. Zwischen Linz und Wien läuft es dafür umso besser, so dass wir kurz nach Wien die Autobahn Richtung Györ, Budapest gegen neun Uhr abends verlassen und in einem kleinen Ort in einer Pension übernachten. In aller Frühe kurz nach sieben geht es weiter auf der Autobahn südlich an Budapest vorbei in Richtung Szeged. Und von da an ändern sich die Verhältnisse.

Die Europastraße ist zwar gut ausgebaut, aber der Verkehr nimmt zu, und das Fahrverhalten der Leute hier ist gewöhnungsbedürftig. Trotz Arnes flottem Tempo, der sich auf diesen Straßen so wohl fühlt wie in Italien, dauert es zum ungarisch-rumänischen Grenzübergang bei Apátfalva/Nǎdlac länger als gedacht. Dort am späten Nachmittag angekommen, heißt es zunächst einmal Geduld haben. In drei Warteschlangen, die LKWs mit eingerechnet, werden die Fahrzeuge abgefertigt. Diejenigen aus EU-Ländern haben es dabei besser als andere. Bei uns dauert es „nur" eineinhalb Stunden, bis wir am Grenzübergang stehen. Den Wagen neben uns inspizieren die Grenzbeamten bis ins letzte Detail. Mir wird beim Anblick der streng dreinschauenden Männer in Uniform mulmig zumute, obwohl wir keine Schmuggelware oder dergleichen im Kofferraum haben. Gott sei Dank machen wir einen seriösen Eindruck auf die Zöllner.

„Puh, das haben wir geschafft. Wir sind in Rumänien", sage ich erleichtert.

Es beginnt bereits zu dämmern, als wir Sebeş erreichen. Es ist nicht schwer, sich in der schönen Kleinstadt mit den mittelalterlichen Bauwerken und den gut erhaltenen Resten einer Festungsanlage zurechtzufinden. Direkt an der Hauptstraße steht die imposante evangelische Pfarrkirche aus dem elften Jahrhundert. Arne will zunächst nicht glauben, was ich ihm verkünde. „Wir übernachten im Pfarrhaus. Liliana hat mir versichert, dass die Geistlichen hier sehr einfallsreich sind, um die Instandhaltung der Kirchen zu finanzieren. Der Kirchenburgschutzverein Siebenbürgen bietet deshalb in Pfarrhäusern einfache, aber preiswerte und saubere Übernachtungsmöglichkeiten an. Also lass es uns ausprobieren."

Wir haben Glück und können auf Anhieb in dem historischen Gebäude Quartier beziehen und ganz in der Nähe in einem kleinen, familiären Restaurant zu Abend essen.
Von Sebeş ist es nicht mehr weit nach Sibiu. Wir starten morgens um neun und freuen uns einmal mehr an der herrlichen Landschaft, die ich unterschätzt habe. Malerisch wirken die sanften Hügelketten, auf denen Wein gedeiht, bizarr die Gebirgsformationen am Horizont, geheimnisvoll die mittelalterlichen Burganlagen, schaurig-schön die trutzigen Festungen in den Dörfern und kleinen Städten. Die Neubausiedlungen am Rand von Sibiu sind da eher ernüchternd. Wir parken das Auto und marschieren in Richtung Zentrum.

„Hast Du gedacht, dass das hier so schön ist?" frage ich Arne, als wir durch die verwinkelten Gassen Sibius mit den Schiefer gedeckten herrschaftlichen Häusern spazieren.

„Ja, eigentlich schon?" sagt er und klärt mich über die Besonderheiten auf.

„Du kannst hier gut erkennen, dass Hermannstadt eigentlich ein Festungshügel ist. Die Stadt wurde nämlich über Jahrhunderte hinweg, also immer dann, wenn sie sich erweiterte, mit einem neuen Befestigungsring umgeben. So entstanden an dem Hügel, wo wir uns gerade befinden, mehrere Stadtbefestigungsanlagen aus verschiedenen Zeitepochen. Von der Ober- zur Unterstadt kann man über die alten Treppen und Stiegen mit Schindel gedeckten Bögen gehen. Stell Dir vor, die Stadtmauer war ganze vier Kilometer lang und hatte vierundfünfzig Türme. Viele Türme tragen die Namen der Zünfte, die sie auch erbauten, zum Beispiel der Gerberturm, der Töpferturm oder der Zimmermannsturm. Komm, den schauen wir uns jetzt näher an."

Nach endlosen Treppenstufen rauf und runter starten wir einen gezielten Rundgang am großen Ring, dem zentralen Platz der Altstadt, namens Piața Mara. Danach will er sich noch das Gebäude der so genannten sächsischen Universität, das Alte Rathaus, das Haus der Kunst und die belebte Hauptgeschäftsstraße näher ansehen. Aber ich bin am Ende meiner Kräfte.

„Arne, lass uns irgendwo Rast machen. Ich kann nicht mehr."

Er nimmt mich in die Arme und meint lachend:

„Was? Du machst schon schlapp? Dabei hab ich eine Überraschung für Dich."

„Was denn für eine Überraschung?" frage ich verwundert.

„Ich habe im Vorfeld auch was für unsere Reise getan. Habe uns mit Lilianas Hilfe für alle Fälle ein Zimmer im La Podul Miniciunilor gebucht und werde heute Abend mit Dir in einem der besten Häuser der Stadt essen gehen."

Das Restaurant mit Namen Crama Sibiul Vechi zählt zu den ältesten Gaststätten der Altstadt. Freundliche Kellner in Original-Volkstracht tischen in dem altehrwürdigen Haus mit historischem Gewölbe aus dem fünfzehnten Jahrhundert leckere traditionelle Gerichte auf. Wir lassen uns Krautwickel, Lammfleisch und fantastisch gefüllte Blätterkuchen schmecken. Beschwingt schlendern wir Arm in Arm nach dem Essen kurz vor Mitternacht durch die Gässchen. Vor uns her geht eine Gruppe junger Männer, die in ein Kellergewölbe am Rande der Altstadt, aus der Zigeunermusik dringt, verschwindet.

Arne schiebt mich zur Tür hinein und meint:
„Komm, wir trinken noch einen Absacker."
Das gut besuchte Lokal ist spartanisch eingerichtet. Zögernd schaue ich mich um. Die Gäste bestehen bis auf zwei Frauen ausschließlich aus Männern unterschiedlichen Alters. Sie unterhalten sich laut, trinken Bier und Schnaps und schauen uns allesamt neugierig an. Wir bestellen auf rumänisch Bier und einen Țuică.
Ein Mann Mitte vierzig, der vor unserem Tisch an der Bar lehnt, nimmt sein Glas in die Hand und prostet uns zu.
„Deutsche. Ihr seid Deutsche, nicht wahr?"
„Ja", sagt Arne.
„Wir sind deutsche Touristen. Möchten Sie sich zu uns setzen?"
„Gerne. Ich heiße Nicolae. Nicolae Vasilescu".
„Sie sprechen aber gut deutsch", begrüße ich den dunkelhaarigen Mann.
Er lässt seine vielen Lachfalten um die glänzenden grünbraunen Augen spielen und antwortet:
„Danke für das Kompliment, aber ich lebe ja die meiste Zeit in Frankfurt am Main. Bin nur im Urlaub hier. Wir können uns ruhig duzen, wir sind hier nicht so kompliziert."
„Was macht ihr hier? Wander- und Kultururlaub?" will er wissen.
„Ja, auch das. Aber eigentlich sind wir als Journalisten an einem Hilfsprojekt interessiert. Wir möchten eine Reportage über das Ana-Heim bei Rășinari machen", sage ich spontan und ignoriere Arnes Fußtritt gegen mein Schienbein unter dem Tisch.

Weshalb soll der Fremde nicht erfahren, was wir hier wollen, denke ich. Er zuckt mit den Schultern.
„Nie gehört. Was für ein Heim soll das sein?"
„Ein privates Behindertenheim, das von einer deutschen Einrichtung unterstützt wird", gebe ich zurück.
Nicolae dreht sich zur Bar um und ruft laut:
„George, kennst Du ein Behindertenheim bei Rășinari?" Zu uns gewandt meint er:
„George ist mein Freund. Wir sind damals zusammen nach Deutschland gegangen. Seine Familie stammt aus Rășinari."
George kommt zu uns an den Tisch, setzt sich ebenfalls, betrachtet sein leeres Bierglas, schaut uns aus großen Augen an und schüttelt leicht den Kopf. Während Arne eine neue Runde Bier bestellt, sagt George, der ein paar Jahre jünger als Nicolae ist, mit leichtem Akzent und tiefer Stimme:
„Hab noch nie was von einem solchen Heim gehört. Aber ich bin zu selten hier. Müsste mal meine Eltern fragen, die leben in Rășinari."

Das Bier, das vom Aussehen her eher wässrigem Apfelsaft gleicht, wird in großen Gläsern gebracht. Wider Erwarten schmeckt es auch ohne Schaumkrone gar nicht schlecht. Unsere beiden Tischnachbarn klären uns ausführlich über die Güte des rumänischen Biers auf und natürlich über die siebenbürgischen Weine. Arne nickt anerkennend und nestelt in seiner Jackentasche. Er, der gar nicht raucht, aber die Gepflogenheiten hier zu kennen scheint, legt eine Schachtel Zigaretten auf den Tisch und bietet den beiden die Glimmstengel an.
Erfreut zünden sie sich die Zigaretten an, paffen den Rauch in blauen Ringen in die Luft und erzählen von Deutschland und dem Leben hier. Eine interessante Diskussion über die politischen und kulturellen Unterschiede beider Länder entsteht. Vor allem das Roma-Problem und die zunehmende Überalterung der Bewohner hier brennt den beiden unter den Nägeln.

Nach der nächsten Runde Țuică, der mir heftig die Sinne benebelt, klopft George Arne unvermittelt auf die Schulter und sagt:
„Ihr seid in Ordnung. Habt Ihr Lust auf einen typisch rumänischen Abend? Ich lad Euch zu mir nach Hause ein. Wenn Ihr Lust habt, kommt morgen zum Abendessen gegen sieben, dann könnt ihr auch gleich meine Mutter nach dem Heim fragen. Die kennt hier alles und jeden."
Schlagartig fühle ich mich wieder nüchtern.
„Das ist ja super nett. Natürlich kommen wir gerne. Wo wohnt ihr denn?" frage ich rasch.
„Ganz einfach. Ihr fahrt in Richtung Păltiniş nach Răşinari, das liegt zwölf Kilometer südwestlich von Sibiu. Dann biegt Ihr gleich nach dem Ortseingang links ab. Auf dieser Straße geht es immer gerade aus. Nach etwa einem Kilometer ist es das letzte Haus auf der rechten Seite. Da wohnen wir."

Punkt sieben düst unser Wagen am nächsten Tag über die schlecht asphaltierte Straße prompt am letzten Anwesen von Răşinari vorbei. Arne findet es amüsant, mit quietschenden Reifen in einem Affentempo die Schlaglöcher zu umfahren, was mich zur Weißglut bringt.
„Da war es Arne. Du musst umdrehen", bemerke ich schroff.
„Ja, ja, nur mit der Ruhe. Hier kann man nicht wenden", meint er und fährt zügig weiter. Links und rechts der schmalen Straße sind Weidezäune und tiefe Gräben. Nach einer Kuppe und einem lichten Mischwald taucht plötzlich weitab der Straße in einer weiten Senke ein Anwesen auf. Ein schmaler geteerter Weg führt zu diesem großen herrschaftlichen Gebäude, das in einer Art Park liegt.

Ich traue meinen Augen nicht.
„Das ist es! Arne, das ist das Behindertenheim. Bieg dorthin ab."

„Bist Du sicher?" fragt er und meint:
„Das sieht eher nach einem Hochsicherheitstrakt aus."
„Hundertprozentig. Warte, ich hab das Bild dabei".
Hastig krame ich in meiner Tasche nach dem Zeitungsausschnitt. Arne stoppt den Wagen mitten auf der Straße und schaut auf das Foto.
„Tatsächlich, das ist das Haus. Auf dem Bild sieht man aber gar nichts von dem Zaun, der das Riesengelände hier umgibt."

Im Schritttempo rollen wir auf die Anlage zu. Etwa zwanzig Meter vor einem großen zweiflügeligen Eisentor hält Arne an. Man kann durch den Zaun hindurch eine breite Allee sehen, die vom Tor zu dem Hauptgebäude führt. Hinter dem Haus, das durch seine Jugendstilelemente, die breite Steintreppe und mächtigen Säulen imposant und protzig wirkt, scheinen weitere Gebäude zu stehen.
„Ich kann nicht weiter fahren. Der Eingang wird elektronisch überwacht. Schau, dort hängen Kameras. Die haben uns sicher schon bemerkt. Und sieh nur, das Ganze wird sogar durch Stromdrähte gesichert. Am oberen Ende des Metallzauns sind Kabel. Nicht gerade einladend. Sieht aus wie ein Gefängnis. Wir drehen besser ganz schnell um und verschwinden von hier", sagt Arne, während er den Rückwärtsgang einlegt.
„Hast Du so was schon mal gesehen? Ein Behindertenheim, das aussieht wie ein Gefängnis? Nicht mal geschlossene psychiatrische Abteilungen sind bei uns derart gesichert. Das schnürt einem ja die Kehle zu", sage ich und halte nach einem geeigneten Beobachtungsposten Ausschau.
„Es wird nicht leicht, den Laden hier unbemerkt zu beobachten. Am besten geht's, glaube ich, vom Wald aus, dort rechts oben", erkläre ich und zeige mit dem ausgestreckten Finger auf die Stelle.
„Man müsste das Auto allerdings irgendwo hinter der Kuppe abstellen."

„Franka, wir werden jetzt nirgendwo anders als bei George parken, okay? Du bist nicht James Bond. Und ich auch nicht. Außerdem kannst Du Deine Strategie auch noch morgen in aller Ruhe aushecken. Es ist eh schon viel zu spät. Und wir sind schließlich zum Essen eingeladen", unterbricht mich Arne und gibt Gas.

Mich lässt der Eindruck dieser Anlage nicht los.
„Ist Dir aufgefallen, dass weder ein Wegweiser noch ein Schild am Portal auf das Behindertenheim hinwies? Das ist doch auch nicht normal, oder?" frage ich Arne, der gerade schwungvoll durch das geöffnete Hoftor fährt.
Er kommt nicht dazu, meine Frage zu beantworten, denn unser neuer Freund tritt schon aus dem Haus und winkt uns zu. Wir steigen aus dem Wagen und begrüßen George und seine Familie. Alle versammeln sich auf dem Hof. Neben Mutter und Vater gibt es eine jüngere Schwester, zwei Brüder und einen Onkel. Wir schütteln Hände, lächeln und wiederholen zig mal:
„Bună seara. Multe mulțumiri!"

Dann führt uns George durch das kleine Gehöft und die Stallungen. Das Herzstück des Anwesens sind Küche und Wohnstube in einem uralten, gut erhaltenen Gebäudeteil. Wir treten ein. Es duftet herrlich. Um den langen Holztisch herum, auf dem sich Berge von Tellern stapeln und etliche Gläser und Krüge stehen, hat sich schon die Familie versammelt. Alle unterhalten sich munter und warten auf uns. Ich bin froh über Lilianas Tipp, ein paar Gastgeschenke mitzunehmen. Nachdem sich alle überschwänglich bedankt haben, schenken sie uns einen selbst gewebten Tischläufer.

Mich beschämt diese Gastfreundschaft beim Gedanken an die Art und Weise, mit der wir oft Ausländern begegnen. Dann tischen sie auf, was das Zeug hält. Eine schmackhafte gesäuerte

Suppe mit Hühnerfleisch, kleine mit Reis und Hackfleisch gefüllte Kohlrouladen, gefüllte Paprika, scharf gebratenes Rindfleisch, Ofenkartoffeln mit Knoblauchtunke und schließlich die besten süßen Backwaren und Waldbeeren, die ich je gegessen habe. Dazu gibt es Wein vom Fass und natürlich den selbst gebrannten Țuică. Die Unterhaltung wird immer lockerer, rumänisch und deutsch in wildem Durcheinander. George ist dabei die Hauptperson. Er wird stark beansprucht, übersetzt, scherzt und lacht mit seiner Familie und uns.

Gegen Mitternacht, als die meisten Fragen geklärt sind und eine Pause entsteht, ziehe ich den Zeitungsartikel aus meiner Tasche und gebe ich ihn George mit der Bitte, seine Mutter nach dem Heim zu befragen. Der Gesichtsausdruck von Georges Mutter, einer rundlichen Frau mit gütigen Augen, verändert sich beim Anblick des Artikels. Sie sagt etwas auf Rumänisch zu ihrem Sohn und schaut mich dabei prüfend an. Dann mischen sich auch die anderen in das Gespräch ein. Es wird laut und lange debattiert, und wir verstehen kein Wort.

Schließlich wendet sich George, der heftig mitdiskutiert hat, wieder uns zu.
„Man weiß hier nichts Genaues über das Heim. Es wird aber gemunkelt, dass dort Dinge geschehen, die geheim bleiben müssen. Dafür spricht, dass weder der Heimleiter noch die Mitarbeiter und Insassen aus der Gegend stammen. Es gibt auch keinen Kontakt nach außen. Beliefert wird das Heim aus dem Ausland, es wird ja auch von Deutschland aus finanziert. Das ganze Areal ist sehr gut abgeriegelt. Die Leute denken deshalb, dass es besser für sie ist, nicht allzu viel darüber wissen zu wollen. Außerdem stört das hier niemanden. Das Anwesen hat schon immer eine Sonderstellung gehabt. Früher gehörte es einem Vertrauten Ceaușescus. Dieser Mann, Vasile Miclea, ist als Regimetreuer kurz vor dem Sturz des Diktators mit seiner Fa-

milie ins Ausland geflüchtet. Dessen Frau, Ana Maria, hat das ganze dann einem sozialen Zweck zugeführt, heißt es. Warum willst Du eigentlich so viel über dieses Heim wissen?" fragt er abschließend.

„Ganz einfach, weil es von einer deutschen sozialen Einrichtung unterstützt wird, die ich gut kenne. Die Zusammenhänge sind mir aber noch schleierhaft. Deshalb bin ich hier. Vielleicht ist es ein Thema für die deutschen Medien."

George übersetzt, was ich gesagt habe. Die Familienmitglieder äußern etwas dazu und winken ab. Nun meint George zu mir gewandt:

„Das sollst Du besser lassen. Du wirst hier nichts herausfinden, was Du nicht wissen sollst. Glaub meiner Familie, die kennt sich damit gut aus."

Georges Vater beendet die Diskussion mit einer Runde Țuică, und ich spüle meine Enttäuschung, nicht mehr erfahren zu haben, mit einem kräftigen Schluck hinunter. Dann wechselt Georges Onkel, der bislang Schweigsamste der Runde, das Thema. Dieser kleine Mann mit dem dichten Haar und gewaltigen Rauschebart ist von Kind an Schafhirte und kennt die Gegend wie seine Westentasche. Er lädt Arne und mich für den nächsten Tag zu einem Ausflug in die Berge ein. Arne sagt begeistert zu, und ich gebe vor, einen Besuch im Heimatmuseum für meine Rumänien-Reportage machen zu müssen. Sehr gut, dass sich nun Arnes und meine Wege trennen. So kann ich ungehindert meinen Plan verwirklichen. Und nichts und niemand wird mich dabei stören, das Ana-Heim unter die Lupe zu nehmen.

Nach eiligem Frühstück am nächsten Morgen packen wir rasch unsere sieben Sachen zusammen und starten den Wagen kurz nach neun in Richtung Rășinari. Arne hat sich um halb zehn mit George und dessen Onkel auf dem Gehöft verabredet. Ich setze ihn dort ab und verspreche zum dritten mal hoch und heilig, kein Risiko einzugehen und, als Pilze- und Beerensammlerin getarnt, den vereinbarten Sicherheitsabstand von mindestens hundert Metern zu dem Anwesen einzuhalten. Arne macht sich Sorgen. Die Tatsache, dass wir per Handy Kontakt zueinander haben, beruhigt ihn etwas. Abends wollen wir uns entweder in der Pension oder gegen acht Uhr im „Römischen Kaiser" zum Essen treffen.

Fröhlich vor mich hin pfeifend, suche ich einen Parkplatz für unser Auto. Gar nicht so leicht in der Pampa. Endlich entdecke ich einen unebenen Trampelpfad unweit des Wäldchens. Schätzungsweise einen halben Kilometer muss ich nun zu Fuß durch den Wald gehen. Schade, dass unser Hund nicht da ist. Mit ihm als Begleiter wäre mir wohler. Mit Rucksack, Decke und dem albernen Weidenkorb am Arm stapfe ich in die angepeilte Richtung und komme tatsächlich nach etwa zehn Minuten Fußmarsch oberhalb des Anwesens heraus. Zwischen zwei mächtigen Laubbäumen lässt sich gut Position beziehen. Von hier aus hat man einen freien Blick auf das Hauptgebäude und den Eingangsbereich. Es ist niemand zu sehen. Auch mit dem Fernglas ist nichts auszumachen. Die Fenster sind geschlossen und vergittert. Kein Laut dringt herauf. Es scheint, als sei das Heim ausgestorben.

Kurz nach elf, als ich gerade einen Apfel aus dem Rucksack krame, fährt ein Kleintransporter auf das Tor zu. Automatisch öffnen sich die beiden Flügel und lassen das Fahrzeug passieren. Ein Mann in dunkelgrauem Anzug mit Schiebermütze öffnet die Heckklappe und trägt ein paar Pakete zum Haus. An der Tür übergibt er diese einem schlanken Herrn in weißem Kittel, geht zurück zum Wagen und verlässt das Heim. Das Tor schließt sich wieder elektronisch. Stille. Die Zeit vergeht im

Schneckentempo. Endlich, kurz nach eins, öffnet sich die Eingangstüre des Hauptgebäudes, und ein paar Männer kommen heraus. Drei von ihnen tragen weiße Kittel, zwei davon haben Jeans und Pullover an. Durch das Fernglas sehe ich, dass eine Frau mit kurzen roten Haaren darunter ist. Sie stehen vor dem mächtigen Säulenportal und zünden sich gegenseitig Zigaretten an. Einer der Weißkittel schlendert jetzt zusammen mit der Frau die Steintreppenstufen herunter, bleibt stehen und lehnt sich lässig an das Geländer. Die beiden scheinen in ein Gespräch vertieft zu sein.

Ich stelle das Fernglas scharf, um die Gesichtszüge besser erkennen zu können und kann es kaum glauben: Das ist Slabowski. Michael Slabowski. Ich reibe mir die Augen und schaue nochmals ganz genau hin. Kein Zweifel, er ist es. Bis vor ungefähr einem Jahr war er Arzt im Magdalenenwalder Krankenhaus. Dort leitete er die Abteilung für Kinder- und Jugendpsychiatrie. Ich hatte nicht viel mit ihm zu tun, er war mir aber wegen seiner arroganten Art unsympathisch. Was macht der hier? Behandelt er in dieser geschlossenen Anstalt etwa rumänische Kinder und Jugendliche? Bringt er dabei vielleicht fachliches Know How ein? Wenn der allerdings aus philanthropischen Motiven hier arbeitet, warum geschieht das dann so von der Außenwelt abgeschottet?

Eine plausible Antwort auf meine Fragen kann mir abends auch Arne nicht geben. Aber zumindest versteht er nun, dass die Observation nicht völlig umsonst war und ich mich auch die nächsten Tage im Schutz der Bäume auf die Lauer legen werde. Beim Abendessen erzählt er zufrieden von seinen Erlebnissen.
„Die Cabanas hätten Dir auch gefallen. Schönere Hütten hab ich noch nie gesehen. Die sind urgemütlich und liebevoll eingerichtet. Und das Essen war auch genial", schwärmt er.

Dann teilt er mit, dass er für morgen einen Besuch im kleinen Dorfmuseum in Rășinari zusammen mit George vor hat, übermorgen Sibiu näher erkunden will und irgendwann noch das Zigeunerdorf Prislop besuchen wird. Mich erwartet anstatt Kultur jede Menge Natur. Ein weiterer Härtetest für Gemüt und Sitzfleisch also.

An derselben Stelle wie am Vortag breite ich meine Decke aus und warte stundenlang vergeblich darauf, dass sich irgendwas Interessantes auf dem Heimareal tut. Aber abgesehen von den Zigarettenpausen vor dem Portal zeigt sich niemand im Freien. Auch von den Heiminsassen ist bislang keiner zu sehen. Kurz nach zwölf beginnt es auch noch zu nieseln. Rasch packe ich meine Sachen zusammen und beschließe nach Rășinari zu fahren, um irgendwo einen Kaffee zu trinken. Bereits fünf Minuten später lacht die Sonne wieder.
In der Hoffnung, zufällig irgendwo Arne zu sehen, fahre ich langsam durch das kleine Städtchen und parke den Wagen im Zentrum. Dort ist ein gemütliches Kaffee mit Stühlen und Tischen im Freien. Eine Gruppe junger Leute in traditioneller Tracht geht vorüber. Ein nettes Fotomotiv, denke ich und ziehe die Kamera aus der Fototasche. Die Jugendlichen freuen sich über mein Interesse, posieren vor der Kamera und lachen in die Linse.

An einem kleinen Tisch neben dem Eingang nehme ich Platz und bestelle Kaffee und Kuchen. Nun noch rasch auf die Toilette, dann kann ich der Zivilisation getrost wieder den Rücken kehren. Das stille Örtchen ist jedoch ein eklig schmutziger Miniraum, den man besser nicht benutzt.
Während ich wieder auf meinen Tisch zugehe, sehe ich die Bescherung: Die Fototasche ist weg. So ein Mist. Ich bin aber auch zu blöde. Lasse die Tasche einfach im Freien stehen und denke mir nichts dabei. Und jetzt ist die gute alte Spiegelreflex samt

Tele- und Weitwinkelobjektiv zum Teufel. Hätte ich doch nur die kleine Digitalkamera eingesteckt, dann wäre jetzt weniger verloren. Aber nein, ich musste ja das Zoom mitnehmen. Zu dumm. Wenigstens hab ich das Geld und die Autoschlüssel in die Jeanstasche gesteckt und nicht auch noch auf den Tisch gelegt. Aber das tröstet jetzt auch nicht. Für heute ist genug passiert, finde ich, fahre zur Pension und lege mich aufs Bett.

Auch keine gute Idee. Zum Lesen hab ich keine Lust, einschlafen kann ich nicht, und grübeln hilft auch nicht weiter. Also werde ich was unternehmen. Der Vetter von Liliana fällt mir ein. Rasch wähle ich die Nummer und habe Glück. Er meldet sich nach dem dritten Klingelton. Alex scheint ein freundlicher Mensch zu sein. Er will sich gleich mit mir um vier in einem Café auf dem Marktplatz treffen. Das Café macht einen netten Eindruck und hat noch ein paar Plätze frei.
Alex soll groß, schlank und dunkelhaarig sein. Sind zwar viele hier, aber Liliana hat ihn als ziemlich attraktiv beschrieben.

Hoppla, da hat sie ja noch untertrieben, denke ich, als ein sportlicher, braun gebrannter Mittvierziger hereinkommt und zielstrebig auf meinen Tisch zusteuert.
　„Sie sind sicher Franka Maas", sagt er charmant, streckt mir die Hand zur Begrüßung entgegen und meint weltmännisch:
　„Herzlich willkommen in unserem schönen Sibiu. Ich bin der Alex."
Sieht man mir die Ausländerin so deutlich an, oder hat Liliana mich dermaßen gut beschrieben, dass Alex mich gleich erkannte. Die Unterhaltung beginnt locker. Er spricht fast akzentfrei Deutsch mit einem interessant klingenden rollenden R in der Aussprache. Wir reden über dies und das, über Liliana und Malte, Deutschland und Rumänien.

Nach einer Viertel Stunde Geplauder nähern wir uns dem wahren Grund meines Besuchs. Alex hört gespannt zu.

„Mich interessiert, weshalb sich die deutsche Behinderteneinrichtung Magdalenenwald mit soviel Geld hier engagiert. Warum zeigt die sich einerseits so spendabel, wenn auf der anderen Seite knallhart gespart wird? Und weshalb weiß niemand in Deutschland davon?"

„Das kann ich auch nicht beantworten. Vielleicht weil wir in Rumänien Unterstützung aus dem Westen wirklich gut gebrauchen können", sagt er laut und fügt dann leise hinzu, während er sich zu mir beugt: „Ich erzähl Dir das nur, weil Du eine Freundin von Liliana bist. Hör jetzt gut zu und stell mir keine weiteren Fragen, in Ordnung?"

„Ja, klar", gebe ich schnell zurück, bevor er mit gedämpfter Stimme weiterspricht:

„Ich kenne ein paar einflussreiche Leute hier. Jemand aus diesem Kreis hatte mit dem Leiter des Ana-Heims zu tun. Jetzt ist er allerdings in der Schweiz tätig. Die Struktur des Heims hat sich jedoch nicht geändert. Seit ein paar Jahren wird es ausschließlich durch ausländische Mittel finanziert. Denn dort wird auf sehr hohem Niveau wissenschaftlich gearbeitet und geforscht. Deswegen ist das Areal auch völlig von der Außenwelt abgeschirmt. Und das muss auch so bleiben. Damit niemand auf komische Gedanken kommt, wird von Zeit zu Zeit das soziale Engagement der deutschen Einrichtung öffentlich herausgestellt. Wohltätigkeit ist hier genauso wichtig wie anderswo."

Mein Gegenüber schaut mich durchdringend an, winkt der Kellnerin, um zu bezahlen und verabschiedet sich rasch mit den Worten:

„Machs gut, Franka, und genieße diese Stadt. War schön, Dich getroffen zu haben. Und grüß Lili von mir."
Ich werde das Gefühl nicht los, dass dieser schöne Mann ein ziemlich guter Schauspieler ist und mir gerade einen ordentli-

chen Bären aufgebunden hat. Ich spiele mit und erwidere:
„Vielen Dank, Alex. Ich bin wirklich froh, dass Du mir helfen konntest und ich jetzt Bescheid weiß. So können wir die restlichen Tage hier noch unbeschwert genießen."
Dabei denke ich das Gegenteil und will erst recht wissen, was hinter der angeblichen Forschungsanstalt steckt.

Der dritte Tag im Wald beginnt mit einem Schreck. Kaum auf der Decke, raschelt es heftig im Gebüsch. Mir stockt der Atem. Doch ist es nur ein Hase, der im Zickzack vorbeihoppelt. Zwei Stunden lang rührt sich nichts. Ich genieße die Herbstsonne und schaue dem Wolkenspiel am Himmel zu, da dringen plötzlich Geräusche von schlagenden Türen herauf. Von einem der hinteren Gebäude fährt ein dunkler Van vor das Portal. Ein Mann springt heraus und öffnet die Heckklappe, während zwei andere Weißkittel einen Menschen auf einer Bahre zum Auto tragen. Sie stellen die Bahre auf dem Boden ab und ziehen eine Kiste aus dem Wageninneren, die sie ebenfalls auf die Erde stellen. Ich schaue angestrengt durch das Fernglas und, oh Schreck: Auf der Bahre liegt ein Kind. Und die Kiste ist ein Sarg. Das Kind, vermutlich ein Junge, ist offenbar tot. Die beiden Männer legen den leblosen Körper in den Sarg und klappen den Deckel zu. Dann schieben sie den Sarg ins Wageninnere und schließen die Heckklappe. Zwei der drei Männer steigen in das Auto. Sie verlassen die Anlage durch das Eisentor. Der dritte geht langsam die Stufen zum Eingang hinauf. Dann dringen Schreie aus dem Haus. Zwei Sekunden später ist es wieder still. Totenstill. Starr beobachte ich das Haus, bis es Abend wird.

Arne will mich am vierten Tag meiner Observation begleiten.
„Ich lass Dich da nicht mehr alleine hin. Wir machen jetzt alles zusammen. Heute begleite ich Dich, und morgen kommst

Du mit mir nach Prislop. Ein bisschen Abwechslung tut Dir gut, bevor wir nach Hause fahren."
Eigentlich bin ich froh darüber. Die Atmosphäre in dem Wäldchen hat ihre Mystik verloren. Ich fühle mich heute viel wohler und bete im Stillen um einen entscheidenden Hinweis. Nach dem Motto Vorsicht ist die Mutter der Porzellankiste unterhalten wir uns mit gedämpften Stimmen, denn durch diese große Entfernung kann uns eigentlich niemand hören und entdecken. Lange Zeit regt sich wieder nichts auf dem Grundstück. Gegen Mittag beobachten wir die Weißkittel wieder bei ihrer Zigarettenpause. Etwa zwei Stunden später fährt ein weißer Transporter vor. Das Tor öffnet sich automatisch.

Durch das Fernglas erkenne ich den Schriftzug auf der Heckklappe des Wagens. Yanpharm prangt da in kursiver Schrift neben einem kleinen weißen Kreuz auf rotem Grund. Deutlich erkenne ich auch das Nummernschild, das neben einigen Ziffern die Buchstaben TI für die Region Tessin trägt.
„Arne, das ist ein Wagen aus der Schweiz. Die lassen sich extra Medikamente aus der Schweiz anliefern. Yanpharm ist sicher ein Schweizer Pharmakonzern mit Sitz im Tessin. Das ist ja merkwürdig, dass die solch eine weite Strecke auf sich nehmen."
„Magdalenenwald hat doch ein Tagungshaus im Tessin. Vielleicht hängt das damit zusammen" fasst Arne in Worte, was mir gerade durch den Kopf geht.

Der Fahrer des Wagens lädt verschiedene Kartons aus und stapelt diese auf der Steintreppe. Zwei Männer helfen ihm beim Reintragen. Nach etwa einer halben Stunde verlässt er das Gelände wieder. Danach ist es wieder ruhig wie zuvor.
„Vielleicht sollten wir doch noch versuchen, das Heim von Innen zu sehen. Ich als Journalistin mit internationalem Presseausweis und Du als Fotograf müssten da eigentlich rein kom-

men", schlage ich vor.

Aber Arne schüttelt den Kopf.

„Ich hab mich lange mit George über das rumänische System unterhalten. Da hast Du auf legalem Weg nicht die geringste Chance. Wenn wir als Journalisten etwas wissen möchten, geht das zunächst nur schriftlich. Das dauert zu lange und bringt nichts."

„Okay, dann nehmen wir eben den illegalen Weg", erkläre ich.

„Dazu fehlt uns die Zeit, außerdem kommen wir hier nicht weiter. Aber immerhin wissen wir jetzt, dass ein Schweizer Pharmakonzern und ein Arzt aus Magdalenenwald mit dem Ana-Heim zusammenarbeiten. Das ist besser als nichts. Lass uns zu Hause mal im Internet weiterforschen", sagt Arne und beginnt unsere Sachen zusammenzupacken.

Dann heißt es Abschied nehmen.

21.35 Uhr Ankunft zu Hause.
Freudentaumel: Bambou wirft uns fast um. Mick und Ole jauchzen vor Glück. Die Schwiegermama strahlt erleichtert.

„Wie gut, dass ihr wieder da seid!"
Zwei Stunden lang erzählen wir von der Reise, verteilen Geschenke, öffnen den selbst gebrannten Țuică von George und testen den luftgetrockneten Speck. Dann die Erschöpfung total. Todmüde fallen wir ins Bett.

Ich schlafe schlecht, träume wirres Zeug und schlage um mich.

„Ich glaube, Du bist urlaubsreif, Franka", meint Arne schläfrig.

„Entspann Dich und schlaf weiter, es ist noch nicht mal sechs Uhr."

„Ich kann nicht. Meine Gedanken lassen sich nicht einfach ausschalten. Und man kann es drehen und wenden, wie man will. Lücke bleibt Lücke. Jetzt haben wir zwar noch ein paar Puzzleteile mehr, das entscheidende Bindeglied fehlt aber nach wie vor", sage ich resigniert.

„Das findest Du jetzt ganz sicher nicht", meint er gähnend und dreht sich zur Seite.

„Schon. Ich hab aber trotzdem das Gefühl, dass mir die vielen undurchsichtigen Vorgänge irgendwie den Durchblick verschleiern", murmele ich und gebe mich still meinen Gedanken hin.

Wir stehen vor einem komplexen rätselhaften Konstrukt, und es kann sein, dass mit reiner Ratio nicht hinter die Kulissen zu schauen ist. Und in das Herz des Verwaltungsapparates, die Finanzabteilung, lässt sich so leicht nicht eindringen. Alleinige Herrscherin über diesen Bereich ist Agnes Greiner. Mit dreißig Dienstjahren im Rücken, der eisernen Hand im Genick und wachsendem Druck auf den Schultern ist es für ein Aufbegehren längst zu spät. Absolute Loyalität, Schweigepflicht und Erfahrung im komplizierten Magdalenenwalder Finanzwesen zeichnen die allein stehende Endfünfzigerin aus. Sie weiß, wie unentbehrlich und wichtig sie für die Einrichtung ist. Schließlich hat man ihr viel zugetraut und mehr Kompetenzen als ihrem Vorgänger erteilt. Die Chefin spart an dieser Stelle mit Lob nicht. Durch die geplante Auflösung der Fundraising-Abteilung und die künftige Verbuchung der Spenden in der Finanzabteilung hat neben ihr selbst nur noch Agnes Greiner Einblick in sämtliche Finanzbewegungen der Einrichtung. Die beiden sind damit auch die einzigen, die über die tatsächliche Verwendung der Mittel Bescheid wissen. Die vier Mitarbeiterinnen erledigen buchhalterische Teilaufgaben. Mich erinnert Agnes Greiner an eine Art strenge Vorsteherin eines Mädchenpensionats vor hundert Jahren. Privatgespräche unter den Kolleginnen während der Arbeitszeit duldet sie nicht. Agnes Greiner wacht mit Argusaugen über ihren Bereich. Über diese Schiene an relevante Geschäftsvorgänge oder Kontenbewegungen zu kommen, ist also reine Utopie und somit Zeitverschwendung.

Bleibt also nur der illegale Weg. Mir wird immer deutlicher, dass ich meine Skrupel vergessen muss.

Ganz leise schleiche ich aus dem Bett, gehe in die Küche, koche Rotbuschtee und überlege, wer sich als Verbündeter für mein Vorhaben finden ließe. Derjenige muss professionell, risikobereit und diskret sein und obendrein noch Lust haben, sich auf ein Abenteuer einzulassen, bei dem man weder reich noch berühmt wird. Während ich den Tee in die Tasse gieße, fällt mir die Spezies der Computerfachleute ein, die im Fachjargon auch Hacker genannt werden. Jawohl, ich müsste einen pfiffigen Hacker engagieren, denn die Sache ist kein Kinderspiel. Sicher haben die Magdalenenwalder Techniker auch nicht geschlafen und einem Zugriff auf vertrauliche Daten vorgebeugt. Auch in Sozialeinrichtungen mussten ausgeklügelte Sicherheitssysteme installiert werden, weil sich die Unternehmen sonst wegen mangelndem Datenschutz strafbar machen. Also brauche ich einen Profi.

Der einzige, der vielleicht dafür in Frage kommt, ist der beste Freund meines alten Bekannten Knud. Seit ewiger Zeit habe ich ihn nicht mehr angerufen. Aus meiner Zeit in Freiburg erinnere ich mich noch gut an den ausgeflippten Computerfreak. Beim letzten Schluck des heißen Tees fällt mir auch sein Name ein. Jan Laske heißt dieser Mensch, der sich ein paar Monate lang bei Knud eingemietet hatte. Chaotisch ist milde beschrieben, was diese Männer-WG betrifft. Knud, der abgehobene Phantast, und Jan, der nüchterne Realist – ein ungleicheres Paar ist kaum vorstellbar, und dennoch hat die beiden mehr als der Hang zu ausschweifenden Feten verbunden. Chronischen Geldmangel, einen immerzu leeren Kühlschrank und eine eigenwillige Vorstellung von der idealen Lebensform hatten jedenfalls beide. Ob Jan immer noch in Freiburg lebt? Obwohl er mir bei meinen kläglichen PC-Installationsversuchen und sonstigen technischen Problemchen oft genug geholfen hat, hab ich ihn fast völlig vergessen. Keine noch so plausible Entschuldigung, dass wir uns wenig zu sagen hatten, mir seine virtuelle Welt, sein trendiges Vokabular und sein Desinteresse an kulturellen Dingen ziemlich auf die Nerven gingen, beruhigt jetzt mein schlechtes Gewissen.

Im Telefonbuch steht Laske nicht. Vielleicht lebt er wieder in irgendeiner WG oder ist in eine andere Stadt gezogen. Knud könnte wissen, wo er jetzt wohnt. In meinem alten zerfledderten Notizbuch stehen neben einigen durchgestrichenen Adressen zwei Nummern von Knud Bach. Kurz nach neun versuche ich ihn zu erreichen. Fehlanzeige, per Festnetz meldet er sich nicht. Mit der Handynummer habe ich mehr Glück. Er meldet sich mit seiner gewohnt tiefen, gelangweilt klingenden Stimme:

„Jaaa, Knud Bach?"

„Hallo, Knud, hier ist Franka."

„Mensch Franka, Dich gibts noch? Bist Du um die Ecke oder wo steckst Du?"

„So etwa zweihundert Kilometer von Dir entfernt, falls Du in Freiburg und nicht irgendwo sonst bist. Könntest mich ruhig mal hier besuchen. Du kriegst sicher keinen bleibenden Landschock dabei", spiele ich auf seine Abneigung gegen das kleinbürgerliche Leben in der Peripherie an.

Knud lacht und erzählt von Südamerika. Er arbeitete dort gerade zusammen mit einer Fotografin an einer umfangreichen Reportage für den Stern. Seine vierwöchige Reise durch ursprüngliche Landschaften und die Begegnungen mit ungewöhnlichen Menschen waren wohl ziemlich eindrucksvoll. Dies weckt Erinnerungen an unsere gemeinsame Zeit. Prompt fragt er:

„Na, macht Dich das nicht an? Bist wohl noch immer in diesem komischen Verein und versuchst die Welt zu verbessern?"

Das ist das Stichwort.

„Zu verbessern gibts tatsächlich jede Menge. Und dazu brauch ich Dich!" erwidere ich direkt.

Eine geschlagene Dreiviertelstunde dauert unser Gespräch, in dem Knud alles Wissenswerte der vergangenen Monate erfährt. Schließlich kommentiert er:

„Du hast Dich nicht verändert. Bin wirklich überrascht, was Du in der Einöde so alles erlebst. Und ich könnte mir gut vorstellen, dass Du Jan für Deinen Plan gewinnen kannst. Kommt natürlich darauf an, was Du so springen lässt. Jan ist auf Aufträge angewiesen. Er ist sozusagen käuflich, wenn der Preis stimmt. Seit einem halben Jahr lebt er in München mit einer Frau zusammen und schlägt sich mit Gelegenheitsjobs mehr schlecht als recht durch. Kürzlich hat er mir erzählt, dass er für kleinere Firmen Internetauftritte erstellt und alle möglichen Dienste im IT-Bereich anbietet. Daneben bastelt er an Software-Programmen. Ruf ihn doch einfach mal an und biet ihm ein bisschen Kohle", meint er abschließend.

Knud kennt seinen alten Freund gut. Es braucht keine besonderen Überredungskünste, um Jan Laske dazu zu bringen, in den Handel einzuwilligen. Für dreihundert Euro, inklusive kulinarischer Leckerbissen im trauten Heim, ist er bereit, das nächste Wochenende für unser Vorhaben zu opfern.

„Das ist ein Freundschaftspreis, versteht sich. Normalerweise nehm ich das in der Stunde. Und eigentlich müsste ich einen Risikozuschlag verlangen. Also, ich mach das nur für Dich, Franka."

Ich will ausnahmsweise glauben, was er mir erzählt, versichere ihm Dankbarkeit auf Lebzeit und kann den Samstag kaum erwarten.

Es ist Freitagnachmittag, als sich Marion am Telefon meldet und stolz verkündet:

„Franka, ich hab unglaubliche Neuigkeiten. Setz Dich, sonst haut es Dich gleich um."

„Ich sitze, was ist denn los?" frage ich meine Freundin von der Wohngruppe neugierig.

„Vorgestern wurde Gundolf Rommel verhaftet. Seine Frau, die auch in einer WG im Heim arbeitet, hat mich gerade angerufen und wie ein Schlosshund geheult. Sie ist ziemlich verzweifelt. Gundolf Rommel hat wohl gestanden, Schuld am Tod von Richard Johannsen zu sein."

„Was?" rufe ich aufgeregt dazwischen.

„Ja, Rommel sagt, es sei ein Unfall gewesen. Er wollte Johannsen nur ein bisschen Angst einjagen, weil dieser in der Einrichtung rumspioniert habe und Magdalenenwald Schaden zufügen wollte", berichtet Marion.

„So kann man es auch nennen", werfe ich ein und frage gleich weiter:

„Was ist denn genau passiert, nach Aussage von Rommel?"

„Es habe hinter dem Haus von Johannsen ein Handgemenge gegeben, woraufhin Johannsen
gestürzt sei. Rommel sei dann in Panik sofort davon gefahren. Er habe nicht gewusst, dass Johannsen sich schwer verletzt habe und in dieser Nacht gestorben sei", erzählt Monika.
„Das glaube ihm wer will", füge ich hinzu und verspreche Marion, ihr die ganze Geschichte ausführlich in Ruhe zu erzählen. Aber zuerst werde ich meinem Cousin Paul für dessen Einsatz danken, der dazu geführt hat, dass der Schuldige am Tod von Richard Johannsen überführt werden konnte.

Samstag, kurz vor fünf. Bambou bellt und steigt wütend am Fenster hoch. Ein Fremder schlendert durch den Garten, als wärs seiner. Es ist Laske. Ich erkenne ihn erst auf den zweiten Blick. Schlanker, als ich ihn in Erinnerung habe, und eine Spur gepflegter kommt er mir vor. Die Freundin scheint ihm gut zu tun. Von seinem krautigen Haarwuchs im Gesicht hat er sich getrennt und die olle zerschlissene Lederjoppe, ohne die er früher nie das Haus verließ, gegen eine sportliche Goretex-Jacke getauscht. Man(n) geht mit der Zeit. Die Begrüßung ist herzlicher als sie jemals zwischen uns war. Arne gibt mir mit Blicken zu verstehen, dass ich ihm ein völlig falsches Bild von Jan vermittelt habe. Die beiden verstehen sich, was die Sache erleichtert. Es herrscht eine gute Atmosphäre, wir schwelgen in alten Erinnerungen, die wie immer glorifiziert werden. Jan und Arne fachsimpeln, und Mick bombardiert unseren Gast mit tausend Fragen zu Computerthemen. Ich kann mich getrost in die Küche zurückziehen.

Während des Essens bereue ich bereits, so viel aufgetischt zu haben, denn die Männer haben es überhaupt nicht eilig. Es riecht eher nach gemütlichem Abend, als nach einem Arbeitseinsatz. So erzähle ich kurz von den Fakten und Rumänien, stelle gegen halb neun ungefragt drei Tassen Espresso und einen Krug Wasser auf den Tisch und besteche die Kinder mit einem Fernsehfilm, damit wir endlich ungestört ans Werk gehen können.

Jan scheint auch sensibler geworden zu sein, denn er bemerkt:
   „Franka macht ernst. Ich glaube, wir sollten jetzt allmählich anfangen."
   Ich führe Jan sofort ins Büro und fahre meinen Computer hoch. Nun ist er ganz in seinem Element. In Windeseile demonstriert er zunächst zum Spaß, wie leicht es ist, in fremde Computernetze einzudringen. Auf der Homepage eines beliebigen kleinen Unternehmens löscht er in der Befehlszeile ein paar Zeichen und ersetzt diese durch neue Eingaben. In wenigen Sekunden gelingt ihm der Zugriff auf vertrauliche Adressdaten. Ebenso einfach ist es für ihn, in einem Online-Shop die Preise der angebotenen Waren zu ändern. Mir wird ganz schwindelig beim bloßen Zusehen und der Vorstellung, wie riskant Online-Geschäfte sein können.
Doch Jan meint gelassen:
   „Mittlerweile sind die Netze relativ sicher. Hacker müssen schon sehr trickreich sein und eine Menge besonderer Programme besitzen, um da einzubrechen. Das kann manchmal viele Stunden oder gar Tage dauern, bis die Lücken im System gefunden und geknackt sind. Dafür gibt es spezielle Hacker-Tools, aber das führt jetzt zu weit. Du solltest halt ein paar Vorkehrungen auf Deiner Festplatte treffen, generell so wenig Programme wie möglich installieren und beim Surfen im Internet ein bisschen wachsam sein."
   „Du kennst ja mein Faible für Technik, Jan. Ich bin schon

froh, wenn mein PC nicht ständig abstürzt und keine Viren im Umlauf sind, nachdem Mick wieder irgendein neues Spiel installiert hat. Sag mal, kann das etwa ein paar Tage dauern, bis der Magdalenenwalder Code geknackt ist?" will ich wissen.
Jan packt seinen Laptop aus, hantiert eifrig mit Kabeln und meint lakonisch:

"Alles möglich, aber hoffen wir das Beste. Schließlich hab ich keine Lust, bei euch Wurzeln zu schlagen."
Seine Worte beruhigen nur mäßig. Hilflos und etwas angespannt leiste ich ihm schweigend Gesellschaft. Nach etwa einer halben Stunde hat er alles installiert. Nun wird es richtig spannend. Der Internetzugang ist hergestellt, die Magdalenenwalder Homepage öffnet sich. In Sekundenschnelle bearbeitet Jan die Tastatur, gibt Zeichen und Symbole ein und verfolgt sichtlich zufrieden das Ergebnis.

"Franka, bringst Du mir noch Kaffee und Wasser? Das System ist gut gesichert. Die Jungs in eurem Verein sind gar nicht so schlecht. Aber das macht ja den Reiz aus. Die Sicherheitslücken schnell zu finden, wäre ja langweilig. Wie ich das jetzt sehe, können wir uns auf ein paar Stunden einstellen."

Glücklicherweise ist Jan bei bester Laune und scheinbar überzeugt davon, dass unser Vorhaben gelingt. Fragt sich nur wann. Die Zeit vergeht im Schneckentempo. Es ist ermüdend, stundenlang etwas zu verfolgen, das einen im Grunde gar nicht interessiert und von dem man nicht die geringste Ahnung hat.

Kurz vor Mitternacht, als ich schon nicht mehr recht an einen Erfolg glaube und ziemlich sicher demnächst den Kampf gegen die schleichende Müdigkeit verliere, jubelt Jan plötzlich:

"Ich habs, wir sind drin!"
Jetzt versteh ich endlich den Werbeslogan von Boris Becker. Mit einem Satz springe ich von meinem Sessel auf und starre auf den Laptop. Zahlenreihen, fein säuberlich aufgeliste-

te Tabellen, flimmern über den Bildschirm. Ich könnte Jan vor Freude küssen, halte mich aber im letzten Moment damit zurück und umarme ihn so heftig, dass ihm die Luft weg bleibt. Er macht sich frei und meint belustigt: „Schau, das sind die Kontenbewegungen. Da kannst Du zum Beispiel sehen, wie viel Deine Kolleginnen und Kollegen verdienen."

„Aha. Ich will wissen, wie hoch das Gehalt von der Megerle ist", sage ich aufgeregt.

„Augenblick, wie heißt die?" fragt er nach.

„Gabriele Megerle."

Er fährt mit der Maus rasant über den Bildschirm.

„Hier: 6.838,50 Euro." Jan pfeift durch die Zähne. „Nicht schlecht für einen sozialen Verein. Ich glaube, da sollte ich mich auch bewerben", meint er.

„Da hast Du nur als Freundin der Chefin eine Chance", erwidere ich und will mehr sehen.

„Komm, Jan, lass uns die Überweisungen an die Chefin anschauen."

„Nur, wenn Du jetzt den versprochenen Schampus aufmachst", gibt er zurück.

Um keine Zeit zu verlieren, sause ich in Windeseile zum Kühlschrank. Mit Flasche und Gläsern auf dem Tablett wecke ich im Vorbeigehen rasch Arne, der selig schläft. Jan spannt uns auf die Folter und wartet, bis der Korken knallt. Er nimmt einen kräftigen Schluck und wendet sich wieder dem Gerät zu. Zehn Sekunden später hat er gefunden, was wir suchen. Mir gehen die Augen über. Regine Schwalbach-Saletzki erhält Zahlungen aus mehreren Töpfen. Als Aufwandsentschädigungen und Prämien deklarierte monatliche Überweisungen vom Stiftungskonto in Höhe von rund 3.000 Euro tauchen hier ebenso auf wie ihr Gehalt über 9.000 Euro. Ein Jahr zuvor betrug das Gehalt „nur" 7.900 Euro. Also hatte sich der Aufstieg ausgezahlt. Rätselhaft erscheinen uns zunächst regelmäßige Zahlungen in Höhe von 2.500 Euro an ein Konto der Züricher Kantonalbank mit dem Vermerk Tagungen Tessin.

„Dabei könnte es sich um so genannte Aufwandsentschädigungen handeln, die nicht auf dem deutschen Konto erscheinen sollen, um Steuern zu sparen. Alles in allem würde sie monatlich einen Betrag von rund 15.000 Euro brutto versteuern müssen. Gehen allerdings 2.500 Euro am Fiskus vorbei, bleibt ihr natürlich mehr", erklärt Arne.

„Aber das fällt doch der Wirtschaftsprüfung auf", werfe ich ein.

„Vielleicht gibt es hierfür auch eine ganz einfache Erklärung, keine Ahnung. Um das zu verstehen, müssten wir einen Blick auf ihr Privatkonto werfen. Bankleitzahl und Kontonummer haben wir ja. Ist das möglich, Jan?" fragt Arne.

„Nichts ist unmöglich, versuchen wirs", gibt Jan prompt zurück.

„Halt, nicht so schnell. Lasst uns erst noch eine Weile hier bleiben. Ich möchte mir das noch genauer anschauen", sage ich rasch und bugsiere ihn sanft von seinem Platz.
Jan lümmelt sich in den Sessel neben dem Bürotisch.
Mit der Maus in der Hand und einem leichten Schwindelgefühl im Kopf suche ich nach Buchungen, die sich irgendwie nachvollziehen lassen.

„Hier, Zahlungen an die Rechtsanwaltskanzlei über 20.000 Euro allein in diesem Monat. Und da, Überweisungen über insgesamt 60.000 Euro an die Agentur der Karla Klein. Beraterhonorare in Höhe von, wartet, ich muss das zusammenzählen, 25.000 Euro. Hier ist noch was Erstaunliches. Vergangenen Monat gingen fast 18.000 Euro mit dem Vermerk Beratung/Bewertung an einen unserer Sponsoren. Hier wäscht offenbar eine Hand die andere" erkläre ich und überlasse Jan wieder das Feld, der sich in der nächsten Stunde langsam, aber sicher an das Privatkonto der Chefin herantastet.

Nebenher leeren wir die Flasche und überlegen gerade, ob wir noch eine zweite aus dem Keller holen sollen, als Jan triumphierend ruft:

„Kinder, ich habs!"

Tatsächlich, wir staunen nicht schlecht, dass ihm das ebenfalls gelang. Jan lehnt sich zufrieden zurück, denn er kann mit den Buchungsvermerken nicht viel anfangen. Zunächst sehen wir nichts Auffälliges. Doch dann entdeckt Arne einen Betrag von der Agentur, in der Karla Klein arbeitet, auf der Habenseite.

„13.000 Euro Agentur Pro social , damit fließt also ein Teil des Geldes, das Magdalenenwald für die Werbung ausgibt, wieder zurück, allerdings in die Tasche der Vorstandsfrau. Jetzt weißt Du, weshalb die sämtliche Aufträge bekommen, auch die des Medienbeauftragten, und künftig alle Fundraising-Aktivitäten von der Agentur ausgeführt werden. Da wird von beiden Seiten kräftig abgesahnt. Und Du warst denen im Weg, Franka. Genau wie Johannsen", erklärt Arne.

Jan gähnt und räkelt sich in seinem Sessel.

„Meinst Du, wir sollen die Suche nach dem Pharmakonzern auf morgen vertagen, oder hast Du noch Lust weiterzumachen?" frage ich ihn.

„Besser morgen. Die Schweizer sind schwer zu knacken, das schaff ich heute nicht mehr. Zeigst Du mir, wo ich pennen kann?" erwidert Jan, während er aufsteht und seinen Körper dehnt.

„Klar, komm mit. Das Gästezimmer ist oben. Etwas Schlaf tut uns allen jetzt gut", sage ich und zeige ihm den Weg.

Die Kirchenglocken und ein frecher Sonnenstrahl mitten auf meinem Gesicht wecken mich am nächsten Morgen kurz vor neun. Jan schläft bis halb elf. Er streckt seine Nase in die Küche und bekommt einen Lachanfall, als ich ihn frage:

„Landeier gefällig, kombiniert mit luftgetrockneten Schweinereien? Oder bevorzugst Du morgens Vegetarisches fürs Gewissen?"

„Alles, ich bin ein Allesfresser", sagt er und jongliert die Platten und Schüsseln ins Esszimmer.

Er lässt es sich schmecken, albert dabei mit Mick und Ole herum und erklärt gegen Mittag:

„Okay, es kann weitergehen. Franka, werf die Maschine an."

„Das lass ich mir nicht zweimal sagen."

Jan ist in Hochform. Nur eine gute Dreiviertelstunde dauert es, bis er den Code der Schweizer Firma Yanpharm geknackt hat. Meine Freude darüber hält allerdings nur kurz an. Wir kommen nicht weiter. Jan hat eine Eselsgeduld und fragt zum fünften Mal:

„Sag mir noch einen Namen, der passen könnte."

„Außer Ana, Ana-Maria, Rumänien und Magdalenenwald fällt mir aber nichts ein", sage ich resigniert.

„Versuchen wirs also direkt bei dem rumänischen Heim. Dürfte kein Problem sein, da rein zu kommen. Die Sicherheitssysteme im ehemaligen Ostblock sind noch nicht so ausgefeilt", meint er und hat Recht. Innerhalb kürzester Zeit hat er die Seiten des Ana-Heims geöffnet. Jetzt beginnt die berühmte Suche nach der Stecknadel im Heuhaufen. Lange Listen mit Ziffern und Namen, die uns nichts sagen, flimmern über den Bildschirm. Über eine Stunde lang hoffen wir nun schon auf einen brauchbaren Hinweis, als Jan verkündet:

„Das bringt nichts. Ich ruf mal die letzten E-Mails auf, vielleicht helfen die uns weiter."

Die ersten fünf sind in Rumänisch geschrieben, die sechste aber in Deutsch. Absender: Michael Slabowski.

„Das ist der deutsche Arzt, der in Magdalenenwald gearbeitet hat, von dem ich Dir erzählt habe", erkläre ich aufgeregt und lese laut vor, was er vor einer Woche an Yanpharm mit eiligem Vermerk geschrieben hat:

„Anmerkung zur Brisbathen-Studie. Patient Jon Popesku gestorben. (Reanimationsversuche zwecklos). Todesursache: Lungenödem, Herz-Kreislaufversagen nach Virusinfekt. Detailbericht folgt per Kurier. Brisbathen-Gaben bei restlichen Patienten beibehalten (Absetzen in keinem Fall angezeigt)."

Meine Kehle wird trocken. Mit rauer Stimme sage ich zu Jan:

„Ich hab das mit eigenen Augen gesehen. Die haben eine Leiche aus dem Heim weggeschafft. Dem Text nach muss es sich bei den Patienten des Heims wohl um Versuchspersonen handeln. Vielleicht testen die illegal Medikamente an den Menschen dort. Das würde auch erklären, weshalb die Anlage so gut gesichert ist. Das ist ja schrecklich."

„Sieht ganz danach aus. Schau, mal, Franka, in der Betreffzeile der E-Mail steht: Raşinari. Könnte das vielleicht der Name sein, nach dem wir bei Yanpharm gesucht haben?" fragt Jan sachlich.

„Klar, das ist der Ort in der Nähe des Heims. Dass mir das nicht eingefallen ist", sage ich, während Jan die Seiten schließt und sich neu einloggt.

Ein paar Minuten später der Treffer. Unter dem Passwort Raşinari erscheinen Berichte einer Langzeitstudie über das Medikament Brisbathen. Die ersten Eintragungen sind dreieinhalb Jahre alt. In langen Listen erscheinen Namen von Patienten mit Geburtsdatum, Diagnose, Krankheitsverlauf und manchmal auch dem Sterbedatum. Erschreckend dabei, es handelt sich fast ausnahmslos um Kinder und Jugendliche. Das Ergebnis der Studie können wir nicht entschlüsseln, zu viel fachfremdes Vokabular.

„Mist, für die Auswertung bräuchten wir einen Toxikologen oder sonst einen Pharmakenner. Wir haben aber keinen fitten Mitarbeiter eines Pharmakonzerns in unserem Bekanntenkreis. Die müssen eine Menge Geld damit verdienen, wenn sie solch ein Risiko über einen derart langen Zeitraum auf sich nehmen", erkläre ich und schaue Jan bittend an.

„Scheint, als steckt da ein Riesending dahinter. Aber leider kann ich im Moment auch keinen Pharmakundler aus dem Hut zaubern. Vielleicht brauchst Du auch gar keinen, um klar zu sehen", meint er und schaut gebannt auf den Bildschirm.

„Schau mal hier, unter der Rubrik Mitarbeiter erscheint der Name des Arztes Slabowski. Der erhält monatliche Zahlungen in Höhe von 17.000 Euro. Mann oh Mann, das ist kein Pappenstiel."

„Wo? Das ist doch nicht möglich!" gebe ich zurück und setze mich dicht neben Jan, um noch besser sehen zu können.

„Tatsächlich. Kein schlechtes Gehalt. Jetzt ist mir klar, wieso der die Einrichtung gewechselt hat. Der arbeitet ein paar Jahre lang im Ana-Heim und ist dann saniert. Skrupel oder moralische Bedenken als Arzt hat der offenbar nicht."

Ich kann kaum fassen, was wir hier entdecken.
Jan lässt weitere Namen und Zahlen über den Desktop laufen. Und ich schaue gebannt zu.

„Halt! Stopp. Da ist eine Riesensumme: 250.000 Euro. Lass uns mal genauer gucken, was es damit auf sich hat."

„Einen Moment, bitte", meint er und klickt ein paar Links an.

„Aha, die Summe wird regelmäßig jedes halbe Jahr gezahlt", sagt er dann.

„Aber für was bezahlt ein Pharmakonzern jährlich einen Betrag in Höhe von einer halben Million Euro? Der Empfänger ist hieraus nicht ersichtlich. Anstatt des Namens steht eine Ziffer da: 991936, seltsam oder?" frage ich laut, in der Hoffnung auf eine Erklärung.

Und die hat Jan.

„Das ist sicher ein Nummernkonto", erklärt er und nimmt einen kräftigen Schluck Wasser aus der Flasche.

„Ja, da gibt es keinen Zweifel. Es handelt sich um das Nummernkonto einer Bank in Lugano. Aber mach Dir keine Hoffnungen. Da kommen wir nicht weiter. Hier ist endgültig Schluss. Ein Nummernkonto ist nicht zu knacken", gibt er unmissverständlich zu verstehen.

„Lass uns mal zurückgehen. Wie lange laufen die Zahlungen schon?" will ich wissen.

Jan sucht eine Weile und sagt dann: „Seit Beginn der Studie, also seit dreieinhalb Jahren. Damals wurde aber weniger auf das Konto überwiesen. Bis vor zwei Jahren waren es 150.000 Euro pro Halbjahr."
Ich schreibe die Zahl des Nummerkontos auf ein Blatt Papier, und Jan schüttelt den Kopf.

„Franka, vergiss es. Da kommst Du nicht weiter."

„Hab schon verstanden, aber vielleicht lässt sich aus der Quersumme der Zahlen etwas ableiten." Und während ich das sage, beginnt mein Herz zu pochen, das Blut schießt in meinen Kopf.

„Jan, das ist das Geburtsdatum des ehemaligen Heimleiters von Magdalenenwald! Am 9.9.1942 ist Karl-Wilhelm Melchinger geboren. Er hatte den 9.9. auch für seinen feierlichen Abgang in den Ruhestand gewählt. Das ist sein Nummernkonto, das steht fest", sage ich außer Atem und denke laut weiter:

„Und mit dem Wechsel des Vorstands vor zwei Jahren hat sich dann die Zahlung erhöht. Das passt zeitlich genau zusammen. Die neue Chefin hat offenbar mehr herausgeholt als ihr Vorgänger."

Meine Wangen glühen. Ich rufe Arne und erzähle ihm die Neuigkeiten.

„Große Klasse, Jan."
Anerkennend klopft Arne ihm auf die Schulter und drückt mir einen Kuss auf den Mund.

„Wenn das kein Grund zum Feiern ist."

„Einen Moment, lasst uns bitte nochmals kurz rekapitulieren", werfe ich ein.

„Liegt doch alles klar auf der Hand", meint Arne.

„Schon, aber ich hab noch immer Schwierigkeiten, den Zusammenhang zwischen Magdalenenwald, dem rumänischen Heim und dem Schweizer Pharmakonzern zu begreifen", sage ich.

„Ich glaube, es ist im Prinzip ganz einfach", erklärt Arne.

„Es gibt seit Jahren Beziehungen zwischen Magdalenenwald und dem Schweizer Konzern. Die können entweder zufällig entstanden sein, beispielsweise durch die Immobilie im Tessin und die Tagungen, die dort stattfinden, oder es gab sie schon zuvor. Jedenfalls ist das Tagungshotel für Magdalenenwald ein geeigneter, gut getarnter Standort für die Treffen. Und für illegale Versuche neuer Wirkstoffe, deren Wirkung in Testreihen am Menschen erprobt werden müssen, kommt ein Heim in Osteuropa wie gerufen. Ein deutscher Humanmediziner, der sich in der Kinder- und Jugendpsychiatrie gut auskennt und aus dem eigenen Stall kommt, ist dabei die beste Besetzung als Studienleiter. Der bringt das Know How aus Magdalenenwald mit."

„Aber warum führt man die Tests nicht an Primaten durch? Affen sind doch des Menschen nächste Verwandte. Deshalb werden sie doch noch immer in großen Pharmakonzernen als Versuchstiere gehalten", bohre ich weiter.

„Wie Du sagst, sie sind dem Menschen nur ähnlich, außerdem sind sie sehr teuer, die Auflagen hoch und die Kontrollen streng. Ich könnte mir vorstellen, dass sich das Heim in Rumänien viel eher rechnet. Wer weiß schon, woher die Patienten stammen. Da profitieren fast alle: Das heißt, der Pharmakonzern und Magdalenenwald. Nur die Ärmsten der Armen nicht. Als letztes Glied der Gesellschaft kräht kein Hahn nach ihnen", sagt er und zieht dabei bedauernd die Schultern hoch.

„Das werden wir jetzt ändern, mit einer Anzeige, die sich gewaschen hat. Und dafür hat sich dann auch die ganze Schufterei gelohnt", erkläre ich.

Ganze fünf Stunden lang brüte ich über der Anzeige, reihe chronologisch die Fakten aneinander, formuliere einen knappen sachlichen Text, kopiere Beweismaterial, um die Anschuldigungen zu belegen und lege schließlich das Video-Band bei. Das müsste der Staatsanwaltschaft für eine Untersuchung des Falls und eine umfangreiche Anklageschrift genügen, denke ich und tippe schließlich mein Kündigungsschreiben für die Magdalenenwalder Heime. Beide Kuverts gebe ich als Einschreiben beim Postamt auf und atme tief durch.
Das wars. Das Kapitel Magdalenenwald ist geschlossen.

Vier Wochen später, als ich im geregelten Alltag zu Hause allmählich wieder zu mir selbst finde, lässt mich eine Meldung im Mantelteil der Tageszeitung erstarren. Unter der Rubrik Personalien steht in fetten Lettern schwarz auf weiß geschrieben:

Regine Schwalbach-Saletzki, langjährige verdiente Vorstandsvorsitzende der Magdalenenwalder Heime, ins Sozialministerium berufen.

Sechs Monate später

Agnes Greiner muss sich wegen vorsätzlichen Finanzbetrugs vor Gericht verantworten

Gundolf Rommel steht wegen Totschlags vor Gericht

Gerhard Lossmann unterzieht sich einer Therapie und gründet eine Selbsthilfegruppe

Philipp Klippchen, Vorstand, bildet mit Rechtsanwalt Preuß und Gotthilf Wegmeier neue Vereinskonstrukte zur freien Mittelverwendung und verlagert das „soziale" Engagement der Einrichtung von Rumänien nach Togo.

Ebenfalls bei _Albas Literatur_ erschienen:

Kleine weisse Wolke

ISBN 978-3-9813139-0-1